公元 787 年，唐封疆大吏马总集诸子精华，编著成《意林》一书 6 卷，流传至今

意林：始于公元 787 年，距今 1200 余年

意林®

一则故事　改变一生

意林

松果阅读

一生心事

只得一人来解

『大阅读』书系

懂『升学党』的阅读

《意林》编辑部 编

把每一秒都活如光年，

是对生命的长情告白。

長春出版社

全国百佳图书出版单位

吉林银声音像出版社

图书在版编目（CIP）数据

一生心事只得一人来解 /《意林》编辑部编. -- 长春 : 长春出版社, 2015.9
ISBN 978-7-5445-4080-3

Ⅰ. ①一… Ⅱ. ①意… Ⅲ. ①散文集 – 中国 – 当代
Ⅳ. ①I267

中国版本图书馆CIP数据核字(2015)第210812号

大阅读·一生心事只得一人来解

总策划：顾　平
主　编：蔡　燕
责任编辑：郭鼎民
策划监制：蔡　燕　翟　爽
特约编辑：翟　爽　董　腾　丁辰迪
特约点评：张文婷
封面设计：资　源
美术设计：张　龙

出版发行：長春出版社　总编室电话：0431-88563443
吉林银声音像出版社有限公司　发行部电话：0431-81294007
地　址：吉林省长春市建设街 1377 号
邮　编：130061
网　址：www.cccbs.net
印　刷：北京嘉业印刷厂

开　本：700mm×1000mm 1/16
字　数：180 千字
印　张：14
版　次：2015 年 9 月第 1 版
印　次：2015 年 9 月第 1 次印刷
印　数：1 ～ 20000 册
书　号：ISBN 978-7-5445-4080-3
定　价　28.90 元

启　事

本书编选时参阅了部分报刊和著作，我们未能与部分作品的文字作者、漫画作者以及插画作者取得联系，在此深表歉意。请各位作者见到本书后及时与我们联系，以便按国家相关规定支付稿酬及赠送样书。

地址：北京市朝阳区南磨房路 37 号华腾北搪商务大厦 1501 室《意林》编辑部（100022）

电话：010-51908602

价值阅读

蔡　燕

每一个年轻人，都曾经或正在经历一无所有，正是因为经历过这个阶段，才体会到从无到有的过程是多么美好。编书的感受同样如此。看着一本书从一个思维的火花，一个创意的萌芽，经历封面的反复抉择，内容的再三挑选，书名的多次变更，到最后呈现给正在阅读本书的你，是一个奇妙的过程，有点像少年派的奇幻漂流。

大阅读书系，就如同少年派，最初的他完全不知道自己能否活下去，他经过了种种苦难、绝望、希望，最后终于赢得了生机，虽然经历阵痛，但最后他还是选择以美好示人。

在这个貌似文化大繁荣，出版物铺天盖地的时代，清流与浊流难辨。穿越故事、言情小说、网络文学、励志期刊、动漫杂志……精神的食粮如此之多，有的帮助学生排遣青春期的无聊和烦闷；有的引领学生在奇思异想的世界里冲浪；有的建构了完全的虚拟世界，为学生提供逃避现实的乌托邦。不去评论每本书的是非功过，起码它们抚慰、缓释了青春的困惑与苦闷。

然而，抚慰与缓释，并非这套书的初衷，也不是我们的目的。本套书的出发点，是做“懂‘升学党’的阅读”，也就是我们本套书所提倡的“价值阅读”。

根据近期教育部出台的高考改革方案，语文在中高考中，在广度、难度上均有所增加，因此最容易拉开学生的档次。而语文能力最根本的培养在于阅读的广博和阅读习惯的培养。“大阅读”书系力求做“懂‘升学党’的阅读”。“审美力”和“阅读能”是“大阅读”书系所提出来的概念。

“审美力”即让学生通过阅读大量优秀的文章而提高自身的审美格调，产生独立思考和判断的能力。因此，这套书选文以美文为主，封面采用国内著名插画师的最新原创手绘作品，版式设计追求古典文人画“留白”的美感。

阅读是写作的基础，也是语文的基础，所以学生迫切需要一种“阅读的能力”即“阅读能”，“阅读能”就是，能够看出文章想要表达的主题思想，能够明白作者的写作手法，能够懂得好文章与差文章的分别，今后再看文章，懂得自动吸收文章的优点，并指出文章的不足。我们希望阅读这套书的中学生们，不仅感受到心灵的舒缓和平静，还能立刻get作文、语文所需要的各种技能。最美修辞，高格引句，文眼追踪，思维训练，让中学生在审美阅读之余，提升自身的现代文阅读能力以及作文水平。甚至，当“升学党”去到中考、高考的战场时，能够感受到语文和作文题目都是似曾相识，这样在心理战上已经赢得了中高考。

前北京大学中文系主任，现山东大学文科一级教授，同时也是北京大学语文教育研究所所长的温儒敏先生，是我们很敬重的长者。他一直致力于中学语文教改，倡导通过语文、阅读以及写作的教育，培养学生的思辨能力和理性思维。

我非常希望能够约请温儒敏先生为本书作序，但先生认为：这套书比较看重文采和结构，对于作文当然会有好处。但这也容易带来堆砌和套写的弊病。有利于高考（其实高考命题和阅卷都意识到这问题，在采取针对性措施），却并不利于真正的写作能力，特别是思维力的养成。为此，这套书根据先生的意见，在《脑洞君，请收下我的膝盖》这一本里，对思维训练做了专门的补充和完善。

虽然温儒敏先生最终并未替本书作序，但他提出的几个观点让我思考了很久。

“中学生写作是为了写作技巧能力本身吗？不是，写作在一般公民的生活中其实运用不多。学生学习写作，主要是书面语言训练以及背后的思维训练。后者更重要，却往往被忽视。”未来的中国中学生是非常幸运的，因为有像温儒敏先生这样的权威专家在力推语文教改，在催生并迎接真正的素质教育时代的到来。我想，这也是大阅读系列丛书后续组稿的方向。

《意林》杂志以“一则故事，改变一生”为刊旨，每一位熟读《意林》的青少年自会从中获得思考的智慧和向上的力量。作为一本市场化运作而又坚持传递正能量的期刊，在十余年的办刊经历中，我们也在找寻最适合自身的营销思路。和每一个品牌一样，我们希望精确地吸引住自己的核心读者群。我们同样也希望，我们能够服务于每一位具体的学生读者，减轻他们升学的压力，让他们感受到帮助、温暖和贴心。

我总是想起那些在深夜发到意林短信平台的短信，里面几乎都是中学生，尤其是初三、高三学生，在他们的字里行间充满迷茫和痛苦。升学的压力折磨着这些疲惫的灵魂，对学习难以突破的绝望，充满冷暴力的人际关系，竟让原本处于花季、雨季的中学生感到“苍凉”和“老了”。然而这种疲惫被掩盖在青春的肉体之下，被家长和老师忽略。一些地区的孩子来信表示，一进入高三阶段，甚至是刚进入高中，家长和老师就全面封杀所有的课外读物，只能接触无尽的习题和教辅资料。这让我感到难以置信和无言的悲哀。可能是因为中国实在太庞大，不是每一个孩子都能生活在北京，不是每一个孩子都能够离素质教育如此之近。

我们很希望为中学生的阅读世界做一点贡献，也在努力地做。我们同样希望“培育优秀国人”。

CONTENTS

卷帘看花

2 在春天里观察两只鸟 / 陈峻峰
5 灯　祭 / 迟子建
8 故乡的桂花雨 / 琦　君
11 雾中虾趣 / 曹学林
14 钓　虾 / 鲁　彦
17 永远的乡愁 / 尤　今
21 真正意义的邂逅 / 池　莉
24 踩到了“父母地雷” / 查小欣
27 海女们的安德烈 / [韩] 李翰英
30 溜　索 / 阿　城
32 焦　急 / 龙应台
35 大　风 / 莫　言
38 骡子的眼睛 / 王　瑢
42 一棵树的智慧 / 秦若水
45 木瓜树的选择 / 林清玄
48 悲　鸟 / 梁实秋
51 种春风 / 虹　莲

燕剪西楼

54 猫　人 / [美] 罗杰·迪安·基瑟
58 指路小孩 / 王安忆
60 两朵童稚 / 简　媜
63 上一碗米饭的时间 / 肖复兴
66 生活的红发卡 / 大　卫
68 山　路 / 龙应台
71 抻　面 / 阿　城
73 母亲的中药铺 / 甘典江

76 香　饼 / 佚　名
79 伯父鲁迅 / 周　晔
82 勘书的祖父 / 毕淑敏
85 泰戈尔在我家 / 陆小曼
89 牡　蛎 / [俄] 契诃夫
94 雪地烤红薯 / 周海亮

星光孤渺

98 胡杨人家 / 刘之蔚
101 苏州的文化客厅 / 邱　载
104 烟花三月下溱潼 / 卞毓方
107 浅　滩 / 张抗抗
110 沙原隐泉 / 余秋雨
114 祁连雪 / 王充闾
117 饮一口汨罗江水 / 熊召政
120 芳香百里馨 / 林清玄
125 被拆迁的老屋、老街、老城 / 孙志毅
129 沉重的漂流 / 孙志毅
131 不　识 / 张晓风
134 动物安详 / 贾平凹
137 柳　信 / 宗　璞
140 老　屋 / 周克武
143 宁　静 / [美] 西格德·F. 奥尔森
146 俺村、中国和欧洲 / 刘震云
149 被时间决定的讲述 / 张锐锋

心有墨色

152 你的背后是否有大师 / 陈柏清
154 那些真睡和装睡的人 / 刘俏到
156 识　闲 / 张富国
159 在阳光下看人 / 韩志全
161 福字是最深切的春节符号 / 冯骥才
163 先　生 / 贺　疆
166 一切皆有可能 / 顾成娟
168 你以为的坚固，常常是"自以为是" / 四叶草
170 创新每天都在改变着人类 / 舒　云
173 读数时代 / 南　帆
176 谁偷走了夜的"黑" / 王开岭
178 历史像条棉被 / 商志强
180 从埃菲尔铁塔谈起 / 张　贺
182 悲悯的力量 / 小木头

弛目游心

186 带一支录音笔去旅行 / 佚　名
188 轰轰烈烈的旅行之后，就没有之后了 / 倪一宁
192 跑起来，酷成蜘蛛侠 / 明前茶
194 人生这么短，哪有空嫌晚 / 婉　艺
197 我的大海悬挂在墙上 / 羽　毛
199 成熟的稻谷会弯腰 / 野　泉
201 小事亦重要 / 铁　凝
203 体内的小人 / 冯骥才
205 我痛故我在 / 蒋方舟
208 卧游全世界 / 李　敖
210 在自拍中消失的人生 / 薛　涌
212 永恒的敌人 / 冯骥才

卷帘看花

若晴天和日，就静赏闲云。若雨落敲窗，就卷帘看花。若时光逝却，就珍存过往。欣赏时光，才能跑赢岁月。生命越往后越纷芜，保有一颗轻盈心，纷芜处，也隐约能听到一朵花开的耳语。

在春天里观察两只鸟

陈峻峰

标题赏味：

"在春天里观察两只鸟"正是作者对文章讲述的故事的总结。可是观察以后的结论又是什么呢？作者在文末点明了自己的体会，反省自身——包括对这美妙自然和可爱生灵的态度与行为。如果标题提出了一个问题，那么全文都是对这个问题的回答。

不是一棵，也不是两棵，而是一排水杉树。在我居住的城市的东南，向天空高高地一排直立着，高过了那些栗树、梧桐、刺槐和雪松。

两只鸟，我们权且称它们为山喜鹊吧，在早春里飞来。

我以为我认识它们，我以为它们是去年的那对。它们的巢还在，也就是说它们原来的家还在。经过了去年冬天的那场大雪，看上去好像依然完好无损。而且，就一只鸟巢而言，它的高度、支点、造型，都大抵可以称得上经典。

两只鸟飞来，先在空中盘查了一会儿，停留在附近的一棵树上，对去年那只鸟巢进行确认。我不知道上帝赋予它们怎样的心灵提醒和暗示，也不知道它们依循了怎样的信息和气息，能够从浩渺的远方，准确地找到这排水杉树，找到它们的巢穴。现在的情况是，它们在经过确认之后，瞬间同时飞起，又同时落在了那只鸟巢之上。

高格引句：

这里运用了拟人的手法，是作者对树上两只鸟儿惬意、悠闲生活的想象，大胆新奇。与后文两只鸟儿自己的选择形成对比，表现人类的蒙昧无知。相比之下，鸟儿的生存智慧得到了强化和突出。

我猜它们一定会检查它们一冬没有人居住的房子，然后进行外墙的修补，更是要把卧室重新装饰一新。它们要在那里缠绵相拥谈论天气和诗歌、生儿育女，当然也要在那里抵御今年的飓风、雷电和大雨。

很快，我发现我错了。

那两只鸟并未干这些事情，它们选择了另一棵树，开始建造一只新的巢。循着我的目光从左往右看过去，如果去年的那只巢在第三棵水杉上，那么它们选择的就是第五棵。

现在我似乎知道了，这两只鸟不是去年的那两只鸟，而应该是去年那两只鸟的儿女。年青的一代，风华正茂，奋发有为，热爱生活，富于幻想，它们怎肯居住父母的旧巢呢？

它们的家族不遗传依赖和懒惰，这是天然的风范；只有人类才会有不肖子孙，好吃懒做，在父辈的财富中坐享其成，坐吃山空。鸟类不会。它们担当不起上帝的指责和同类的嘲笑。

我无法知道那两只鸟整个春天的辛勤和劳苦，我只能通过它们忙碌的身影对它们进行判断和猜想。就这样，有一天，我突然发现，它们的家建好了。一只巨大的鸟巢也像突然从枝头上长出来，和树完美地融为一体。我能感觉到巢的坚固和安稳，也能想象那卧室的簇新和舒适。

那天，让我觉得仿佛整个春天里，我都在向它们仰着头。

年轻的鸟的新巢建在第五棵树上，父母的旧居建在第三棵树上；父母不在了；高高树顶的旧居空着，仿佛一个家族的图腾和标志；从我的角度看去，直立的水杉树举着那只旧巢，更像举着一个祖宗的牌位。

如果，这两只鸟选择在第五棵树上建造自己的新家，是想守护着父母的遗址和祖宗的牌位。那么，与其隔一棵树的距离，是不是想和旧时的文化传统既不挨得太远，又不挨得太近？它们在生命的繁衍过程中，需要有自己年轻独立的思想，需要创造一种完全属于自己的信心、锐气和生活。

而我必须自觉离开了，我要做的不是对两只鸟进行观察和猜测，而是能否进行自身的反省，包括我对待美妙自然和可爱生灵的态度和行为。

旧巢和新巢都建在树的高处，那几乎是树梢了。

它们未必不知道这要担当多大的风险，但它们更

文眼追踪：

作者在春天观察了树上的两只鸟儿，它们的生存智慧使作者深深折服。在由衷的敬佩中，作者开始了对自己行为和态度的反思。不论作者是否能够参透这些鸟儿、参透自然的生存之道，光是这反思本身就独具价值。

知道这世上真正的风险，来自人类。因此它们把巢尽可能地建在高处，建在梢顶，那是对人类明白无误的拒绝、痛斥和对峙。

那只悬在高空的巢穴，高高悬在我们的头顶之上的巢穴，不知是鸟类的天性不安，还是人类的巨大痛苦。

灯　祭

迟子建

父亲在世时，每逢过年我就会得到一盏灯。那灯是不寻常的。

从门外的雪地上捡回一个罐头瓶，然后将一瓢滚热的开水倒进瓶里，“啪”的一声，瓶底均匀地落下来，灯罩便诞生了。赶紧用废棉花将灯罩擦得亮亮的，亮得能看清瓶中央飞旋的灰尘为止。灯的底座是圆形的，木质，有花纹，面积比灯罩要大上一圈，沿边缘对称地钻两个眼，将铁丝从一个眼穿过去，然后沿着底座的直径爬行，再扎入另一个眼中，铁丝在手的牵引下像眼镜蛇一样摇摆着身子朝上伸展，两个端头一旦会合扭结在一起，灯座便大功告成了。那时候从底座中心再钉透一根钉子，把半截红烛固定在钉子上。待到夜幕降临时，轻轻捧起灯罩，“嚓”地点燃蜡烛，敛声屏气地落下灯罩，你提着这盏灯就觉得无限风光了。

父亲给我做这盏灯总要花上很多功夫。就说做灯罩，他总要捡回五六个瓶子才能做成一个。不是把瓶子全炸碎了，就是瓶子安然无恙地保持原状，再不就是炸成功了，一看却是一只猪肉罐头瓶子，怎么擦都浑浊，只好弃了。

尽管如此，除夕夜父亲总能让我提上一盏称心如意的灯。没有月亮的除夕里，这盏灯就是月亮了。我怀揣着一盒火柴提着灯走东家串西家，每到一家都将灯吹灭，听人家夸几句这灯看着有多好，然后心满意足地擦根火柴点燃灯去另一家。每每转回到家里时，蜡烛烧得只剩下一汪油了。

那时父亲会笑吟吟地问：“把那些光全折腾没了

标题赏味：

以“灯”为对象，祭奠父亲。想来是迟子建写这篇文章要表达的，这些在标题中都有了很好的体现。既是祭奠昔日拥有、今日不再的父亲做的灯，也是对思念父亲的一种表达。情感委婉却浓烈。

高格引句：

细致的描写，使每一位读者对于灯的制作都心中有数。更重要的是，时隔多年作者依然能够如数家珍般细细描绘，可见印象之深，用情之深。为下文抒发对父亲的思念之情做好铺垫，产生了真实感人的效果。

吧？”

“全给丢在路上了。”我说，“剩下最亮的光赶紧提回家来了。”

高格引句：

父女间不靠谱的嬉笑调侃、玩闹打趣，浓浓情意三言两语就表现了出来。孩子的小心思，父亲的疼爱都在简单的对话中表现得淋漓尽致。

“还真顾家啊。”父亲打趣着去看那盏灯。那汪蜡烛油上斜着一束蓬勃芬芳的光，的确是亮丽至极。将熄的光芒总是灿烂夺目的。

过年要让家里里外外都是光明。所以不仅我手中有灯，院子里也是有灯的。院子中的灯有高有低。高高在上的灯是红灯，它被挂在灯笼杆的顶端，灯笼穗长长的，风一吹，唰唰响。低处的灯是冰灯，冰灯放在窗台上，放在大门口的木墩上，冰灯能照亮它周围的一些景色，所以除夕夜藏猫猫要离冰灯远远的。无论是高出屋脊的红灯还是安闲地坐在低处的冰灯，都让人觉得温暖。但不管它们多么动人，也不如父亲送给我的灯美丽。

因为有了年，就觉得日子是有盼头的。而因为有了父亲，年也就显得有声有色；而如果又有了父亲送我的灯，年则妖娆迷人了。

年一过去，新衣服就脱下来了，灯也收了，院子里黑漆漆的，那时候我就会望着窗外的雪花发怔，心想：原来一年之中只有几天好日子啊。人为了那几天充满光明的好日子，要整整辛苦一年。唉。

我一年年地长大了，父亲不再送灯给我，我已经不是那个提着灯串来串去的小孩子了。我开始在灯下想心事。但每逢除夕，院子里照例要在高处挂起红灯，在低处摆上冰灯。

然而父亲没能走到老年就去世了。父亲去世的当年我们没有点灯。别人家的院子灯火辉煌，我们家却黑漆漆的。我坐在暗处想：点灯的时候父亲还不回来，看来他是迷了路。我多想提着父亲送我的灯到路上接他回来啊。爸爸，回家的路这么难找啊？

从此之后虽然照例要过年，但是我再也没有接受灯的那种福气了。

正月十五到了。这天是我的生日。二十八年前，一个落雪的黄昏，我降临人世了。那时窗外还没有挂灯，天似亮非亮，似冥非冥，父亲便送我一乳名：迎灯。没想到我迎来了千盏万盏灯，却再也迎不来幼时父亲送给我的那盏灯了。

走在冷寂的大街上，忽然发现一位苍老的卖灯人。那灯是六角形的，用玻璃做成，玻璃上还贴着“福”字。我立刻想到了父亲，正月十五这一天，父亲的院子里该有一盏灯的。

我买下了一盏灯。天将黑时，将它送到了父亲的墓地。“嚓”地划根火柴，周围的夜色就颤动了一下，父亲的房子在夜色中显得华丽醒目，凄切动人。

这是我送给父亲的第一盏灯。

那灯守着他，虽灭犹燃。

文眼追踪：

这盏灯正如迟子建对父亲的爱和思念，生生不息、历久弥新。一位女作家，把思念写得细腻温暖，质朴感人。迟子建对人情感的把握、传达颇有功力。在她其他的小说作品，如《世界上所有的夜晚》《日落瓦窑》中都有很好的体现。

标题赏味：

如雨般的桂花纷纷落下，带着袭人的香气。多么美好的画面！同时对"故乡"又增添了几分怀恋与思念的意味。"故乡的桂花雨"也就是文章的主旨，回忆童年家乡桂花的同时，表达对家乡亲人的思念之情。

故乡的桂花雨

琦 君

中秋节前后，就是故乡的桂花开放的季节。

一提到桂花，那股子香味就仿佛闻到了。桂花有两种，月月开的称"木樨"，花朵较细小，呈淡黄色，台湾好像也有，我曾在走过人家围墙外时闻到过这股香味，一闻到就会引起乡愁。另一种称"金桂"，只有秋天才开，花朵较大，呈金黄色。

我家大宅院中，前后两大片旷场，沿着围墙，种的全是金桂。唯有正屋大厅前的庭院中，种着两株木樨、两株绣球。还有父亲书房的廊檐下，是几盆茶花与木樨相间。

小时候，我对任何花，都不懂得欣赏。尽管父亲指指点点地告诉我，这是凌霄花，这是叮咚花，这是木碧花……我除了记些名称外，最喜欢的还是桂花。桂花树不像梅花那么有姿态，笨笨拙拙的，不开花时，只是满树茂密的叶子，即使开花季节，也得从绿叶丛里仔细找细花。它不与繁花斗艳。其香气，真是迷人。迷人的原因，是它不但可以闻，还可以吃。

桂花，真叫我魂牵梦萦。

故乡是近海县份，八月正是台风季节。母亲称之为"风水忌"。桂花一开放，母亲就开始担心了："可别做风水啊！"（批注：就是刮台风的意思。）她担心的，一是将收成的稻谷；二是将收成的桂花。

高格引句：

农谚民语的使用，增强了文章的乡土气息。也使得人物形象活灵活现，性格充满立体感和真实感。同时，引用语使文章的叙述更加具有层次。

桂花也像桃梅李果，也有收成呢。母亲每天都要在前后院子走一遭，嘴里念着："只要不做风水，我可以收几大箩。送一斗给胡宅老爷爷，一斗给毛宅二婶婆，他们两家糕饼做得多。"——原来桂花是糕饼的香料。

桂花开得最茂盛时，不说香闻十里，至少前后左右十几家邻居，没有不浸在桂花香里的。

桂花成熟时，就应当摇，摇下来的桂花，朵朵完整、新鲜。如任它开过谢落在泥土里，尤其是被风雨吹落，那就湿漉漉的，香味差太多了。

摇桂花对于我是件大事，所以老是盯着母亲问："妈，怎么还不摇桂花呢？"

母亲说："还早呢，没开足，摇不下来的。"

可是母亲一看天空阴云密布，云脚长毛，就知道要做风水了，赶紧吩咐长工提前摇桂花——这下，我可乐了，帮着在桂花树下铺篾簟，帮着抱桂花树使劲地摇，桂花纷纷落下来，落得我们满头满身，我就喊："啊！真像下雨，好香的雨啊！"

母亲洗净双手，撮一撮桂花放在水晶盘中，送到佛堂供佛。父亲点上檀香，炉烟袅袅，两种香混合在一起，佛堂就像神仙世界。

于是父亲诗兴发了，即时口占一绝："细细香风淡淡烟，竞收桂子庆丰年。儿童解得摇花乐，花雨缤纷入梦甜。"诗虽不见得高明，但在我心目中，父亲确实是才高八斗，出口成诗呢。

桂花摇落以后，全家动员，拣去小枝小叶，铺开在簟子里，晒上好几天太阳，晒干了，收在铁罐子里，和在茶叶中泡茶，做桂花卤，过年时做糕饼。全年，整个村庄，都沉浸在桂花香中。

念中学时到了杭州，杭州有一处名胜叫满觉珑，一座小小山坞，全是桂花，花开时香闻十里。我们秋季远足，一定会去满觉珑赏桂花。"赏花"是借口，主要是饱餐桂花栗子羹。因满觉珑除桂花以外，还有栗子。花季栗子正成熟，软软的新剥栗子，和着西湖白莲藕粉一起煮，面上撒几朵桂花，那股子雅淡清香

高格引句：

作者从儿童的视角进行描述，把小孩子"馋嘴"的小心思展现得淋漓尽致。真切自然，谁又会责怪一个小孩子馋嘴呢？体谅地一笑，感受到的是童真的烂漫和童年的美好。

是无论如何没有字眼形容的。即使不撒桂花也一样清香，因为栗子长在桂花丛中，本身就带有桂花香。

我们边走边摇，桂花飘落如雨，地上不见泥土，铺满桂花，踩在花上软绵绵的，心中有点不忍。这大概就是母亲说的“金沙铺地，西方极乐世界”吧。母亲一生辛劳，无怨无尤，就是因为她心中有一个金沙铺地、玻璃琉璃的西方极乐世界。

于是我也想起了在故乡童年时代的“摇花乐”，和那阵阵的桂花雨。

文眼追踪：

寄情于景、情景交融的写法，对童年桂花进行描写的同时塑造了母亲勤劳朴实、无怨无尤的形象，进而表达了作者对母亲的浓浓爱意和崇敬之情。卒章显志，使整篇文章的主题得到了充盈和提升。

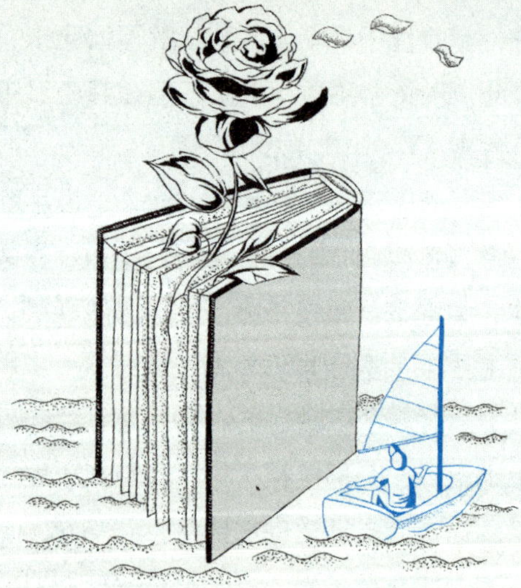

雾中虾趣

曹学林

● **标题赏味：**

"雾中虾趣"，点明了主要情节发生的环境和故事内容。少年时代迷蒙中的捕虾场景，时隔多年以后，反倒愈加清晰。标题与内容产生了张力，愈加表现出"我"对童真、童趣的怀念，对儿时天真、自在生活的留恋。

故乡虽不属水网密布的里下河地区，但也有好几条河道纵横交错着从村中流过。有的河道较宽，连通着外面的大河；有的河道则较窄，几乎就是小水沟，河岸两边长满灌木、荻草，这样的小河里，既不能行船，也不能洗澡。这不怎么流动的小河里，鱼虾却多，小时候，我们在此扒虾的情景，至今难忘。

扒虾都是在冬季下雾的早晨进行，所扒的是一种小草虾，大约只有一寸长、米粒粗细。扒虾的工具是一个像畚斗样的扒口，用细密的麻布或塑料网缝制在一个弯曲如畚斗口的木框上，上面固定一长柄。手握长柄，将扒口伸入水中，然后用力按住扒口，从水底向上拉，鱼虾就会进入麻布或塑料网做的"口袋"内而被扒上来，再倒入淘箩内。

为什么要在有雾的冬天早晨扒虾，至今我都不甚清楚，好像是有雾的冬天，气温相对高些，虾都聚集到了水边，能多扒到虾。扒虾也有技巧，将扒口放入水中向上拉时，按劲既不能大，也不能小，过大，会将水底的泥沙扒进扒口中；过小，扒口压不到水底，浮在水中，虾会从扒口与河底的间隙中溜掉。所以，扒虾时手上既要有一定的压劲，又要有一定的悬劲，还要注意轻放快提，放重了，会吓跑虾，提慢了，入了扒口的虾也会逃走。

扒虾的有老人、妇女和孩子。冬天有雾的早晨，一条小河边会有四五个扒虾的人。大家都被雾包裹着，谁也看不见谁，却听得见轻轻地向水中放扒口的"扑通"声和向上提扒口的"哗啦"的水声。也有不小心滑落

到水里弄湿了鞋子、衣服而早早回家的；也有一直扒到雾气散尽太阳出来的。有时运气好，能扒半淘箩，也有时只能扒到一点点。

小草虾扒回去后，倒在筛子里，将杂物草屑拣尽，然后放在锅中炒一炒，火不能大，只要虾红了就行。再将炒红的虾拿出来摊在筛子里放在太阳下晒。晒干了，用塑料袋装起来，作为做菜的材料。烧豆腐、炒白菜、焖蛋，等等，都可以放一把小虾在里面，味道香极了。扒一冬天的虾，足以吃一年。在那个年代，这可是非常珍贵的美味佳肴。也有的扒了虾舍不得吃，拿到街上去卖。不管价钱贵贱，总可以卖到些钱贴补家用，过年时甚至可以为孩子做上一件新衣服。

我在我们那个村里可以说是扒虾的能手。不但会扒虾，我还会制作扒虾的扒口。村里几个小伙伴的扒口都是我帮他们制作的。

后来我发现，帮他们做的扒口越多，扒虾的竞争对手就越多，这对我多扒虾大为不利，所以我就不再帮他们做了。为此，几个小伙伴好长时间都不理我呢。

高格引句：

小孩子的小算计、小脾气，多年后再看竟也是趣味无穷。也许因为我们再也回不去了，也许因为儿时太纯真，就连小算计都成了天真烂漫的表现，并且不忍苛责。

有一天，雾气很大，天刚蒙蒙亮，我和弟弟就起床了，我扛着扒口、弟弟拎着淘箩，我们一起来到一条小河边。天气很冷，虽然穿着棉衣棉裤，戴着帽子和手套，还是冻得有点抖抖的。我们找好位置，顺着河边，由南向北，一下一下地扒起虾来。因为扒虾的动作幅度大，又消耗体力，我不一会儿就有点热起来，额头上甚至冒出了汗，帽子也摘了下来。弟弟却冷，他拎着淘箩跟在我的后面倒虾，手套不好戴，我每扒一扒口上来，不管有虾无虾，虾多虾少，他都要用手翻动扒口的网兜，把虾捡到淘箩里来，手就冻得像胡萝卜。弟弟想跟我换，他来扒，我来捡。可他扒了两下，扒不动，方法也没有掌握，只好作罢。我就叫他戴上手套，不要他捡，只要帮我拎淘箩。我自己扒，自己捡，这样虽然慢些，可毕竟免去年幼的弟弟挨冻。

我们弟兄俩就这样在浓雾笼罩的河边扒虾，雾气如牛乳一样飘浮在河面，一会儿稀薄透明，一会儿浓郁稠密，时而洁白如玉，时而灰淡若无，时而从水面上升起，时而又从天而降，变幻莫测，飘忽不定。人置身其中，也变成了雾人，头发、眉毛都变成了白色，身上也像长了一层白毛。

太阳渐渐升高，气温渐渐变高，雾气渐渐散去，当我们扛着扒口拎着半淘箩虾离开河边，走回家去的时候，我们的一颗心就像淘箩里蹦跳的小虾，那种欢快与喜悦是旁人所无法想象和体会的。当我人到中年以后，仍难以忘怀少年时代的这段扒虾的经历。那一片如牛乳样的雾气仍然在我的生命中飘浮，如一幅画，如一首诗，如一支歌。

文眼追踪：

少年的天真灿漫，如诗、如画又如歌的生活，经由诗意点染，在一次次的回忆中，生命得到了滋养和充盈。这应该也是作者写这篇文章的目的所在。

钓虾

鲁 彦

标题赏味：

钓虾，开宗明义讲的是钓虾的活动，也是全文紧紧围绕的内容。简单的标题正与作者简单的童年生活一样，与文章的整体风格和谐一致。

每年一到夏天，河水渐渐浅了，清了，从岸上可以透彻地看到近处的河底。早晨的太阳从东边射过来，石洞口的虾便开始活泼地爬行。伏在岸上往下望，连一根一根的虾须也能清晰地看见。

这时和其他的孩子一样，我也开始忙碌了。从柴堆里选了一根最直的小竹竿，砍去了旁枝和丫杈，在煤油灯上把弯曲的竹节炙直了，拴上一截线。从屋角里找出鸡毛来，扯去管旁的细毛，把鸡毛管剪成几厘米长的五截，穿在线上，加上小小的锡块，用铜丝捻成小钩，钓竿就做成了。然后在水缸旁阴湿的泥地，掘出许多黑色的小蚯蚓，用竹管或破碗装了，提着一只小水桶，就到墙外的河岸上去。

“又要忙啦！钓来了给谁吃呀！”母亲每次总是这样说。

但我早已笑嘻嘻地跑出了大门。

把钩子沉在岸边的水里，让虾儿们自己上钩来是很慢的，我不爱这样。我爱伏在岸上，把钓竿放下，不看浮子，单提着线，对着一个一个的石洞口，上下左右地牵动那穿着蚯蚓的钩子。这样，洞内洞外的虾儿立刻就被引来了。它颇聪明，并不立刻就把穿着蚯蚓的钩子往嘴里送，它只是先用大螯拨动着，做一次试验。倘若这时浮子在水面，就现出微微的抖动，把线提起来，它便立刻放松了。但我只把线微微地牵动，引起它舍不得的欲望，它反用大螯钩紧了，扯到嘴边去。但这时它还并不往嘴里送，似在做第二次试验，把钩子一推一拉地动着。我便把线搓动着，一紧一松地牵扯，

使钩尖正对着它的嘴巴。看见它仿佛吞进去了，但还不能立刻提起线来，有时还须把线轻轻地牵到它的反面，让钩子扎住它的嘴角，然后用力一提，它才嗞嗞嗞地弹着水，到了岸上。

把钩子从虾嘴里拿出来，把虾儿养在小水桶里，取了一条新鲜的小蚯蚓，放在左手心上，轻轻地用右手拍两下，拍死了，便把旧的去掉，换上新的，放进水里，第二只虾子又很快地上钩了……

“你这孩子真会钓，这许多！”大人们望了望我的小水桶，都这样称赞说。

到了中午，我的小水桶里已经装满了。

“看你怎么吃得了！……”母亲又欢喜又埋怨地说。

她给我在饭锅里蒸了五六只，但我照例只勉强吃了一半，有时甚至只咬了半只就停筷了。

到了第二天早晨，水桶里的虾儿呆的呆，白的白，很少养得活。母亲只好把它们煮熟了，送给隔壁的人家吃。

“你只是给人家钓，还要我赔柴赔盐赔油葱！”她老是这样埋怨我。“算了吧，大热天，坐在房子里不好吗？你看你的面孔，你的头颈，全晒黑啦！”

但我又早已拿着钓竿、蚯蚓，提着小水桶，悄悄地走到河边去了。

夏天一到，没有什么比这更快乐，空水桶出去，满水桶回来。

直至秋天来到，天气转凉了，河水大了，虾儿们躲进石洞里，不大出来，我也就把钓竿藏了起来。但这时母亲恶狠狠地把我的钓竿折成了两三段，当柴烧了。

“还留到明年吗？一年比一年大啦，明年还要钓虾吗？明年再钓虾不给你读书啦，把你送给渔翁，一

高格引句：

一个小孩子和一只小虾米那点儿小心思的较量。欲擒故纵也好，舍不得孩子套不着狼也罢，小情小趣自有格调。悠闲自得的心绪跃然纸上，让人好不羡慕！

生捕鱼过活！……”

待下一年的夏天到时，我的新钓竿又做成了：比上年的长，比上年的直，比上年的美丽，钓来的虾也比上年的多。母亲老是说着照样的话，老是把虾儿煮熟了送给人家吃。

文眼追踪：

作者通过童年钓虾的场景，表达了对童年天真烂漫生活的喜爱和普通百姓的淳朴秉性的真诚赞美。用笔清丽，三五言点染成画，仿佛童年生活在诗画世界中一般。小情小趣，读来别有滋味。

永远的乡愁

尤　今

标题赏味：

“永远的乡愁”表达的是一种思念之情。作者通过对鱼头趣事的回忆，表达了自己对于已逝父母的怀念。同时，也是作者身在国外的孩子在味蕾上对家乡的思念。思念，成为文章的线索和主题。

不知怎的，鱼头常常与伦常亲情扯在一块儿。

广为流传的一则故事是，双亲为了让儿女享用嫩滑的鱼肉而佯装爱吃骨多肉少的鱼头，儿女在这样的餐桌氛围里成长后，却又没有足够的智慧识破这则白色的谎言。因此，他们有了经济能力后，便常常在餐馆点鱼头给双亲吃；对鱼头其实没有好感的双亲，为了维持长者的尊严，无法说出真相，只好勉强挤出笑容，装出吃得津津有味的样子，把这出“不甚有趣”的戏继续演下去。

这则故事，旨在表扬上下两代的爱，但是，我个人觉得，这种爱的表达方式，闪闪缩缩、迂迂回回，不够坦率、不够痛快。

实际上，真正的爱，是开放的、诚恳的，最重要的是，我们必须让年青的一代自小学会敬老的礼貌，再来便是教会他们分享的艺术。最好、最嫩、最大块的鱼肉，应该给家中最老和次老的；其他的人呢，便将鱼肉按比例分了，你一块我一块热热闹闹地吃。至于鱼头嘛，谁爱吃便拿去吃，不爱吃就倒掉啦。佯装爱吃？干吗要装？一家人亲密无间地生活在一起，唯有“祸福与共”，才能更好地促进家庭的凝聚力啊！

让人意想不到的是，这则故事，居然衍生出另一则惹人发噱的小故事。

一位母亲，在孩子成长的历程中，只吃鱼头，鱼肉全都剔给孩子吃。孩子偶尔问起，她总淡淡地说：“我爱吃鱼头。”孩子长大后，读到上述那则广为人知的故事，才恍然大悟，哎哟，原来母亲是为了爱

而长期制造白色的谎言呢！从此，上餐馆，他总把大块的鱼肉往母亲碗里搁，母亲要夹鱼头来吃，孩子死活不让，频频说道："妈，您受的苦够多了，现在，您该享福了。"一回，母亲独自上餐馆，悄悄点了一份酱蒸鱼头来享用，不巧被孩子撞见了，自然大吃一惊，她一脸尴尬地说："儿呀，我其实是真的喜欢吃鱼头啊！"

众人对鱼头的反应就像苦瓜一样，是两极分化的。钟情它者视如拱璧，厌恶它者弃如敝屣。就以我们家来说吧，父亲一提起鱼头便眉开眼笑，母亲呢，却是"敬而远之"的。

父亲是很懂得在饮食上宠自己的，每个星期天拎着菜篮到菜市去，便是他舒缓工作压力最好的方式，而为自己蒸个鱼头，也就是他生活里的大享受了。

在蒸鱼头之前，父亲一定会先炸猪油渣，而这，总让童年的我们雀跃不已。只见父亲耐心地把那一大块柔软雪白的肥猪肉切成整整齐齐的颗粒状，一股脑儿地倒入沸油里，肥猪肉如逢知己，快乐地在沸油热情的拥抱中发出了"嗞嗞嗞"的呢喃；从油锅里飘送出来的香气，是饱满的、丰润的，充满了佻达粗犷的野性；我们呢，一个个在厨房里踮起脚尖，贪婪而焦灼地等。

高格引句：

对于父亲制作蒸鱼头的过程进行了细致的描写，从色、香、味、声多方面、多角度进行描摹。从儿童的视角进行描写，也使得文章活泼、真切，具有趣味性。

处理好猪油渣后，父亲便好整以暇地开始蒸鱼头了。

他把剁碎的豆酱和细切的姜丝覆盖在肥大的石斑鱼头上面蒸。父亲说，蒸鱼头最关键的是火候，火候拿捏不准，便前功尽弃了。

调了闹钟，闹钟一响，锅盖一掀，一蓬白白的烟气便像难民投奔自由一样飞蹿出来。大汗淋漓的父亲将蒸得恰到好处少一分钟怕不熟多一分钟嫌太老的鱼头捧到桌上，把炸得金黄酥脆的猪油渣像天女散花一样撒在上面。

然后，他吃鱼头，我们便夹盘里的猪油渣来吃。

说真的，猪油渣的好味道，真的是天下无双啊！它飘逸宛若雪花般瞬间在舌面上融化无踪，留下余韵袅绕；它缤纷好似五色喷泉般霎时涌出满嘴绚烂，让人回味无穷。吃猪油渣的经验是如此刻骨铭心，以致我成长后，一看到“舌灿莲花”这四个字，便从它字面上的意思联想起童年那一颗颗金光闪烁的猪油渣，嗳，它们真的是绽放于舌面上一朵一朵灿烂已极的莲花呀！

父亲吃鱼头，专注如学者、虔诚如教徒。一双灵活的筷子，如入宝地，挖、挑、捡、戳、扒、夹，一张胖胖的脸庞闪着亮亮的油光，一双圆圆的眸子泛着满满的笑意；他吃得聚精会神，脸上流露出一种全心全意的满足；在这一刻，即使有人捧着一条金铸的石斑鱼来和他交换，相信他也会摇头说不的。对于我们来说，那是一种活的教育，它教会了我们一种属于味蕾的快乐，一种细致的、精致的快乐；而这种极致的快乐，也的确为我们长长的一生髹上了晶亮的釉彩。

高格引句：

多个动词的连续引用，掷地有声地描绘出了父亲吃鱼时的样子。声情并茂，父亲吃鱼时投入的神态如在眼前一般。叠词的使用使得句子的节奏抑扬顿挫，富于节奏感。

原本不爱鱼头的母亲，为了父亲，特地从邻居那儿学会了熬煮鱼头汤的窍门。煮鱼头汤，不可思议地简单，却又出人意表地美味。每当又香又浓的鱼头汤熬好时，聪慧的母亲便把大块新鲜的鱼肉丢进去，一烫熟，就快速取出。父亲喝汤吃鱼头、孩子们喝汤啖鱼肉，一箭双雕、各得其所。

那汤，波澜起伏，百味麇集。辣椒微辣、番茄微酸、咸菜微咸、大葱微甜，鱼头的鲜味，全被这几种交缠在一起的味儿激发出来了。尽管不曾添加任何调味料，可是，汤味浓郁、柔滑、细腻，鲜香，它总让我联想起春天回旋于百花中的那股轻悠悠、软绵绵、甜丝丝的风。

结婚之后，我常为三个孩子熬煮这汤，他们百喝不厌。后来，三个人相继负笈海外，老二、老三毕业后又留在国外工作，然而，对这汤，他们一直念念不忘。最近，远在伦敦的女儿便坦白说，童年时，鱼头是我的“绝缘体”；长大后，依然不喜欢，一方面觉得偌大的一个鱼头，却都是鳃呀骨呀的，没啥吃头；另一方面，还有个难以启齿的原因，我看它躺在盘子里双目鼓突的样子，好像死不瞑目呢！

朋友告诉我，鱼头是名副其实的健康食品，“一个鱼头三两参”，鱼头含有鱼肉所缺乏的卵磷脂和甘二碳六烯酸，这些物质有健脑作用，可增强记忆力，加强思维、推理和判断能力。朋友理性的分析，丝毫没有改变我不吃鱼头的习惯，因为呢，对于食物，我一向是任性而又感性地跟着味蕾走的。

然而，非常、非常奇怪的是，人到中年时，忽然在毫无征兆的情况下，疯狂地爱上了鱼头。喜欢吃鱼头时那种“九曲十八弯地在沙里淘金一分耕耘一分收获”的踏实感，也喜欢那种“看似穷山恶水实则内寓桃源”的惊喜感。以前怕它时，觉得它面目狰狞、凶神恶煞；现在喜欢它了，它看起来却是温柔可人、含情脉脉的。

情由境生，真是一点儿也不错啊！

然而，爱上鱼头的这个时候，父母都已仙逝了。

没有办法和亲爱的父亲共同品尝一个豆酱蒸鱼头，是我这一生最大、最深的遗憾；还有，还有呵，我多么、多么希望能够亲手为母亲熬煮一锅又浓又香的鱼头百味汤啊！

文眼追踪：

文末卒章显志。全文都在描写各种吃鱼头的场景，实际上是作者想借吃鱼头表达自己对于父母的思念之情。前文对吃鱼头场景的渲染越浓烈、热闹，越能体现出作者此时此刻的遗憾与怀念之情。

真正意义的邂逅

池　莉

标题赏味：

真正意义的邂逅，是什么呢？文章过半，我们发现是作者与自己的邂逅。文章的标题含义模糊，却引人深入。全文的主要内容也正是对与自我邂逅感受的描述。在了解内容以后，不禁感叹确实是“真正意义的邂逅”，标题准确、恰当。

我要记录一个奇遇。

就是这个深秋的一天，清晨的某一刻，我在细腻的秋雨声中慢慢醒来。那是一种十分遥远和缓慢的醒，遥远得像刚刚从地平线那儿凸起，仿佛一滴水珠子。以至于在最初一刻，我以为自己并非醒来而是在梦中。然而，雨声就在窗外，一阵紧，一阵松，紧的时刻，屋檐下的石级就被打得吧嗒作响。这正是我家的雨，我是真的醒了。

我醒了。我大脑深处的某个沟回醒了，我的身体却还没醒。我依然沉沉躺着，四肢松弛，呼吸还是睡眠中的那种自然呼吸，眼睛也没有睁开。这一觉好睡，睡得身子烂如熟泥。

本来，我是一向不喜欢清晨陷落在阴雨之中的。但在这个秋霖如晦的清晨，我却满心喜欢，感到卧室里昏暗得如此柔和妩媚，如鸿蒙初开。这一觉透彻地好睡，使我单纯如婴儿，丝毫没了对客观世界的挑剔，有的尽是新生的欣悦。

某个时刻便悄然而至。

在这个时刻，钟摆无声无息地停止了，世界不再沿着时间纵向前行。我依然闭着眼睛，却清晰地看见世界在我面前呈现出一个巨大的剖面，就像古老的松树一样，有圆圆的轮廓，还散发着新鲜的木香。在密集的年轮里，我看见了自己，在深秋的季节，静静躺在床上，是一个年过半百的女人。女人育有一女和升结肠肿瘤一枚，腹部因此留下两道手术疤痕。女人易悲易怒又易忧。经络多处纠结导致无名疼痛，头顶有

数根怪发，焦虑时雪白，平和时乌黑。女人草根性十足，性喜僻静，除酷好写作之外，便只好庄稼与花草，尤其爱闻浇过大粪的沃土被太阳晒出来的气味。女人本无行政与组织才能，任何社交场合均不能自在。却担任文学艺术联合会主席职务——我注视着自己，目光是从来没有过的平静客观。如看一棵树一株草，想以往数年，学习与工作中也做过无数个人总结。却皆不如此时此刻真实、简洁、彻底和公允。

高格引句：

长长的叙述好像一个哑谜，作者写的是谁？竟如此了解？谜底揭开，原来是自己。冷静的口吻、客观的讲述，让人感到敬佩！与自己来一次真正的邂逅何尝是一件容易的事情？作者做到了。

就在这个时刻里，我同时看见了我的父母。他们熬过了一夜糟糕的睡眠，相对坐在床上，弓着背，活像一对皮影人偶。他们在小声商量，怎么才能获得高质量睡眠。我父亲想做一个手术但是又有无数顾虑，他们牢骚满腹地抱怨现在医疗费用奇高。在以往的几十年里，因与父母相处时间极少，彼此都不太熟悉对方的生活方式与生活态度，凡大事小事出现，我皆惶然不能言。在这个时刻里，我却丝毫没了惶然，爽朗地支持父亲做手术并一一归置他们的顾虑。结果是众人大悦。一切顺利。

我真切地看见了我的女儿。她在遥远的一所中学宿舍里，被温暖的阳光唤醒。她朝气勃勃地穿着一条牛仔短裤，而户外是-2℃的气温。她快乐而轻松地告诉我："妈妈，我真的一点儿不冷！"她的表情是那么自信，她自信地驾驭着她的学习、她的生活、她的爱好和兴趣。只因她这样一种自信的驾驭，让我有说不出的快慰与骄傲。

在这一刻，我居然还看见了我的外祖父母。他们是我永远的伤心记忆，他们熬过的是中国巨变的年代，终因心力交瘁而过早逝去。在这一刻，我与他们遥相致意，好像他们也知道我已经理解了人世间的艰难与险恶，他们与我不再隔世。我还看见了我的老外婆，胖胖的，却总是一副笑模样，嗜食臭腐痴心不改，秘密掌握着将新鲜食品制作成臭腐食品的种种秘方。就在这一刻，我忽然明白，我对臭腐食品颇有心得的源头何在，明白了世间的滋味，也是可以有一种臭腐即是奇异之香。

就在这悄然而至的时刻里，我还看见，我 11 岁的老狗皮皮，忠实地守卫在我的卧室门口，还装出一副“老骥伏枥，志在千里”的模样。我还看见，屋子后面的菜地里，莴苣、雪菜、萝卜、菠菜和茼蒿，都在各自的生长之中。而许多微小的菜虫，也都顽强地依附着菜叶，抵抗越来越凛冽的寒霜。我是绝对不使用农药的，无论是蔬菜还是小虫，都是现实生活里的生机。

就是在这一刻，我发现我看见的，果真是我一个人的全世界，是我认识或者记忆的所有人与事。而我，重新与他们面对和相处，全然没了执著的自我立场，因此也就没有对立和不知所措。我能够看见自己与这个世界的脉脉沟通与种种协调。这是我从来都不曾有过的感觉，这种感觉令我的精神格外轻松。《金刚经》中所说的“无我相，无人相，无众生相，无寿者相”，难道就是这个意思？所谓“若菩萨不住相布施，其福德不可思量”，莫非就是一种放下了的身心轻松？

一问又一问接连发出，不待回答，我的醒已然由地平线上的水珠变成了东升的旭日。我满目光明，眼里含满温热的泪水。这里的问也就是答了。

我当然是醒的了。我是从前的自己遇上了现在的自己，这是人与人之间一次真正意义的邂逅。

文眼追踪：

一瞬间邂逅，作者遇到了自己，她的认识，她的回忆，她的整个世界。大概这是一种可遇而不可求的奇妙感受吧！平静、简单、公允地认识自己、评价自己，不正是去了解自己、反思自己？每个人都需要与自己来一次真正的邂逅。

标题赏味：

打眼一看，“父母地雷”？很新鲜的说法，这指的是什么呢？将文章细细读来，原来是在父母身上常常发生的问题，忽略了孩子已经成长，不再是什么都需要长辈操心的小孩子。这一说法风趣幽默，也道出了为人父母的良苦用心。

踩到了“父母地雷”

查小欣

圣诞节儿子返港度假，短短10天，母子俩大吵小吵频频。

抵港当日正值冬至，齐集家人来我们家吃晚饭，家人一批批到达，儿子跟男的握手，女的拥抱。准备了一桌儿子馋嘴的菜式，由他爸爸亲自下厨。儿子走进忙乱的厨房，打开冰箱，取出家中常备的牛扒，“今晚我不想吃太多东西，吃煎牛扒就够了，我自己来弄”。感觉如去年兴起的冰桶挑战，一大桶冰照头淋，跟丈夫反复商量设计的菜式都白费了，很不是味儿。

我忙着招呼，没说什么，老公配合他，儿子说牛扒每面煎两分半钟，老公就拿着定时器替他计时，自小很少入厨房的儿子，煮份方便面都手忙脚乱，现在对付平底锅中的牛扒，手势纯熟，下什么调味品都胸有成竹。

大家团团围坐，各人吃得不亦乐乎，儿子悠然自得地吃牛扒，我让他尝一点儿桌上的菜，他推说饱了，叫了好几次，他应酬式吃了几小口，将牛扒吞进肚子里后，就跟表哥表弟到房间去聊天了。

大节当前，一时情急，走上了父母劝食的自然轨道，成为母子俩未来几天的嫌隙。

儿子的宣示是：我长大了，别打算支配我，我的生活模式由我主宰，我们要彼此尊重，你吃你喜欢的，我吃我的。

时隔一日，我还未及消化他的态度，却引发“干涉早餐”事件。女佣煮了越式牛肉米粉给他做早餐，放在托盘里端到他面前，他拿起筷子预备吃时，我因见托盘底不平坦，预备替他将汤碗移到平滑的台面上，他阻止道：“自己的饭自己吃。”我把手迅速收回，找话说：“牛肉汤的汤底是……”“是你配制的，用大量牛骨，加入胡萝卜、白萝卜熬了几个小时，材料全天然，汤清味浓，你昨晚已跟所有人讲过了，不用再讲。”

不想他回港第一个早晨便不欢而散。

早餐后稍作休息，儿子到屋苑会所健身室去做运动，“来，换衣服，跟我一起去跑 5 分钟，才 5 分钟，很快的。”“不是说我要赶稿吗？明天吧。”我说。

“你觉得我烦，对吗？冬至那天晚上，我不是说已吃饱了吗？为何你还不停地叫我吃这吃那，令我不断在各人面前拒绝，像个事事反对你的儿子？为何不相信我？我饿了自然会吃，饱了怎吃得下？”

我踩了父母经常性踩的“地雷”，停留在时光走廊，忘记了儿子已长大，不是当年任由摆布的毛毛头，他给我当头棒喝：他是个独立个体，他尊重父母，亦希望得到父母的尊重，他正式宣布不要做牵线的小木偶。

文眼追踪：

作者遇到了一般父母都会遇到的问题：放飞的孩子回到身边，还当是小时候那个什么都不懂的小娃娃：耳提面命、碎碎念，汹涌的关心使孩子感到自由、尊重被剥夺。孩子已然长成大人，那么父母呢？抚养一个孩子长大又何尝不是一对父母成长的过程？

儿子离港返美前一天，我派项任务给老公：“好好跟儿子分析关心和规管的分别，爸爸妈妈问他跟谁吃晚饭、几点回家、多吃一点儿、天冷要添衣，是出自关心，不是操控，他似乎弄不清楚，充满了戒备和不悦，每次都像要跟你来一场战争一般。”

这番话由我来说会有反效果，儿子肯定听不进去，我们更会吵起来，丈夫则是他的英雄，他的朋友。

两父子关上门，密话约半个小时，自门打开一刻开始，儿子分明的轮廓多了一份温柔，说话的尾音不是倔实实的，放轻了，如跟女朋友倾谈。

大清早，送他到机场，登机前，老公给我俩拍照，我预备在刚吃过早餐的裸色唇上抹唇彩，儿子紧拥着我的肩膀，“不用，要有自信，你已经很美。”很男子气。

目送他的背影消失在旅客中。往停车场取车途中，老公的手机响起 WhatsApp 的铃声，看了内容后，他满意地笑，笑什么？

他把手机递给我看，儿子写道：“谢谢给我一个惬意假期及宝贵的一席话，放心，我会谨记爱情至上。”内容以英文为主，唯“爱情至上”四字写中文。

老公给儿子的一席话是：“你妈妈其实很爱你（下删两百字）……跟妈妈相处很简单，你用对待女朋友的态度最为恰当，女朋友也会像妈妈问这问那，你会觉得女朋友是关心，不是管你，反而她不问你时，你会怪她不关心你，对待妈妈也一样，爱情至上。”

爱情至上，简单直接，儿子马上参透。多谢我的最佳合伙人。

高格引句：

真是一位睿智的丈夫。以女友喻母亲，大概哪个男孩儿都不会再反感母亲。二者的行为又是如此相似，形容贴切又充满趣味。对上面“爱情至上”的突兀回答作出解释，使读者有一种拨云见日、豁然开朗的感觉。

海女们的安德烈

[韩] 李翰英

● **标题赏味：**

“海女”对于大多数人来说都是新鲜的，直接的联想可能是海的女儿？与这样一些浪漫想象联系在一起的“安德烈”又是何许人物？在各种各样的疑问的督促下，读者就会情不自禁地读下去，希望解开心中的谜团。

我在济州海女文化博物馆工作。一次，从村子里的海女口中听说有一位被称为“安德烈”的大叔。他与海女们关系密切，可以开一些重口味玩笑，甚至可以进入被称为“男人禁区”的海女更衣间。

我对他产生了浓厚的兴趣。于是那天，我拿着海女捕获的大鲍鱼去拜访他，几杯烧酒下肚后，听到了关于他的人生故事。

他原来是专门为海女制作连体胶皮潜水服的匠人。在海女的眼里，他比世界知名服装设计师“安德烈·金”更为有名，因此海女们便直接称他为“安德烈”。

文眼追踪：

作者道出了“安德烈”的庐山真面目，也引出了文章议论的对象——连体胶皮潜水服匠人“安德烈”。作者通过各种小事塑造出了一个严谨负责又豁达乐观的匠人形象，在他的身上最闪耀的就是对海女文化的热爱与坚守，这也是作者写这篇文章最想要表达的内容和目的所在。

一走进他的工作间，就有一股强烈的化学药水味扑面而来。

海女的潜水服不同于一般衣服，不用针缝，全部用特殊的黏合剂黏合。每天他都忍受着黏合剂的刺鼻味道，认认真真地黏合着每件潜水服。

他说：“海女们要穿着潜水服下海，因此在裁剪和接合上不能出现丝毫差错，如果尺寸不对或出现缝隙而渗水，在冬天下海捕捞有可能发生意外。”

想想确实如此。在寒风刺骨的冬天，海女们只穿着黑色的胶皮潜水服潜入冰冷的海中，只会更加寒冷！万一再渗水，那种感觉真的是无以言表。

他讲了一个故事，让我备受感动。

他曾到全罗道一座只住着 3 户人家的小岛去为一个海女制作潜水服。接到电话后，为了这一件潜水服，他多次换乘汽车和船只，足足走了三天两夜，才到达那座小岛。为了做一件潜水服，反倒要搭上好几天的车船费和误工费，简直是本末倒置。但对于手艺人来说，有时不能这样简单计算。

由于只定制一件潜水服，却还要他大老远跑一趟。那个海女深感不安，便说：“我把尺码报给您，做好后邮过来就行了。”然而他的原则非常坚定：第一次定制都要上门亲自裁量尺寸。

一般的服装店在定制服装时，往往只量10余个尺码就行了，而海女的潜水服却要精确测量23处之多。只要一处不准，出现微小的缝隙也可能渗水。

高格引句：

数字的使用，使读者在形象、具体中了解了连体胶皮潜水服制作要求的严谨。在侧面描述中，突出了“安德烈”的严谨仔细与工艺精湛。并非刻意却给人留下了深刻的印象。

酒过三巡，他掏出一本保存了很多年的人生手册给我看。手册倒真有点儿如同“安德烈”的名声一样，上面写满海女的名字，有济州的、釜山的、蔚山的、莞岛的，甚至有远嫁到日本的。每一个名字的旁边都详细写着相关尺寸和身体特征。

一般来说，海女们每三年要定制一次潜水服，有些下海勤的海女甚至每年都要定制一件。如果到了定制时间，还没有接到海女的定制电话，他就会打电话问询，结果常常让他伤心不已——都是因为身体不好而不得不终止海女的工作。

35年来，经他的手定制潜水服的海女有上万名。每一件精心制作的潜水服都是海女们弯腰驼背逐渐老去的见证。他的手册上记载的海女，大多已不在人世，有一些人年龄偏高也早已退出海女的行列。

他说：“35年来，托了海女的福，我才能有今天。我要一直做下去，哪怕不挣钱，也要以奉献之心做潜水服，直到94岁。”

我问他为什么一定要等到94岁，他爽朗一笑，道：“等我到了94岁，大部分海女将自然消失。做了一辈子的潜水服，我一天也没休息过，如果能活到百岁，剩下的6年我将享受生活。”笑过之后，他的眼角竟闪着泪花。

高格引句：

与老人的对话中，表现了匠人对于自己手艺的热爱，对于海女们的牵挂以及对于生命的豁达心态。自然而然间匠人的精神品格得到了进一步的提升。

现在，海女们的平均年龄已达 70 岁，年轻人没人愿意潜入汹涌的大海从事辛苦的捕捞工作，这样下去，海女这一行业就会慢慢地消失。

安德烈大叔希望，有年轻人接过海女的接力棒，让济州海女的历史传统代代相传。

溜索

阿城

一个钟头之前就感闻到这隐隐闷雷，初不在意。雷总不停，才渐渐生疑，懒懒问了一句。领队也只懒懒说是怒江，要过溜索了。不由揪紧了心，准备一睹气贯滇西的怒江，却不料转出山口，依然是闷闷的雷。见前边牛死也不肯再走，心下大惑，就下马向前。行到岸边，抽一口气，腿子抖起来，如牛一般，不敢再往前动半步。

万丈绝壁垂直而下，驮队原来就在这壁顶上。怒江自西北天际亮亮而来，深远似涓涓细流，隐隐喧声腾上来，一派森气。俯望怒江，蓦地心中一颤，再不敢向下看。

领队稳稳坐在马上，笑一笑。那马平时并不觉得雄壮，此时却静立如伟人，晃一晃头，鬃飘起来。牛铃如击在心上，一步一响，驮队向横在峡上的一根索子颤颤移去。那索似有千钧之力，扯住两岸石壁，谁也动弹不得。

领队下马，走到索前，举手敲一敲那索，索一动不动。领队瞟一眼汉子们。一个精瘦短小的汉子站起来，嗖地一下过去，却发现他腰上还牵一根绳，一端在索头，另一端如带一缕黑烟，弯弯划过峡谷。一只大鹰在瘦小汉子身下十余丈处移来移去，翅膀尖上几根羽毛在风中抖。再看时，瘦小汉子已到索子向上弯的地方，悄没声地反着手倒手拔索，横在索下的绳也一抖抖地长出去。

大家正睁眼望，对岸一个黑点早停在壁上。不一刻，一个长音飘过来，绳子抖了几抖。三条汉子站起来，

标题赏味：

溜索什么呢？对大多数读者来说是新鲜的，以此为题目本身就具有不小的吸引力。全文就是截取了溜索的一个片段，牛溜索、“我”溜索、领队溜索，一气呵成，紧紧围绕“溜索”展开。正面、侧面双管齐下，为读者呈现出一个精彩绝伦的“溜索”场景。

文眼追踪：

阿城在文章中为我们塑造了一种“溜索”的奇观。牛溜索时的恐惧神情与瘫软动作，“我”溜索时的惊恐，与领队形成鲜明对比。领队溜索时的漫不经心、娴熟勇猛，令人叹为观止！语言生动，令人随之心惊肉跳。

高格引句：

“一缕黑烟”的比喻实在生动，不但表达出“小个子”带着黑溜索到了对岸的动作，更将其娴熟勇敢精练地表现了出来，动感十足。“小个子”其貌不扬功夫却如此了得，更加使人震撼！

拍拍屁股，三条汉子一个一个溜过去。领队哑声问道：“可还歇？”余下的汉子慢声应道：“不消。”纷纷走到牛队里卸驮子。

牛早卧在地下，两眼哀哀地慢慢眨。两个汉子拽起一头牛，骂着赶到索头。那牛软下去，淌出两滴泪，大眼失了神，皮肉开始抖。汉子们缚了它的四蹄，挂在角框上，又将绳扣住框，发一声喊，猛力一推。牛嘴咧开，叫不出声，皮肉抖得模糊一层，屎尿尽数撒泄。过了索子一多半，那边的汉子们飞快地收绳，牛倒垂着，升到对岸。这边的牛都哀哀地叫着，汉子们并不理会，仍一头一头推过去。之后是运驮子，就玩一般了。这边的汉子们也一个接一个飞身溜过去。

高格引句：

侧面描写。通过牛面对绝壁时的情态，突出了绝壁的险要可怖。对牛的描写十分细致，夸张手法也使用到位。在简练的文字中，牛的恐惧、峡谷的艰险跃然纸上，令人叹为观止。

我战战兢兢跨上角框，领队吼一声：“往下看不得，命在天上！”猛一送，只觉耳边生风，僵着脖颈盯住天，倒像俯身看海。自觉慢了一下，急忙伸手在索上向身后拔去。这索由十几股竹皮扭绞而成，磨得赛刀。手划出血来，黏黏的反而抓得紧。手一松开，撕得钻心一疼，不及多想，赶紧倒上去抓住。猛地耳边有人笑：“莫抓住不撒手，看脚底板！”方才觉出已到索头。慎慎地下来，腿子抖得站不住，脚倒像生下来第一遭知道世界上还有土地，亲亲热热跺几下。

猛听得空中一声呼哨，尖得直入脑髓。回身却见领队早已飞到索头，抽身跃下，走到汉子们跟前。

牛群终于又上了驮，铃铛唧唧地响着，似是急急地要离开这里。上得马，才觉出一身黏汗，风吹得身子抖起来。顺风出一口长气，又觉出闷雷原来一直响着。

焦　急

龙应台

● **标题赏味：**

“焦急”是人的一种情绪，却拿它来做标题。作者卖了一个关子，既没有说原因，也没有说为谁，只有在文章演进中才能找到答案。文末“原谅我，我真的写不出赞美的文章来，因为我心急如焚”点明了焦急的原因。

“为什么老写故乡的缺点？难道你看不出这里有任何一点儿美好的东西？为什么不说说故乡的好？”

朋友这样指责我。

于是我带点儿罪恶感，走到人头攒动的街头，再深深看一眼。

还有比阿华更好的肉贩吗？从清晨6点开始剁肉切肉，应是血肉模糊的木台子却干干净净。切肉的时候，专心致志，把皮切开，把肥肉去掉，然后小心地把你要的肉放在秤上，告诉你多少钱，再添上一点儿瘦肉。包好之后，如果嫌提着太重，他就先把肉放在他的冰箱里，等你回程再取。阿华没读过几年书，可是他弯身切肉那副专注的神情，好像手里一块油腻的肉是珍贵的木雕艺术，一刀都错不得。

高格引句：

将油腻的猪肉比喻为艺术品雕塑，在调侃的语气中表达了作者对于肉贩阿华专注、敬业的赞美。生动贴切，令人忍俊不禁的同时又深深叹服于作者的联想。

到河边的邮局取信也是件愉快的事。认识你之后，忘了邮箱钥匙也没有关系，窗后的人并不在意为你走一趟，把信递给你。如果你远行，回来时急急探望堆积的邮箱，会发觉整沓整沓的邮件一捆捆扎好，等着你来拿。更好的是，插队的人挤到你前头去时，卖邮票的小姐会很有正义感地坚持先把邮票卖给你。

取信之后，我就绕到邮局后面的河堤。10点钟，正是涨潮，水波一浪又一浪地扑打着河岸。对着观音山，我坐在堤上读信，偶尔，水花会溅到信纸上来。如果是黄昏，艳丽的夕阳就把薄薄的信纸映成透明的红色。

谁说我看不出这片土地的美好？

可是，我确实写不出赞美的文章来。我说不出口。

住在校园中心，通往外界有三条路可走。出了前门是一条短短的下坡路，左边有座朴素的老庙，飞檐很轻巧地指向天空。右边是青翠的稻田，荷锄的农人站在田心，远远看去像个稻草人。从侧门走出，是条充满蛙鸣与蟋蟀声的山路，通往长满相思树的山丘。夹道的茅草丛和茅草后的水田里藏了千百只生命旺盛的小东西，在夏天的夜晚，忘情地嘶喊……

这条路只能散步，不能聊天，因为虫声很放肆。第三条路则从后门出去，路上没有一盏灯，只是黑暗中一条荒野小路。有时，月亮升起，散发着草丛的香味……

一年过去了，第一条路旁的水田被挖土机填平，拥挤的钢筋水泥楼房像肮脏的章鱼，张牙舞爪地延伸。路面被卡车轧坏了，凹凸不平。建筑材料到处弃置。再过几个月，人家会搬进来，摊贩会占据路旁，货车会夹在路中。这条路，愈来愈难走。

蛙鸣的山路也结束了。建筑一寸一寸地把水田吃掉，蟋蟀和青蛙被机器轧死。后山上满山遍野的相思林一片一片地被砍掉，花枝招展的墓园像癣一样，到处散布。建到一半又停工的房子露着生锈的铁管，很狰狞地霸占着山坡。

高格引句：

山路附近的狰狞施工场景，建筑对优美环境的迫害，动植物的死亡……都深深刺痛着作者。前后对比中表现了环境遭受的伤害和焦急的必要，为揭示主旨做好铺垫。

这条路，我不再走。

最后那条在黑暗中仰视月光的小径，也失去了。现在，短短一条路就有七个垃圾丘，一转弯就是一个，半年前丢在那儿的免洗饭盒、汽水瓶、废电池，现在还在那儿，明年，也会在那儿。有月光的晚上，垃圾的腐臭混合在逐渐消失的草香里。

指责我专挑故乡缺点的朋友，是个比我快乐的人。他可以站在渡船头，迎着河风尽情地去享受落日的感动，毫无保留地去爱那满天的彩霞。我望着波光潋滟，想的是水中多少鱼已含汞。望着河上如水上人家的采沙屋，想的是河底的沙如何淤积在河口，造成浅沙风浪，使小船出海有翻覆的危险。望着美得令人心疼的夕阳，我想的是，为什么这样的美景，我却必须站在垃圾的腐臭中欣赏？坐在杜鹃花围绕的阳台上，我想的是，那三条路正一条一条地干枯，好像有人在我的血管末端打了结，好像有什么病毒正一寸一寸顺着我的四肢蔓延上来——我想的是，这片美好的土地，你正在往哪里去？

原谅我，我真的写不出赞美的文章来，因为我心急如焚。

可是，你不焦急吗？

文眼追踪：

对于美好的事物，作者并不是没有看到，只是爱之深、责之切。不仅因为现实容不得作者不“焦急”，更因为爱得深沉，所以多生苛责。这一点与作者在《中国人，你为什么不生气》当中的心情是相仿的。

大风

莫言

标题赏味：

"大风"有什么可写的呢？大风既是"我"和爷爷割草时遇到的危险、抗争的对象，也是意象化了的说法，更寓意人世的艰辛。简洁而颇具阐释空间。

我家后面有一条弯弯曲曲的胶河，沿着高高的河堤向东北方向走七里左右的路，就到了一片方圆数千亩的荒草甸子。每年夏天，爷爷都在那儿割草，我爷爷镰刀磨得快，割草技术高，割下来的草干净，不拖泥带水。

最早跟爷爷去荒草甸子割草，是刚过了七岁生日不久的一天。堤顶是一条灰白的小路，路的两边长满野草，行人的脚压迫得它们很瑟缩，但依然是生气勃勃的。爷爷的步子轻悄悄的，走得不紧不慢，听不到脚步声。田野里丝线流苏般的玉米缨儿，刀剑般的玉米叶儿，刚秀出的高粱穗儿，很结实的谷子尾巴，都在雾中时隐时现。河堤上的绿草叶儿上挂着亮晶晶的露水珠儿，微微颤抖着，对我打着招呼。

田野里很寂静，爷爷漫不经心地哼起歌子来：

一匹马踏破了铁甲连环

一杆枪杀败了天下好汉

一碗酒消解了三代的冤情

一文钱难住了盖世的英雄……

高格引句：

一首趣味横生的小调，一方面，快速地烘托出了民间豪侠的真情和艰难世道；另一方面，也烘托出了爷爷的形象特征，为下文受到龙卷风袭击做好了准备。

坦荡荡的旷野上缓慢地爬行着爷爷悲壮苍凉的歌声。听着歌声，我感到陡然间长大了不少，童年似乎就消逝在这条灰白的镶着野草的河堤上。

他带着我寻找老茅草，老茅草含水少，干得快，牲口也爱吃。爷爷提着一把大镰刀，我捉着一柄小镰刀，在一片茅草前蹲下来。"看我怎么割。"爷爷示范给我看。他并不认真教我，比画了几下干脆低头割他的草去了。他割草的姿势很美，动作富有节奏。我试着割了几下，很累，厌烦了，扔下镰刀，便追鸟捉蚂蚱去了。

不知何时，天上布满了大块的黑云。

我帮着爷爷把草装上车，小车像座小山包一样。大堤弯弯曲曲，刚走出里把路，黑云就把太阳完全遮住了。天地之间没了界限，我竟然感到一种莫名的恐惧。回头看爷爷，爷爷的脸木木的，一点儿表情也没有。

河堤下的庄稼叶子忽然动了起来，但没有声音。河里也有平滑的波浪涌起，同样没有声音。很高很远的地方似乎传来了世上没有的声音，天地之间变成紫色，还有扑鼻的干草气息、野蒿子的苦味和野菊花幽幽的香气。

在我们的前方，出现了一个黑色的，顶天立地的圆柱，圆柱飞速旋转着，向我们逼过来，紧接着传来沉闷如雷鸣的呼噜声。

“爷爷，那是什么？”

“风。”

爷爷淡淡地说：“使劲拉车吧，孩子。”说着，他弯下了腰。

我们钻进了风里，听不到什么声音，只感到有两个大巴掌在使劲扇着耳门子，鼓膜嗡嗡地响。堤下的庄稼像接到命令的士兵，一齐倒伏下去。

爷爷双手攥着车把，脊背绷得像一张弓。他的双腿像钉子一样钉在堤上，腿上的肌肉像树根一样条条暴暴地凸起来。风把车上半干不湿的茅草揪出来，扬起来，小车在哆嗦。爷爷的双腿开始颤抖了，汗水从他背上流下来。

夕阳不动声色地露出来，河里通红通红，像流动着冷冷的铁水。庄稼慢慢地直起腰。爷爷像一尊青铜塑像一样保持着用力的姿势。

高格引句：

三言两语，呈现在读者面前的是夕阳下爷爷在风中用尽全力挽救茅草的剪影。与龙卷风的抗争正是这些底层百姓为生活、为子女、为自己的生存所做的努力，那份蒙昧的倔强执拗令人动容。

我高呼着：“爷爷，风过去了。”

他慢慢地放下车子，费劲地直起腰，我看到他的手指都蜷曲着，不能伸直了。

风把我们车上的草全卷走了，不，还有一棵草夹在车梁的榫缝里。我把那棵草举着给爷爷看，一棵普通的老茅草，也不知是红色还是绿色。

“爷爷，就剩下一棵草了。”我有点儿懊丧地说。

“天黑了，走吧。”爷爷说着，弯腰推起了小车。

我举着那棵草，跟着爷爷走了一会儿，就把它随手扔在堤下淡黄色的暮色中了。

文眼追踪：

安分随命的短短五个字的回答，轻描淡写，似乎毫无留恋。为了生存竭尽全力却不论结果如何，大概就是这些底层人民的生存哲学。这份为生、为活的执拗倔强和面对天灾人祸无能为力时的豁达随命，实在令人感动。既是谋生之道，又是一种大智若愚。

骡子的眼睛

王 瑢

● 标题赏味：

如果对一只动物的器官进行仔细描摹，你会选择哪里？“眼睛”切中要害。俗话说“眼睛是心灵的窗户”。骡子的眼神柔弱、清澈，毫不遮掩，但被人们奴役、肆意地使用。骡子的眼睛被煤灰遮蔽，“心灵窗户”的交流也成了痴心妄想。骡子的眼神可以作为全文线索，同时也是作者的情感线。

动物的眼睛极单纯。面对一匹马或一头牛，盯着看，发现它们的眼睛要比人的眼睛清澈许多。汪汪两泉水，说脉脉含情也不为过。人类互诉衷肠，更多是通过言语，能单凭一个眼神就立马相互会意自然是最好，但所谓心有灵犀，毕竟凤毛麟角。动物不讲话，人类希望借以目光与动物进行情感交流，想想并不简单。

文眼追踪：

作者从眼神入题，实际上是想写人与动物的关系。人与动物是奴役与被奴役的关系吗？人与动物是可以交流的吗？通过对骡子运煤一事的讲述，作者深深地表达了对骡子的同情和对人对动物的隔膜与奴役。人与动物关系的思考是作者的题中之意。

我似乎是只见过一次，真正意义上的骡子。乡人养牛养羊养猪养马养驴，养骡子的却极少。拿我奶奶的话说，骡子个高体壮，力气也大，但实在是太能吃，乡人自家地里那点农活儿，牛和驴足以应付裕如，还养骡子做啥。我唯一一次正儿八经看见骡子，不是在乡下，而是在山西某偏远山区的一个私人小煤窑里。我看到了骡子。好多骡子。一头一头在井下拉煤的肮脏骡子。

山西“一煤独大”了许多年。20 世纪 80 年代，山西经济迅猛发展，资本积累完全响应“有水快流”的思想指导，不论远近大小丰腴贫瘠，但凡有煤层的地方，必定有小煤窑。窑窑相望，绵绵不绝，仿若雨后春笋，一夜之间就冒出来，遍布三晋大地。小煤窑一度多达上万座不止。安全监管不到位，导致矿难频发，百万吨死亡率是国有大矿的十几倍甚至几十倍。办法总比困难多，活人哪能被尿憋死。小煤窑老板们集思广益，不再雇用人工劳力，开始改用骡子。那种打个斜井，慢慢朝地底下缓势延伸下去的小煤窑，就此应运而生。因为没有运煤的“煤溜子”——矿井里由下至上运煤的转送带，早前都是靠人工背，把开出来的煤，一篓一篓从井底背到地面上来。现在通通靠骡子拉车运送。我看着面前这支特殊的运煤队伍，骡子们一定万万没想到，自己生来竟是会在人们的驱使下，做这种暗无天日的工作。几十头骡子，被主人赶到黑洞洞阴森森的逼仄井下去，一车一车从井底给主人往地面上驮煤。每天一大早，骡子天不亮就要被赶起来，照例先吃早餐。喂饱草料喝足水，骡子们就被套上特制的铁架子车，赶入井下去。一干一整天。井底下伸手不见五指，有一种令人恐怖的黑。空气浑浊不堪，隔上很长的一段才有那么一盏灯，灯为特制，很小，灯光忽明忽暗，摇曳不定，我总在担心这小小的红光不定啥时就会熄灭，就那么微弱地亮着、摇晃着。我跟在一个车主人身后，即使全副武装，戴着双层口罩，我的鼻息里照旧充斥着浓浓的煤尘味道，呛得几乎睁不开眼睛。我坚持不到三分钟便匆匆逃了出来。那煤尘极细极厚，四下弥散，我总觉它们已经钻进我的发丝或是肌肤毛孔里去了，至于肺与呼吸道，简直不敢想象。经年累月，骡子们完全无处可逃。

无以计数的小煤窑，无论冬夏春秋，一如既往地闷热潮湿。早前下井的矿工都是男人，他们经常是赤身裸体，反正也没有女人。骡子自然无此可能。它们总不能脱掉与生俱来那身皮袄吧，只好闷热着去。小煤窑的巷道，狭窄而漫长，骡子们拉着一车一车的煤，慢悠悠，慢悠悠，艰难缓慢地从井底爬上来了，好不容易刚呼吸到一口新鲜空气，脚下刚一停顿，头顶上啪啪迎空两声，身上已经狠狠地落了两鞭子，车主人骂骂咧咧！从井下拉整车的煤往井口上来，要经过一个斜坡，坡度并不大，但非常漫长，所以上这个坡必须一气呵成，其间不能停也不能歇，不然就要连车带骡子又出溜下去了。早前是人力拉，人累了，走走停停，可以喘口气再继续。骡子不行。骡子身上套着的煤车，下面带着两个小轮子，骡子们或许也想停下歇歇，奈何车轮和主人的鞭子可绝不手下留情。于是骡子只能埋了头，铆足了力气拉。骡子们拼尽了全力，到后来，鼻孔里不断喷出一股一股白气来。终于拉到井口了，终于见到阳光了。阳光白耀而刺眼，骡子的眼睛一下子适应不了，立马又闭了起来。从井下跟车上来的主人，一般在即将上井之前就把专用的墨镜戴起来，这样，外面的太阳再怎么刺眼，他们的眼睛毫无不适。有骡子墨镜卖吗？等骡子们的眼睛刚刚适应了地面的太阳，好了，又要再次被赶到井底去了。就这样周而复始，日复一日。我戳在不远处，默默盯着这一切。车主们每次从井下上来，都要先走到隔壁屋子里去简单地冲个澡，吸烟，喝茶，但这些可怜的骡子，一次次上来，又一次次被赶下去，斗转星移，昼夜无分。

那天，我面对着一头刚刚从井下颤颤悠悠爬上来的骡子，一身的皮毛，早已被汗水浸得透湿。我问车主人：“这骡子原来是什么颜色的？我实在看不出它的本来面目。”车主人笑嘻嘻地来了一句：“管它白的灰的，出来就都变成黑的了。”骡子的眼睛周围沾满了煤尘，于是越发显得大，骡子的鼻孔周围也全是煤灰，不知是泪水还是鼻涕，污渍厚厚的一层一层，堆积在那里。骡子紧闭着双眼，浑身上下弥散着一种从井下带上来的煤尘味道。我立于十几步外，仍不住地咳嗽。我从来没想过，一头骡子会喘成那样。骡子的肚子急速地一起一伏，起起伏伏，喘了好一阵子，骡子的后腿根部肌肉忽然间像被电击了似的，剧烈地抖动起来，瞬间又抖遍全身。我一惊，赶紧朝后面躲。我不知道这头骡子究竟是舒服还是痛苦，突然间又开始猛烈地摇头，边摇头鼻子里边不断发出一种“突突突突”的声音。骡子不是不叫的吗？我觉得骡子许是想卧下来歇歇，但它忘记了身上还套着铁架子煤车呢，骡子的前腿刚刚屈了屈，旁边的车主立马奔过来，抓住笼头使劲地扯紧。刚刚拉上来的一车煤已经卸掉了，主人也抽完了两根烟。我在想，车主人也累吧，但更疲更累的是骡子。我盯着这头骡子，莫名一阵一阵揪心。

高格引句：

从井下出来的骡子的模样，深深震撼了作者。作者对骡子进行了描摹，尤其是对其眼睛细致的描写与前文干净清澈的眼睛形成鲜明的对比。不但令作者揪心，也让读者的内心为之一紧。

骡子的眼睛，骡子的鼻孔，通通都被煤尘化了一个厚重的“黑熏妆”。骡子现在已经重新归于平静。骡子慢慢睁开了眼睛。骡子的肚子还在一起一伏，起起伏伏，但速度已明显缓慢下来了。我看着骡子，骡子也看着我。四目相望，两厢无语。我很想走上前去摸摸骡子那个仍在微微颤抖的屁股，可心里实在胆怯。骡子于是又被拉转过去，车主人不住地骂着粗话脏话，嫌骡子动作慢了一步，车主人手中那根短而粗的胶皮鞭子，啪啪啪啪雨点般落下来，骡子的身体就一抖一抖。骡子永远是沉默的。骡子转身转得很慢很笨拙，但看得出很努力。骡子就那么面无表情地，一点儿一

点儿扭转身体，朝着井口的方向，一点儿一点儿，再次无可奈何地走下去，走下去。我发现骡子的脚步已渐显趔趄。它太累了。正值午时，头顶的太阳艳得热烈，我看着阳光从骡子身上一点儿一点儿减少，一点儿一点儿消散，终于都消失不见。骡子在我的眼前踪影皆无。我紧跑了几步，我想看看这头可怜的骡子拉着车，怎样步履维艰地往黑洞洞的井下走。但，眼前雾尘深重，除了厚厚的煤尘，根本什么也看不见。我的耳边隐隐一串“咣当咣当”响，是铁架子煤车的声音。

许多年以前的那次偶遇，让我常常想起那头骡子。想起骡子的眼睛。骡子知道当时我的心情吗？或许它想跟我说点儿什么？我忽然很想知道，那头骡子现在在做什么，在哪里，它还活着吗？山西小煤窑已被取缔或是兼并多年，那些身套铁架子车的骡子，摸了黑，终日不见太阳，它们埋头努力地爬坡。微颤的屁股，淋漓的大汗，鼻孔的白气，一起一伏的肚皮，一起一伏，起起伏伏，这些画面时不时就出现在我眼前，沉默不断地交错重叠，镜头外更多的细节，已经被加密……

高格引句：

蒙太奇手法剪辑电影般，将骡子劳累痛苦的画面一个一个地展现在我们面前。读者也在阅读的同时，产生了一份感同身受的同情和怜悯。这些画面所展示的场景是作者无法释怀的，也深深打动了读者的心。

标题赏味：

“智慧”，通常是我们对人的评价，甚至是只对大师级人物才有的评价。一棵树会有怎样的智慧呢？这不由得引起了读者的好奇。同时，标题也即主旨，并与文章结尾遥相呼应，在不断出现中得到了强化。

一棵树的智慧

秦若水

我喜欢这片黑槐林。它就在我们学校四百米跑道内的操场绿地里，一棵连着一棵，排着有序的队列，像出操的莘莘学子。我更喜欢把它们比作宁静的港湾，它们随着跑道呈弧形排列，真的很像静谧地环抱着早晨或者傍晚，它们沐着阳光而肃立，我就静静地站在某棵树下面，看它的绿意葱茏，看它的枝繁叶茂，看它的子女成群，看它的合家幸福，常常看得我满心欢喜。

我最喜欢的是看黑槐树开花。黑槐树开不出惊世骇俗的艳绝丽绝之花，它的花很小、很白，一蓬蓬，一穗穗，那么小心，那么内敛，那么自得，默默地开着自己的花。不争艳，不媚俗，只开自己心喜之花，只做自己的白衣仙子。然后，会结荚子，名曰槐角，字连墩。清清爽爽开花，利利落落做树，可以与他人无关，确实与他人无关。

所以，我一直在等黑槐林的黑槐开花。从第一片叶子，到叶满枝头，再到浓荫铺地，我天天都去观望。有布谷路过、鹊鸟登枝，却没看到黑槐开花走过春，走过夏，黑槐林一直沉默着，没有开花，如果不是太心伤，我相信它们是不会这样做的。它们在无声地抗议着什么。

去年7月，那是一幅多么美丽的景象，黑槐林里每一棵黑槐树都约好了似的憋满了槐米，串串蓬蓬，喜气洋洋。那真是个夏天的样子啊，再过些时日就会有白色的小米粒样的花开，然后那些叫槐连墩的娃娃便会跑出来，散着淡淡的药香，浸润着整个林子。

那个时候学校已经放假，静寂的林子是鸟鹊们的天堂。清晨或者傍晚，我还是常常踱过去享受清闲宁静。有一天，暮色四合时，我踱过去，突然发现一地残枝断叶，抬头望，一树槐米皆被乡里街坊们尽数采去，原来密不透风的叶盖已经稀稀疏疏、透天望月。

高格引句：

被采摘过槐米的槐树稀疏、落寞，与先前槐米茂盛时的截然不同。对比鲜明，形象生动，又为下文做好了铺陈。

枝折花去，满地凄凉饱受磨难的它们抗议是应该的，就像那倔强骄傲的牡丹。

三年前，有个女学生从自家牡丹园里移了一棵叫“洛阳红”的牡丹给我，欣喜之余我忙买了一个超大号的白瓷花盆栽种那洛阳红。它在田里已长多年，年年花开如酒，香醇香艳无比。学生送我时，它已有花蕾待放。我精心呵护，时时察看，期待它硕大的花朵开放。有个朋友对这棵洛阳红也垂涎得很，天天过来探望，并请求我分些给她。手起刀落，我在花盆里切了半株牡丹，连根带叶带花蕾送给了她。一个月后，朋友告诉我，那株牡丹花没开便无端地死去了，我的何尝不是？我留下的半株牡丹虽然成活，但自缩花蕾，不再开花。秋来时，它早早褪下叶子，关了家门。

三年过去了，任我怎样浇水施肥，它也只是长些绿叶，不见开花。移了它的魂，切了它的骨，它变成了冷美人，不给花貌，不给笑容。它静默着抗议，用不开花的方式。

所以，我想，今年黑槐林拒绝开花已成定局，去年断枝断骨，妻离子散，换了谁都会抗议。

高格引句：

拟人的写法，将黑槐林当成人来写，便于情感的表达。植物像人一样也是有生命和情感的，人们的贪心是会对它们造成伤害的。另外，作者在情理之中料定的定局，却被黑槐林打破，更凸显了黑槐林的品格。

又是暑假，学生离校，林子寂静。前两天清晨，我去黑槐林做瑜伽，猛抬头，看到树梢有小小黄黄的花蕾，是一堆堆，一蓬蓬的槐米！我惊呼。接下来的几天里，它们都次第捧出各自的花蕾，整个黑槐林黄绿绿地静默着。

痛，谁也不会忘记，但黑槐们和牡丹不同，它们选择了继续开花，并且用开得更好、更美的方式去抗议往年的不公，同是用静默抗议，牡丹贞洁，千年冷漠，誓死不理；黑槐智慧，漠视痛苦，淡泊宁静。它默默地活好在自己的季节里，尽职尽责，按时开花，活好在当下，用最自然最朴素的方式。

我惊叹一棵树的智慧。

文眼追踪：

面对人生中的痛苦和不公，我们将如何面对？是默然忍受还是奋力抗争？黑槐选择的是安分随命地默默忍受。所谓“夫唯不争，而天下莫能与之争”，说的就是这个道理。看似柔软，但这柔软带着倔强的力量。

木瓜树的选择

林清玄

标题赏味：

这是一个比喻的说法，以木瓜的选择比喻那些颓废自弃的人生。生活在烂泥中并不可怕，可怕的是失去了挣脱污泥、寻找光明和真善的希望。没有希望和追求才是人生最大的悲哀。以物喻人的写法生动形象，非常贴切。

路过市场，偶然看到一棵木瓜树苗，长在水沟里，依靠水沟底部一点点烂泥生活。

这使我感到惊奇，一点点烂泥如何能让木瓜树苗长到腰部的高度呢？木瓜是浅根的植物，又怎么能在水沟里不被冲走呢？

我随即想到夏季即将来临，届时会有许多台风与豪雨，木瓜树会被冲入河里，流到海上，就必死无疑了。

我看到木瓜树苗并不担心这些，它依靠烂泥和市场中排放的污水，依然长得翠绿而挺拔。

我生起了恻隐之心，想到了顶楼的花园里，还有一个空间，那是一个向阳的角落，又有着来自阳明山的有机土，如果把木瓜树苗移植到那里，一定会比长在水沟里更好，木瓜树有知，也会欢喜吧！

向市场摊贩要了塑胶袋，把木瓜和烂泥一起放在袋里，回家种植，看到有茶花与杜鹃为伴的木瓜树，心里感到美好，并想到日后果实累累的情景。

万万想不到的是，木瓜树没有预期中生长得好，反而一天比一天垂头丧气，两个星期之后，终于完全枯萎了。

把木瓜苗从花园拔除的时候，我的内心感到无比怅然，对于生长在农家的我，每一株植物的枯萎都会使我怅然，只是这木瓜树更不同，如果我不将它移植，它依然在市场边，挺拔而翠绿。

在夕阳照拂的院子，我喝着野生苦瓜泡的茶，看着满园繁盛的花木，心里不禁感到疑惑：为什么木瓜苗宁愿生于污泥里，也不愿存活在美丽的花园里呢？

是不是当污浊成为生命的习惯之后，美丽的阳光、松软的泥土、澄清的饮水，反而成为生命的负荷呢？

就像有几次，在繁华街市的暗巷里，我不小心遇到一些吸毒者。他们弓曲在阴暗的角落，全身的细胞都散发出颓废，用无辜而失去焦点的眼睛看着世界。

我总会有一种冲动，想跑过去拍拍他们的肩膀，告诉他们：“这世界有灿烂的阳光，这世界有美丽的花园，这世界有值得追寻的爱，这世界有可以为之奋斗、为之奉献的事物。”

随即，我就看到自己的荒谬了，因为对一个吸毒者来说，污浊已成为他生命的习惯，颓废已成为他生活的姿态，几乎不可能改变。不要说吸毒者，像在日本的大都市，有无数自弃于人生、宁可流浪于街头的“浮浪者”，当他们完全地自弃时，生命就再也不可能挽回了。

“浮浪者”不是“吸毒者”，却具有相同的部分，吸毒者吸食有形的毒品，受毒品所宰制；浮浪者吸食无形的毒品，受颓废所宰制，他们放弃了心灵之路，正如一棵以血水、污水维生的木瓜苗，忘记了这世界有美丽的花园。

恐惧堕落与恐惧提升虽然都是恐惧，却带来了不同的选择，恐惧堕落的人心里会有个祝愿，希望自己有一天能抵达繁花盛开的花园，住在那花园里的人都有着阳光的品质，有很深刻的爱、很清明的心灵，懂得温柔而善于感动，欣赏一切美好的事物。

高格引句：

恐惧堕落的人都有一颗柔软、温暖的心。具有憧憬光明和爱人的能力，自己的生命也将是阳光普照的。懂得爱人，懂得欣赏，每个人的生命都可以阳光明媚。

一粒木瓜的种子，偶然掉落在市场的水沟边，那是不可预测的因缘，可是从水沟到花园之路，如果有选择，就有美好的可能。

一个人，偶然投生尘世，也是不可预测的因缘，我们或者有不够好的身世，或者有贫穷的童年，或者有艰辛的生活，或者陷落于情爱的折磨，像在水沟烂泥中的木瓜树，但我们只要知道，这世界有美丽的花园，我们的心就会有很坚强很真切的愿望：我是为了抵达那善美的花园而投生此世。

万一，我们终其一生都无法抵达那终极的梦土，我们是不是可以一直保持对蓝天、阳光与繁花的仰望呢？

文眼追踪：

该句揭示了全文的主题。偶然投身于污泥之中是我们无法选择的，但是，对于真善美的渴慕与追求是我们可以做到的。只要我们心有希望，生活就会充满阳光。通过木瓜写人生的样式，明白生动。

悲鸟

梁实秋

标题赏味：

“悲鸟”，“悲”从何来？对鸟美婉转嗓音，优美体态的描述将其塑造成了一个个美好的小精灵。可是这些小精灵的命运如何呢？这大概就是作者想要表达的“悲”之处吧。前后对比中，更添悲凉色彩。

我爱鸟。

从前我常见提笼架鸟的人清早在街上溜达。我感觉兴味的不是那人的悠闲，却是那鸟的苦闷。胳膊上架着的鹰，有时头上蒙着一块皮子，羽翮不整地蜷伏着不动，哪里有半点儿神气？笼子里的鸟更不用说，常年地关在栅栏里，饮啄倒是方便，冬天还有遮风的棉罩，十分“优待”，但是如果想要“扶摇而直上”，便要撞头碰壁。鸟到了这种地步，我想它的苦闷大概是仅次于粘在胶纸上的苍蝇，它的快乐，大概是仅优于在标本室里住着吧？

我开始欣赏鸟，是在四川。黎明时，窗外是一片鸟啭，不是叽叽喳喳的麻雀，不是呱呱噪啼的乌鸦，那一片声音是清脆的，是嘹亮的。有的一声长叫，包括六七个音阶，有的只是一个声音，圆润而不觉其单调，有时候是独奏，有时候是合唱，简直是一派和谐的交响乐。

高格引句：

所谓“行家看门道，外行看热闹”，仅仅小鸟的几声啼叫，梁实秋先生就总结出了这么多门道。在接受科普的同时，感叹老先生对鸟的兴趣和热情。这里的热闹气氛与后文的“悲鸟”形成对比，突出后者。

不知有多少个春天的早晨，这样的鸟声把我从梦境中唤醒。等到旭日高升，市声鼎沸，鸟就沉默了，不知到哪里去了。一直等到夜晚，才又听到杜鹃叫，由远叫到近，由近叫到远，一声急似一声，竟是凄绝的哀乐。客夜闻此，说不出的酸楚！

在白昼，听不到鸟鸣，但是看得见鸟的形体。世界上的生物，没有比鸟更俊俏的。多少种不知名的小鸟，在枝头跳跃，有的曳着长长的尾巴，有的翘着尖尖的长喙，有的是胸襟上带着一块照眼的颜色，有的是飞起来的时候才闪露一下斑斓的花彩。几乎没有例外的，鸟的身躯都是玲珑饱满的，细瘦而不干瘪，丰腴而不臃肿，真是减一分则太瘦，增一分则太肥，跳荡得那样轻灵，脚上像有弹簧。看它高踞枝头，临风顾盼——好锐利的喜悦刺上我的心头。不知是什么东西惊动它了，它振翅飞去，它不回顾，它不悲哀，它像虹似的一下就消逝了，它留下的是无限的迷惘。有时候稻田里伫立着一只白鹭，缩着颈子，有时候“一行白鹭上青天”，背后还衬着黛青的山色和油绿的梯田。就是抓小鸡的鸢鹰，啾啾地叫着，在天空盘旋，也有令人喜悦的一种雄姿。

我爱鸟的声音、鸟的形体，这爱好是很单纯的，我对鸟并不存任何幻想。

有人初闻杜鹃，兴奋得一夜不能睡，一时想到“杜宇”“望帝”，一时又想到啼血，想到客愁，觉得有无限诗意。

我曾告诉他事实上全不是这样的。杜鹃原是很健壮的一种鸟，比一般的鸟魁梧得多，扁嘴大口，并不特别美，而且自己不知构巢，依仗体壮力大，硬把卵下在别个的巢里。如果巢里已有了够多的卵，它便不客气地给挤落下去，孵育的责任由别个代劳了，孵出来之后，羽毛渐丰，就可把巢据为己有。那人听了我的话之后，对于这蛮横无情的鸟，再也不能幻出什么诗意出来了。我想济慈的“夜莺”，雪莱的“云雀”，还不都是诗人自我的幻想，与鸟何干？

鸟并不永久地给人喜悦，有时也给人悲苦。诗人哈代在一首诗里说，他在圣诞前夕，炉里燃着熊熊的火，满室生春，桌上摆着丰盛的筵席，准备过一个普天同庆的夜晚，蓦然看见在窗外一片美丽的雪景当中，有一只小鸟瑟缩地在寒枝的梢头踞立，正在啄食一颗残余的僵冻的果儿，禁不住那料峭的寒风，栽倒于地上死了，滚成一个雪团！诗人感喟曰：“鸟！你连这一个快乐的夜晚都不给我！”

自从离开四川以后，不再容易看见那样多类型的鸟的跳荡，也不再容易听到那样悦耳的鸟鸣。黄昏时偶尔还能听见寒鸦在古木上鼓噪，入夜也还能听见那像哭又像笑的鸱鸮的怪叫。再令人触目的就是那些偶然一见的囚在笼里的小鸟儿了，但是我不忍看。

文眼追踪：

在前文对鸟儿的美好热烈铺陈以后，看到其被囚于笼中。所谓悲剧，有人说是“把美好的东西撕碎给人看”。鸟儿这样美好的存在被剥夺自由，封闭于一个狭小的笼子里，大概都会感到悲哀，更何况梁实秋老先生这样一个爱鸟的人，体会想来更加深刻。

种春风

虹　莲

标题赏味：

“种春风”，多么有趣的题目。春风化雨、润物无声，大概是作者在这个题目中所取之意。前文虽然一直没有出现“春风”，但老人的行为使“我”如沐春风，同时在老人的提醒之下“我”也种下了自己的春风，去滋养别人，当然这本身对“我”自己也是一种滋养。

那天正好是立春。我拿着几张稿费单去邮局，心情很好。

邮局里人不多，我前面是个小伙子，正在给家里寄钱。后面是一位70岁左右的老人，戴副老花镜，穿着破烂。他肯定是来取子女们的汇款的。他手中还拿着一张报纸，我扫了一眼，是《河北农民报》，我从来没读过的一份报纸。

老人的外套油渍斑斑，我不由得站远了一些，以免蹭脏自己新买的“宝姿”风衣。

我正戴着MP3的耳机听着音乐，老人忽然伸出手来，我忙摘下耳机。他说：“姑娘，麻烦你帮我取张汇款单。”

我拿了一张给他，他又说：“姑娘，你能帮我写一下吗？人老了，戴上花镜也怕写错。”我有点儿无可奈何，但看他恳请，也只好从命。

“寄到哪里？”我问。“就照这报纸上印的地址寄吧。”他指着巴掌大的一篇文章说。

我很快看完了那则煽情的报道——原来是说某村的一个小女孩，父母去县城卖菜的途中出了车祸，肇事司机至今没有消息，她只好跟着80岁的奶奶生活，学费、生活费都没有着落。

“多可怜啊！”老人说。

“骗你呢，大伯。这肯定是骗局，连照片都没有，哪能信？”

老人很固执：“肯定是真的。以前我也寄过，人家都给回信了。你说，要有活着的办法谁会这么求人呢？一定是过不去这位坎了，对吧，姑娘？”

我抬起头来，打量着这个猛然打动了我的老人。他其貌不扬，甚至是寒酸的，摊开的双手老茧重重。老人叹口气说：“小的时候家里穷啊，要不是别人帮我，我肯定活不到现在。”

为保险起见，我拨通了那家报社的电话，他们不仅知道老人的大名，还说，他每月都要寄钱来，他们对他非常感激。

老人每月的退休金只有500元，但那天他寄出的是300元。300元对我而言无所谓，一篇稿子的稿费而已，可对老人几乎是倾其所有。老人说：“下个月我还要寄，让她们祖孙俩起码能吃上饭。”

如果不是亲手填写这张汇款单，我很难相信一个也刚刚吃饱的人，正把钱寄往一个更穷的地方。那一刻，我的心隐隐不安。一个买瓶CD香水就要花上千儿八百的女人，是越来越爱自己了，却对他人越来越铁石心肠。

高格引句：

作者通过自己的体会，写出的是整个社会的现实。同时，与老人的贫困与对他人的无私关心形成鲜明对比。在这个意义上，老人才是真正富足的人，而“我”却实在一文不名。

那天，我领取的稿费将近2000元，我也要了一张汇款单，写了同一个地址，寄去了一点儿钱。老人非常感动，一个劲儿地说：“姑娘，我替她们祖孙俩谢谢你！”

我连忙摇头。哪里用他替陌生人感谢我，我才要感谢他，是他那种本真的善良唤醒了我心中一度被遗忘的东西。这个社会有时是冷漠的、斤斤计较的，但只要你敢爱、敢信任，它就会是热情的、柔软的。

文眼追踪：

当人与人之间的怀疑和不信任成为一种习惯，人际关系成了可怖的恶性循环。也许太多的现实让我们没有信任的理由和勇气，但那份热情和柔软确是我们始终渴慕的。希望作者的美文可以唤起每一个读者遗忘的记忆和爱人的勇气。这不仅是对他人，更是对自己人性的滋养。

外面春风乍起，心里的春天也悄悄来了，我想起三毛的一首老歌《一亩田》：“每个人心里一亩一亩田，每个人心里一个一个梦……用它来种什么？用它来种什么？种桃种李种春风……”我很小的时候就听过这首歌，但一直不明白，春风怎么可以种？但那天我在风中走着，终于知道，春风是可以种的。

燕剪西楼

屋檐下的燕子，它的祖先是否曾飞过王谢堂前？西楼上的明月，它在千百年前照耀的又是哪里的归人？呈现在我们眼前的一草一木，都穿越了悠长悠长的岁月，只盼你能细细体会，体会那岁月积淀出的深厚韵味。

标题赏味：

“猫人”是一个奇怪的标题。文章过半，读者还不知道“猫人”指的是什么，在文末“猫人”牌船映入眼帘，令人眼前一亮。细细品读，文章中的老人不也将猫咪当作人来看待，寄予了对妻子的思念吗？

猫人

[美] 罗杰·迪安·基瑟

我喜欢钓鱼。

据我所知，没有比在高高的山上呼吸新鲜、清凉的空气更让人放松的事情了。我最喜欢的钓鱼地点是在一个湖边，那个地方在加利福尼亚山区的一个城镇的小加油站附近，距我当初住的地方有三个小时的路程。

每年，冬雪刚刚融化，我便把渔具装上旅行车，出去钓一天鳟鱼。

有一次，我穿过美丽的人造高山湖泊的小水坝，把车开到一侧，开始卸下渔具。忽然，我听到一声枪响，子弹呼啸着飞过我的头顶。听到有人开枪射击，我大吃一惊，因为这里是禁猎区，不允许打猎。另外，在我多年钓鱼的区域内，除了几辆拉木材的卡车路过，还是头一回遇到有人来。

我蹲在汽车后面，小心地瞭望四周，看是否有人。又响了两枪，子弹“砰砰”地击中大岩石，我却还是没有看到人。

随后，四个年轻人从土路上走来。一个人举起枪，开了一枪。一只猫跑过土路，钻进灌木丛。

“嗨，你们到底在干什么？”等他们走近了，我问他们，“这里不允许打猎。”

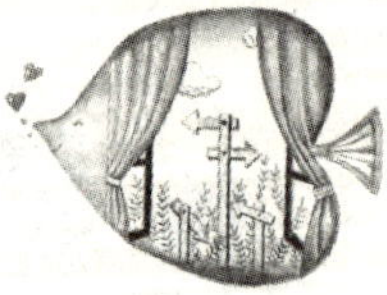

“只是打一只该死的猫。”大一些的青年说。另一个小青年慢慢举起枪，朝着那只猫又开了一枪，猫还藏在大石块后面。

“别胡扯，伙计们。为什么没来由地杀生？”我问。

“依你看，那只猫值多少钱？”一个小青年说。

"十元怎么样？"我说。

"一百元怎样？这个价钱可以接受。"四个年轻人中最大的一个说，"砰！"他朝着猫的方向又开了一枪。

几个星期来，我一直在攒钱，好去买一艘旧船和发动机，以便不必在岸上钓鱼了。我钱包里有一百一十元，口袋里有二十元。

高格引句：

为后文因猫花钱，因猫得船埋下伏笔。不仅使故事情节水到渠成，也使故事产生一种荒诞感。最终结果与起初事物目的判若两样，却在善良的动机之下得到了圆满的结果。

"好吧，我给你们一百元买那只猫。只是请不要杀死它。"我掏出钱包，从秘密夹层里拿出一百元，放在棕色旅行车的引擎盖上。四个年轻人走过来，站在那里盯着钱看。他们的脸上显出非常严肃的表情。大一些的青年俯身拿起钱来，揣进牛仔裤的口袋里。

四个年轻人消失在路的拐弯处，我开始寻找那只猫。

几分钟后，年轻人们乘坐一辆旧的敞篷小货车从我身边驶过，返回山上的镇子。

用了一个多小时，我才得到了那只猫足够的信任，抓到了它。我抚摸它五分钟左右，随后把它放进我的车里，连带我的渔具，开车回到山上的小店。

我问店主是否知道周围有人丢了一只猫。他走到我的车旁，看那只猫。他告诉我，住在隔壁的老人大约一星期前丢了自家的猫，老人很伤心，因为那是他妻子的猫，她在几个星期前去世，那只猫是她留下的全部纪念。

小店店主走到电话机旁，打了一个电话。他回来时，给我倒了一杯热咖啡，我们聊了大约十分钟。我听到身后的门开了，转过身。

一位花白头发的老人，弯腰驼背，看上去至少有一百岁了，慢慢地走到拐角处。他坐在一张摇椅上，却一言不发。

"那是他的猫。"店主告诉我。

老人用手杖敲了三下地板。店主从柜台后出来，走到老人坐着的地方。老人跟店主耳语了几句，随后递给他一张纸。店主扶着老人的手臂，帮他站起来，他们走向外面的旅行车。

我透过窗户看到老人伸手进去，把那只猫抱在胸前。随后，两个人向隔壁的一栋活动住房走了过去。

几分钟后,店主回来。“我真该上路了。”我告诉他。

“找到那只猫有奖励。”店主说。

“我不想要奖励。”我回答。

店主拿出一张纸，我从他手里接过来。我打开折叠的纸，看到那是一张私人支票，可以兑换现金两千五百元!

我吃惊地扬起眉毛。“别担心，那张支票无效。从他妻子去世后，这位老人精神错乱了。”店主说。

我把支票对折，扔到柜台上，好让他扔掉。可是，我的内心告诉我把支票留下来。于是，我又把支票拿回来，放进衬衣口袋里。

“我想，只有傻瓜才认为一只猫值那么多钱。”他说着，大笑起来。

“是呀，我知道。只有傻瓜才这么想。”我说着，也笑了。

我走出门，开车回家。那几位年轻人和他们的枪让我决定推迟钓鱼旅行，另找时间。

我到家时，妻子给我一张字条，是一位来访的朋友留下的。字条上说他认识一个人，愿意把自己的船卖给我，可按月付款。我给那位卖船的人打电话，说完船的情况，我问他想要多少钱。

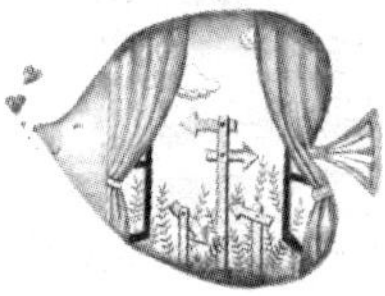

“两千五百元。要是我替你筹措资金，就是三千元。”他告诉我。我对他说一个小时后再给他打电话。

我从口袋里拿出支票，给我存款的银行打电话。我告诉他们猫的故事，问他们是否有办法查出老人给我的支票是否有效。我把支票的号码报给他们，等着他们回话。十分钟后，电话打回来了。

“基瑟先生，支票有效。”电话那头的女士说着，笑了。

“有什么好笑的？”我问她。

“噢，我给银行打电话，询问这张支票是不是真的，那位先生告诉我，给你支票的老人特别富有。他拥有在加利福尼亚地区经营的大部分木材公司。”

这还不是唯一的惊喜。那天晚上，我驱车去看待售的船、发动机和拖车。揭开帆布时，那条船跟新的一样。这笔买卖很划算，我知道自己想要它。当我看到船的名字，我便确定要这条船。

船的后面漆着的字是：猫人。

文眼追踪：

这篇文章为我们讲述的正是一个在跌宕起伏中惊喜的故事。“我”用一百元高价买一只与自己毫无关系的猫，老人把猫当作自己妻子一样上心，一张原本以为无效的支票买回了一条“猫人”牌的船。不讲“好人有好报”的大道理，这些美妙的惊喜是不是让人对“善”也多了一点儿纯真的期许呢？

指路小孩

王安忆

标题赏味：

文章主要的描写对象是一个指路的孩子，标题直接点明。孩子的单纯美好，助人时的执着使读者为之动容。即使语言交流有障碍，但心灵的沟通从不会因此受到阻隔，这也是作者想表达的主题之一。

香港屯门有一条轻轨，沿途一边是街道，一边是山坡绿地。站台是敞开的，立着车费刷卡机。站在站台上，看闲花野草，楼宇路人。过一会儿，有轻轨驶来，路轨声在高远的天空下散得很远。

头一回搭轻轨去天水围看朋友，半路上与一个小孩同行。那是个胖胖的男孩，穿一条肥大的短裤，颈上挂着八达通卡，手里提一个黑色乐器盒，肩上的布袋里一定是乐谱了，是星期六上琴课或者下琴课回家。看他神情严肃、身负要务的样子很有趣，便逗他，指着他的盒子说："双簧管？"又说："单簧管？"他先还绷着，后来就绷不住了，鼓鼓的脸颊上露出笑容。第三次猜："小提琴？"他用劲点一下头，猜对了。于是，我们就唱一段小提琴基础课程《开塞》练习曲，与他套近乎。

高格引句：

通过外貌、动作、语言、神态的描写塑造出了一个单纯、认真的男孩形象，与他给"我"指路的美好品行相得益彰。对话的使用打破单调的描述性话语，更具趣味。

搭乘的情形比预想的要复杂。首先，同一个站台上却有多条不同方向的路线；其次，我们要去的天水围似乎不在任何一条路线上。于是，招来新识的朋友，请他指点。他默想片刻，胖胖的手指头在路线图上指定一个点，表示是我们应乘的那路车；沿线爬行一段，停下了，表示我们需抵达的地方；停一会儿，手指头跳到另一条路线上，这回的意思是换车；然后，迅速爬行，直至天水围，停下。指点完毕，他便走开去，与我们保持一段距离。

车来了，才知道他与我们上同一趟车。拥塞的人群，将我们的视线阻断了。有几次，我见他转着头寻找我们，脸上流露出焦急的表情，但等找见我们，又立即回过头，看前边人的脊背。下车后，他遥遥对着我们，指出一个方向。顺着他的指点走了几步，不料，已到对面站台的他，又转身奔来。他努力交替滚圆的小腿，将小提琴盒提高到膝盖以上，好避免磕碰，就更吃力了。我们不由停下脚步。他一边跑，一边用手再次强调地指点，使我们明白走错了。这一回，他引领着我们走到正确的站台，还是站在一段距离以外。

车站站台上熙来攘往，他与我们，就像茫茫人海中的相遇相知，聚散无常的样子。等驶往天水围的轻轨靠站，小孩看我们上车，才放心离去，乘坐他自己的车。

从头至尾，他基本没有说话，怕我们听不懂他的广东话，大概还怕我们笑话他的普通话，极少又极关键的几个字，是用英语说。唯有那《开塞》小提琴练习曲的旋律，为我们作沟通，于萍水中结交。

文眼追踪：

正像文章所说的人海茫茫中的萍水相逢，一个不沾亲不带故的孩子的帮助，那股认真劲儿令人印象深刻。这样纯洁善良的相遇相知，是否也让人对未知的道路多了几分期许呢？愿世人都可以如此。

标题赏味：

人们多半用“朵”这个量词来形容花，将两个小女孩比喻成花朵，即以物喻人的手法。不但体现了两个小女孩儿花一样的年龄，更是表达了对两个小女孩如花品质的热烈赞美。自然生动，恰到好处。

两朵童稚

简　媜

一上车，我就注意到她们，只因为她那么不经意地看了我一眼，那眼神！

我坐在窗户边，座位是长长的那种老爷座，她们坐在我的斜对面，我一直看她们。

较大的那个，大约十三岁，挂面头发，一身淡黄色碎花洋装，一双高跟鞋——这令我很惊讶，这么小年纪！我细细再看，发现那是双很大很尖的高跟鞋，相当老式的。我猜，不是她妈妈的就是她姐姐的，她还不到穿高跟鞋的年龄。另外那个小女孩，圆嘟嘟的脸，长头发在耳朵边扎成两把，晃荡荡的，还打了蝴蝶结，可爱得像个洋娃娃。

我想，这两个女孩子一定是姐妹，她们看起来有点儿像。一坐下来，妹妹就叽里呱啦地不知道跟姐姐讲什么，她的笑容好灿烂。做姐姐的一句话也没说，很专心地听她讲，那双眼睛一直看着妹妹，偶尔还轻轻地点头，嘴角有一丝微微的笑。那微笑，怎么看也不像是一个十多岁的女孩所该拥有的。

后来，妹妹大概是热了，小手一直掀着额前的刘海，她半靠在姐姐身上，低声问了什么，姐姐看了看左右，然后深深地点头，妹妹马上两只脚跪在椅子上，双手用力地拉开玻璃窗。姐姐低头不知道问了妹妹什么，我想，她一定是问妹妹：“还热不热？”妹妹又笑了，无邪，天真，像个小天使。

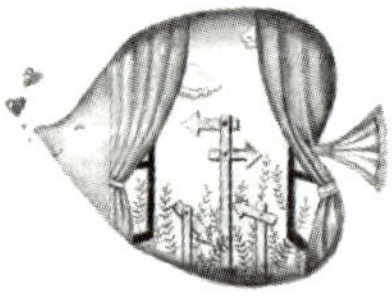

后来，妹妹大概困了，趴在姐姐的腿上打瞌睡。姐姐一只手让她枕着，另一只手轻轻地抚摸着妹妹的头。妹妹大概很困，一会儿就睡熟了，一动也不动。

姐姐那只手还是继续抚摸着她的头，那么轻又那么柔。我想，那一定是个很令人舒服的动作。

这时，我大胆地瞧着姐姐的脸，多平凡，又多惹人怜！瓜子脸，不算漂亮，但很顺眼。皮肤黑黑的，仿佛还有几条抬头纹，鼻子是挺的，闭着的双唇如不破的核桃，唇边一丝不退的微笑，带一点儿忧郁，又带一点儿遐想的样子。多奇特的微笑！我不自觉地凝望着她。她的两眼一直望着这边窗外，一眨也不眨的，很奇特，仿佛含有几许轻愁，几许心事，几许遐思。

我不禁好奇，她到底在想什么？如果她真的只有十三岁，她怎么有如此忧郁的眼神！仿佛看了多少风霜雨雪的过往，她真的只有十三岁吗？她一定不是在看窗外的车辆、招牌，她在看很远很远的一件心事，也许是过去的，也许是未来的。多柔顺，多惹人怜的女孩，她看来那么善良，她会有什么心事？

这时，窗外下起了雨，许多人关窗。妹妹大概睡得酸了，换了一个姿势。她有点惊，收回视线，轻轻撩拨着妹妹汗湿的头发，还拍拍她的肩膀，充满呵护的样子。她又看看窗外，注意到下雨了，伸出手到窗外探了探，又把手放在妹妹的背上试了试，大概是发觉雨水会打湿妹妹。

她侧过身，想把窗子关好，由于是左手，使不出力气，右手又被妹妹枕着，抽不出来。她用力地想关窗，还是拉不动。后来，她轻轻移出右手，换左手托拥着妹妹，并且把一个小皮包也一起拿在左手上——我到此才发现。她伸出右手，抬高，抵着玻璃窗，用力；我吓呆了，她的右手只有半截，五根指头完全没有了。她用那半截的手用力地为妹妹关窗的那一幕，震惊了我，也感动了我，我的眼眶一下子湿了。

她好不容易关上了窗，车子一震，却又把小皮包从老爷座的缝隙掉了下去。我正不知如何是好，却见

她放低身子，右手一直往底下探，她摸了一会儿，像是摸到了，慢慢地，手往上抬，很谨慎地怕它再掉了，她用那只半截的手吃力地夹起小皮包。于是，我眼前便模糊了，我赶紧把泪水逼下去，抬起头，看到妹妹醒了，揉着眼睛，姐姐笑笑地东指西指，仿佛在告诉她刚刚是怎么回事。妹妹也笑了，伸出手把小皮包拿在手里，又趴在姐姐的腿上睡着了。她的脸上有一点儿羞赧，那丝微笑便深了。这以后，她便一直低着头，用那只充满爱心的断手，一上一下地为妹妹理理压皱了的领子。她是个好姐姐。

我下车了。

上帝，愿您带领这对小女孩到幸福的花园，如果我尚有未领受的福，请您代我转送，她们存在一刻，这世界便有一刻纯洁与和平。

高格引句：

“我”的激动与女孩的从容、淡定形成鲜明的对比，相较之下，女孩的柔顺善良更容易使人受到触动。正是这样一个残疾的小女孩还在帮助健全的成人。对比的手法，使震撼力得到加强。

文眼追踪：

前文对两个小女孩柔顺、善良的举止和形象进行大量展示，突如其来的是姐姐残疾的手。美好的东西被撕裂，作者感到痛惜。而小女孩儿自己却浑然不觉，从从容容。这种饱经历练之后的平和心态，不是她那个年纪的小孩子应该有的。女孩残缺的是身体，灵魂却尤为健全。不仅作者，每一位读者都为之疼惜、祈祷。

上一碗米饭的时间

肖复兴

● **标题赏味：**

"上一碗米饭的时间"，好似前言不搭后语地摆在这里，作者想要说什么？阅读全文以后会发现这是一个极合适的题目。作者并没有直接写自己的心理，但在前后铺垫中，我们可以进行想象。最后，与文末主旨前后呼应。

入冬后北京最冷的那天晚上，我在一家小饭馆里。家里的人都出了远门，没有饭辙儿，要不我是不会在这么冷的天跑出来到这里吃晚饭的。正是饭点儿，小饭馆里顾客盈门，只剩下靠门口的一张桌子空着，虽然只要一开门，冷风就会乘机呼呼而入，别无选择，我只好坐在了那儿。

服务员是位模样儿俊俏的小个子姑娘，拿着个小本子，笑吟吟地站在我的面前，操着一口外地口音问我"您吃点儿什么？"我要了三两茴香馅的饺子和一盆西红柿牛腩锅仔。很快，饺子和锅仔都上来了，热气腾腾地扑面撩人，呼啸的寒风便都被挡在了窗外。

高格引句：

服务员点餐的表现在后文多处出现，几处形成了对比。潜台词颇丰，间接地表现了主题。又形成了一条潜在的线索，使文章前后照应，文气相通。

埋头吃得热乎乎的，忽然有一股冷风吹来，抬头一看，一位老头已经走到我的桌前，也是别无选择地坐了下来。在我的对面坐下来之后，大概看见我正望着他，老头冲我笑了笑，那笑有些僵硬，不大自然。也许，是为自己一身油渍麻花的破棉袄感到有些羞涩，和这一饭馆衣着光鲜的红男绿女对应得不大谐调。我看不出他有多大年纪，或许还没有我大，只是胡子拉碴的显得有些苍老。我猜想他可能是位农民工，或者刚刚来到北京找活儿的外乡人。

他坐在那里，半天也没见服务员过来，便没话找话地和我搭话，指指饺子，问我饺子怎么卖。我告诉他一两三块钱吧。他立刻应了声："这么贵！"这时候，那个小个子姑娘拿着小本子走了过来，走到老头的身边，问道："你吃什么？"老头望了望她，多少有点儿犹豫，最后说："我要一碗米饭。"姑娘弯下头在小本子上记下来，又抬起头问：“还要什么？”老头说：“就一碗米饭！”姑娘有些奇怪：“不再要点儿什么菜？”老头这回毫不犹豫地说：“一碗米饭就够了。”然后补充句：“要不麻烦你再给我倒碗开水！”姑娘不耐烦了，一转身冲我眉毛一挑，撇了撇嘴，风摆柳枝般走了。

过了好长时间，也没见姑娘把一碗米饭端上来，更不要说那碗开水了。

在这样一个势利眼比鸡眼还多的社会里，人们的眼睛都容易长到眉毛上面，很多饭馆都会这样，不会把只要一碗米饭的顾客放在心上，更何况是一个衣衫褴褛的老头，在他们眼里几乎是乞丐一样呢。

姑娘来回走了几次，大概早忘了这碗米饭。

我悄悄地望了一眼对面的老头，看得出来，老头有些心急，也有些尴尬，又不知道如何是好，如坐针毡。

我很想把盘子里的饺子让给老头先垫补一下，但把剩下小半盘的饺子给人家吃，总显得不那么礼貌，有些居高临下，就像电影《青春之歌》里的余永泽打发要饭的似的。那锅仔我还没有动，可以先让他喝几口，但一想饭还没吃，先让人家喝汤，恐怕也不合适，而且也容易被老头拒绝。

因此，当姑娘又向这边走来的时候，我远远地冲她招招手，她走了过来，老头看见了她，张着嘴动了动，一定是想问她：我那碗米饭呢？但如今的小姑娘哪一个好惹？为了避免尴尬，我先把话抢了过来，对她说：“姑娘，你给我上碗米饭！”话音刚落，怕她同样嫌弃我也只要一碗米饭，便又加了句：“再来三两饺子。”姑娘在小本子上记了下来，转身走了。我冲着她的背影喊了句：“快点儿呀！”她头没有回，扬扬手中的小本说道：“行哩！”

老头望了望姑娘的背影，又望了望我，什么话都没有说，似乎是想看看，同样一碗米饭，到底谁的先上来。

一下子，让我忽然感觉偌大的饭馆里，仿佛主角只剩下了老头、姑娘和我三个人，三个人彼此的心思颠簸着，纠结着，一时无语，却有着不少潜台词。

我望了望老头，也没有说话。我是想等这一碗米饭和三两饺子上来，一起给老头。谁家都有老人，谁都有老的时候，谁都有饿的时候，谁都有钱紧甚至是一分钱让尿憋死的时候。

老头垂下头，不再看我。

我埋下头来，吃那小半盘的剩饺子，也不敢再望他，我不知道此刻他在想什么，但生怕我的目光总落在他的身上会让他觉得尴尬。

很快，也就是那小半盘剩饺子快要吃完的工夫，只听姑娘一声喊：“您的米饭和饺子来了。”便把一碗米饭和三两热腾腾的饺子端在我的桌子上，同时也把老头的那碗米饭端在桌上。可是，抬头的时候，我和姑娘都发现，对面的老头已经消失在寒风中。

其实，只是上一碗米饭的时间。

文眼追踪：

卒章显志，从细碎的故事情节中抽离出一段时间，让作者进行思考。正是上一碗饭的时间中，没人知道老人经受了怎样的折磨，不过可以确定的是老人一定是带着伤痕累累的尊严逃离了饭馆。仅仅是一碗饭的时间，世相百态、人情冷暖已经表现得淋漓尽致。

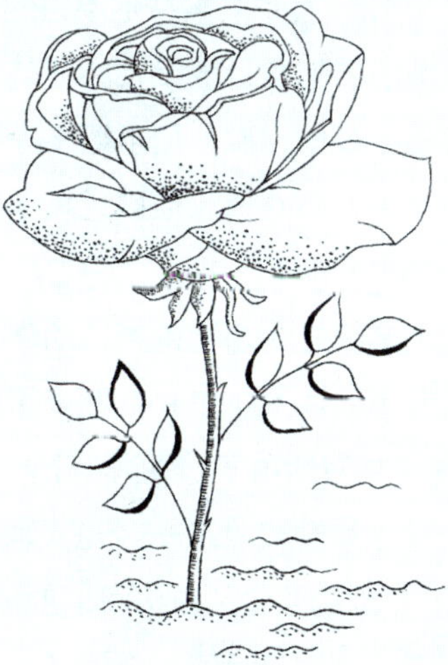

标题赏味：

“生活的红发卡”显然是有意指的说法。整篇文章中几乎没有道破生活的红发卡是什么，但整篇文章又确实都在讲红发卡。文末，作者点明了生活的红发卡正是发现美，热爱生活的能力。由此看来“生活的红发卡”这个题目是极恰当的，既形象又新颖。

生活的红发卡

大卫

三个拾荒者，都是女的，正在一堆垃圾中寻找废塑料、汽水瓶、易拉罐。突然，一大堆垃圾里面，跃出了一点儿红，是一枚红发卡。那位年老的拾荒者，用黑色的手把发卡捡起来，夹在大拇指和食指之间，看了又看。有什么可看的呢？发卡样式非常普通，还染上了来历不明的汤汁，脏兮兮的。何况对于她的年龄，红色实在太耀眼。很显然，这是哪个时髦女孩丢弃的，虽然没坏，可是，她把它扔了，兴许正戴着更漂亮的新发卡，走在大街上呢。年老的拾荒者拿着发卡，跑到垃圾场附近的小商店，谨慎地抽出皱巴巴的 1 元钱（对她也是奢侈的价格），买了包最便宜的纸巾。

回到垃圾场，她小心翼翼地抽出一张纸巾，背对着风，开始一丝不苟地擦拭那枚发卡。那种认真劲儿，仿佛擦的是祖传的玉器。发卡渐渐在她手里燃烧起来，像灶里的火，像刚出的朝霞，像女儿冻红的小脸……她又给同伴一人一张纸巾，说，把手擦干净！两个人都小心翼翼地擦完手，小心翼翼地接过发卡，笑着低声地说着什么，仿佛在商议。

高格引句：

对老人仔细擦拭发卡的动作、神态进行描写。“那股认真劲儿”好像是在擦拭传家宝，形象生动。其实，“那股认真劲儿”正是对于生活的认真，对于美好事物的较真儿。这些正是拥有爱生活、爱美好事物能力的表现。

过了一会儿，年纪最大的拾荒者，动作生硬地把红发卡别在了头发上。许多年没有别发卡了吧？红发卡把她的白发，衬得越发地白了，而那张满是皱纹的脸，有些害羞，有些满足地微笑着。一会儿，她把红发卡递给了中间的女人。她的头发黑白相间，这枚红发卡，像一只飞舞的蝴蝶，让她沧桑的面容添了些许生动。没多会儿，她也把红发卡拿了下来，恋恋不舍地递给最小的那位。原来，她们在轮流试戴，谁戴着好看，红发卡就归谁。

最小的拾荒者有一头浓密的黑发，红发卡一戴上去，犹如漆黑的夜晚倏地升起了一轮红月亮。那头长发和长发下的脸庞，都变得如此迷人，如此美丽，让另外两个拾荒者都始料不及，看着她呆住了。这个年龄最小的拾荒者，低下头笑了，笑得含蓄又开心，笑成了一朵晴空下的棉花……过了一会儿，她把这枚发卡摘下来，还给了年老的女人。对方则以五指为梳，梳理完女孩儿的长发，就把发卡轻轻地别在了上面。三个人都笑了。因为一枚别人遗弃的红发卡，她们感受到真切的幸福，青春的美好，人性的温暖。一个下午，她们都特别高兴。回家时女孩儿有些羞涩，但没有摘下发卡，走了。

高格引句：

一枚从垃圾中找到的发卡竟使三个女人如此开心。不禁想问：什么才是幸福感？一个不好回答的问题，在三个女人这里找到了看似廉价实则昂贵的答案。看到自己的青春，看到自己昔日的美就是幸福。此情此景，人性得到了张扬。

三个拾荒的女人，多么容易满足，容易幸福。

我不想从这三个拾荒者身上，得出什么伟大生活要旨，只想说，和这三个拾荒者相比，我十分羞愧，生活中，很难再有什么事让我心动，更甭说兴奋了。这三个拾荒者，岂止是于平凡的事物中发现美，简直让我觉得，生活就是为她们准备的，她们可以把垃圾当成宝贝，而我们却常常把宝贝当成了垃圾。

或许，在生活面前，她们比我们更具备热爱生活的能力。

文眼追踪：

小时候老师常常告诉我们要热爱祖国，热爱生活。长大之后，再也不曾记得。看似是生活变得越来越庸常、琐碎，实际上是我们对于生活缺乏了一种能力。缺乏了发现美的能力，缺乏了去爱的能力。爱生活，爱美好的事物，甚至爱自己。

山　路

龙应台

● **标题赏味：**

“山路”一方面指的是歌会路上所经历的山路，另一方面，指的是一代人的生命历程与人生遭际。文章看似散乱不着边际，一场歌会，一条山路将其串起，自成脉络。另外，“山路”也是对每个人人生道路的形象比喻。“山路”的标题具有多层次的可解读性。

五万人拥进了台中的露天剧场；有风，天上的云在游走，使得月光忽隐忽现，你注意到，当晚的月亮，不特别明亮，不特别油黄，也不特别圆满，像一个用手掰开的大半边葡萄柚，随意被搁在一张桌子上，仿佛寻常家用品的一部分。

一走进剧场，却突然扑面而来密密麻麻一片人海，令人屏息震撼：五万人同时坐下，即使无声也是一个隆重的宣示。

歌声像一条柔软丝带，伸进黑洞里一点儿一点儿诱出深藏的记忆；群众跟着音乐打拍，和着歌曲哼唱，哼唱时陶醉，鼓掌时动容，但没有尖叫跳跃，也没有激情推挤，这，是四五十岁的一代人。

高格引向：

在蔡琴的歌声中，一代人共有的记忆被引诱出来。没有激动、没有尖叫、没有推挤，有的只是从容和为之动容。这就是回忆。当原有的一切都不再能够威胁现在的你我，回忆反倒让人更加从容，回忆的内容反倒让人为之动容。

老朋友蔡琴出场时，掌声雷动，我坐在第二排正中，安静地注视她，想看看——又是好久不见，她瘦了还是胖了？第一排两个讨厌的人头挡住了视线，我稍稍挪动椅子，插在这两个人头的中间，才能把她看个清楚。今晚蔡琴一袭青衣，衣袂在风里翩翩蝶动，显得飘逸有致。

媒体拥向舞台前，镁光灯烁烁闪个不停。

她笑说，媒体不是为了她的“歌”而来的，是为了另一件“事”。然后音乐静下，她开口清唱：“是谁在敲打我窗 / 是谁在撩动琴弦——”蔡琴的声音，有大河的深沉，黄昏的惆怅，又有宿醉难醒的缠绵。

她低低地唱着，余音缭绕然后戛然而止时，人们报以狂热的掌声。她说，你们知道的是我的歌，你们不知道的是我的人生，而我的人生对你们并不重要。

在海浪一样的掌声中，我没有鼓掌，我仍旧深深地注视她。她说的“事”，是五十九岁的导演杨德昌的死。她说的“人生”，是她自己的人生；但是人生，除了自己，谁可能知道？

一个曾经爱得不能自拔的人死了，蔡琴，你的哪一首歌，是在追悼；哪一首歌，是在告别；哪一首歌，是在重新许诺；哪一首歌，是在为自己做永恒的准备？

挡了我视线的两个人头，一个是胡志强的。一年前中风，他走路时有些跛，使得他的背影看起来特别憨厚。他的身边紧挨着自己大难不死的妻，少了一条手臂。胡志强拾起妻的一只纤弱的手，迎以自己一只粗壮的手，两个人的手掌合起来鼓掌，是患难情深，更是岁月沧桑。

另一个头，是马英九的。能说他在跟五万人一起欣赏民歌吗？还是说，他的坐着，其实是奔波，他的热闹，其实是孤独，他，和他的政治对手们，所开的车，没有“R”挡，更缺空挡。

我们这一代人，错错落落走在历史的山路上，前后拉得很长。同龄人推推挤挤走在一块，或相濡以沫，或怒目相视。年长一点儿的默默走在前头，或迟疑徘徊，或漠然而果决。前后虽隔数里，声气婉转相通，我们是同一条路上的同代人。

文眼追踪：

作者笔下写到了蔡琴、胡志强、马英九、沈君山，每个人的人生遭际、苦辣酸甜。同时也写出了一代人的人世沧桑、喜乐真情。从另一个角度来看，一代人各自的不同遭际又何尝不是一个人一生遭遇的缩影？

蔡琴开始唱《恰似你的温柔》，歌声低回流荡，人们开始和声而唱：

某年某月的某一天就像一张破碎的脸

难以开口道再见就让一切走远

这不是件容易的事我们却都没有哭泣

让它淡淡地来让它好好地去

我压低帽檐，眼泪，实在忍不住了。

今天是七月七日的晚上，前行者沈君山三度中风陷入昏迷的第二晚。

这里有五万人幸福地欢唱，掌声、笑声、歌声，混杂着城市的灯火腾跃，照亮了粉红色的天空。

此刻，一辈子被称为“才子”的沈君山，一个人在加护病房里，一个人。

才子当然心里冰雪般地透彻：有些事，只能一个人做。有些关，只能一个人过。有些路啊，只能一个人走。

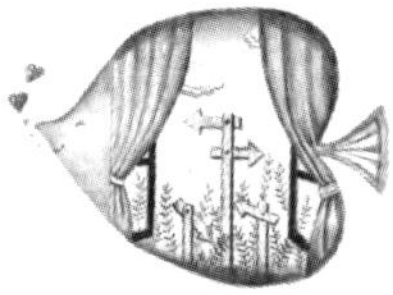

抻面

阿城

铁良是满族人。问他祖上是哪个旗的，他说不知道，管他哪个旗的，还不都是干活儿吃饭。

铁良在北京是个小有名气的人，名气是抻得一手好面。铁良有个要好的弟兄，也是个有名气的人，名气是和馅儿。铁良专在一家做。

铁良原来有几股钱在店里，后来店叫政府公私合营了，铁良有些不太愿意，在公家人面前说了几句。公家人也是以前常来店里吃铁良抻的面的主儿，劝了铁良几句。几年以后，铁良知道害怕了，心里感激着那个公家人。

抻面最讲究的是和面。和面先和个大概齐，之后放在案子上放块湿布“省”着。后来运动多了，铁良说，这反省就是咱们的醒面。醒好了面，愿意怎么揉掐捏拉，随您便。

醒好了的面，内里没有疙瘩。面粉一掺了水，放不多时就会发酸，所以要下碱。下了碱的面，就可以抻了。

有人用舌头试碱放多了还是少了，舔舔，有一股苦甜香，就是合适了。铁良试碱不用舌头，一半儿的原因是抻面是个露脸的活儿，是公开的，客人看着，当面的。铁良用鼻子，闻闻，碱多了，就再放放，“醒”碱。

跑堂的得了客人要的数儿，拉长声儿喊给铁良。客人出到街上，靠在铺面窗口儿看铁良抻面，好像是买了一张看戏的站票。

铁良不含糊，当当一手揪出一拳头面，啪，和在

标题赏味：

“抻面”，一个极为普通的标题，正是在阿城笔下活色生香起来。精彩的“抻面”场面、过瘾的吃面场景都使人印象深刻。“抻面”更是文章的线索，使文章结构完整，读来一气呵成，没有断点。

文眼追踪：

抻面的好把式铁良，不仅是一位民间技艺的展现者，更是深厚的民间文化和质朴善良的民间性格的承载者。带着乡土气的民间艺人，被作者塑造得有血有肉，生龙活虎，身上的豪侠气也使人物虎虎有生气。

一起，搓成粗条儿，掐着两头儿，上下一悠，就一个人长了。人伸开胳膊的长度等于这个人的身高。铁良两手往当中一合，就是两股，再抻再合，就是四股，再抻再合，八股，十六股，三十二股，六十四股，一百二十八股。之后掐去两头，朝脑后一甩，好像是大闺女的辫子飞落到灶上的锅里，客人就笑了，转身回去店里座位上。

高格引句：

对抻面过程的具体描写。大辫子的比喻新鲜、形象，富于动感。客人为什么会笑着回到座位上呢？多半是因为看这师傅抻面技术的驾轻就熟，欣赏过后放心地回座位上等面去了。诙谐又符合人物心理。

锅边儿的伙计用双长筷子搅两下，大笊篱捞出盛到海碗里，海碗里有牛骨高汤，入好面，撒几片芫荽，葱丝儿，带红根儿的嫩菠菜，满天星辣椒油花儿，红，绿，白，啪嗒，放在了客人面前。客人挑起一箸子面，撑开嘴吃，热气蒸得额头有点儿亮。铁良呢，和街上的熟人聊了有一会儿了。

高格引句：

好一道精彩的抻面！抻面的色泽、形状，吃面人的开合架势写得逼真、生动。正面描写和侧面描写两方面共同作用，使抻面的美味过瘾即刻呈现，令人垂涎。

50 年代初，镇压反革命，押去刑场的时候还许犯人点路边的馆子，吃最后一口人间食。有个老头子被押在车上，路过铁良的店，说是去阴间的路上得吃口抻面。于是押进去，老头子张口要龙须面，铁良也不说话，开始抻。

铁良几下就抻好了，亲自放面下锅，瞬时捞起，入在汤里，双手捧了碗放在老头儿面前。围观的人都伸头去看，说不出话来。老头儿挑起面迎光看看，手上的铐哗啦啦响，吃了一口，说，是这个意思，就招呼上路了。

铁良后来跟人说，这就是当初借钱给我学手艺的人，他就是要我抻头发丝儿面，我也得抻出来。

母亲的中药铺

甘典江

标题赏味：

"母亲的中药铺"，一语双关。一方面指的是自己儿时母亲开的中药铺。另一方面，在阅读全文以后，我们会发现作者将母亲比喻为中药铺。形象贴切，又独具韵味，就像一味中药耐人寻味。

那时候，我最喜欢去的地方，一是新华书店，一是母亲的中药铺。前者，是因为我爱看爱买连环画；后者，是因为我喜欢嗅闻那些中药的味道，特别是咀嚼几片苦甜苦甜的甘草。

母亲当过乡村里的医生。八十年代初，母亲参加医疗培训后，加入了城关镇合作医疗站。

医疗站在我读书的中学附近，临街两间旧木房。一间开处方和打针，另一间，是药铺。和母亲一起在守药铺的，还有三个阿姨。一天到晚，她们就做三件事：抓药，打针，织毛衣。除此之外，便是无休无止的聊天。我注意到，她们抓药非常麻利，瞟一眼处方，就可以找到相应的抽屉。仅凭手抓，就基本准确，最后还是要放进小秤称一称，添点儿或减点儿。然后，把药倒入毛边纸或废报纸，包好扎紧，写几个字交代几句，递给别人。

只要一走进药铺，我就被一股浓重的药香包裹得严严实实，有点儿喘不过气来，但一习惯就好了。我望着那些神秘莫测的抽屉，瞅着那些贴着标签的药名，兴奋不已：什么"半夏，黄精"，什么"益母草、白芨"，都是曼妙的植物。当然，也有的是矿物和其他异类，比如"朱砂、雄黄、海马"，不由得使我产生了相关的联想：这朱砂，肯定就是国画中传统的红色颜料吧？李可染曾用顶级朱砂绘过四张毛主席诗意图《万山红遍》，已成画史上的经典。至于雄黄，不就是许仙意气用事的东西吗？所谓的海马，只是相当于一条小鱼而已。

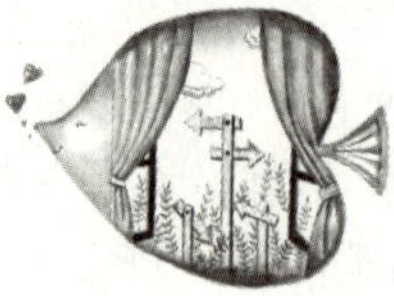

其中，我最喜欢的药草，是甘草。首先，是因为它的名字，甘草，望文生义，不就是“甘甜之草”吗？昔时，神农氏遍尝百草，解毒靠的就是这宝贝。再加上，我自己就姓“甘”，与这甘草，是家门，五百年前，应是同根而生之族。最早，是母亲教我嚼的甘草，一是因为它的药理，二是可以变相地替代水果糖，八十年代，任何甜味都是奢侈品。就这样，我嚼着甘草成长着，自以为嚼出了甘草的本真之味，破解了甘草的一切密码。

母亲还爱用党参来炖乌骨鸡和猪肚，补血。她营养不足，严重贫血。人参太贵，吃不起。还有金银花和枸杞，母亲都用来泡茶喝。自然，我也跟着全部享受到了。

在自家的院子墙角，母亲还栽了几株三七。蔓延的藤叶牵上墙，覆盖成了一面翠绿的毯子，像青绿山水画的设色，极其养眼。可惜，后来拆迁，毁于一旦，使我失去了这片翠绿。母亲只好把三七块茎挖出，收藏好。她说，三七可以治妇科恶疾，以及跌打损伤。

九十年代的某一天，这个合作医疗站被撤销了。回到家，母亲专职做她的家庭主妇。赚钱的任务，彻底由父亲负责。那个中药铺，被别人买去，改作了服装店。从此，街上流行的药店，大多是连锁的西药店。在我的印象中，传统的中药是文化，望闻问切的中医大夫，近似于诗人。相反，我害怕西药西医，因为这些东西是实验室配制合成出来的化学组织，成分复杂而可疑，至少没有一个在阳光之下生长的过程，没有温度、湿度，更无个性与灵魂。我实在难以想象，“阿莫西林”比母亲的“金银花”会更让我亲近与信赖。甚至，当我感冒受寒，母亲亲手煎熬的一罐红糖姜开水，也会比最昂贵的感冒灵帮我发热而痊愈，至少，我心已暖。

高格引句：

在作者笔下，人又成为一个极自然的人。吃的、喝的都是阳光雨露滋养出的果实，有温度有湿度，简单健康。在这样的滋养之下，人的灵魂不健康、优美，带有温度也是奇怪的事情了。

现在，父亲走了，去了天国。母亲一个人守着我们，在空旷的屋顶上栽花种菜。母亲身子瘦弱，时有病痛，我很担忧，同时，我又安慰自己：生病不正常吗？不正证明了人活着？何况，这世上，还有那么多栩栩如生的药在陪护呢。一根草是药，一片叶是药，一线阳光，一滴水，也都是，甚至，一个人可以是另一个人的灵芝。母亲多年与草木为伴，沉浸于无边无际的药香之中。于我而言，母亲就是我人生一味无价的中药，为我清热解毒，抵御这世间的种种伤害。

文眼追踪：

作者写“中药”，一方面是为了追忆中药所蕴含的人生哲理，更重要的是表达对于母亲的感激与热爱。母亲正像中药一样保护着我们。保护着我们的心灵，让我们有抵御人生风雨和伤害的力量。

● **标题赏味：**

“香饼”起初看来让人丈二和尚摸不着头脑，阅读全文可以知道一位老伯伯是卖香饼的。香伯的形象正是通过制作香饼、卖香饼塑造出来的。同时在文末人与饼融为一体，正如“香饼”这个名字所揭示的饼中有人，人中有饼。所以，该题目十分恰当。

香饼

佚 名

香伯住在一幢很旧的老屋里。屋子坐落于一条很瘦的老街上。这间祖传的屋子砖瓦破落，屋内屋外的墙壁，全都被岁月的火把熏得灰黑灰黑的，尽管其貌不扬，可是每天都有不计其数的人慕名而来。

到老屋来的人，只有一个目的：买饼。

香伯做的香饼，单是饼皮，便足以令人拍案叫绝：一层叠一层，脆而不碎，烤成很淡很淡的褐色，最上面的那一层，还俏皮地粘着几颗好似在跳舞的芝麻。充作饼馅的麦芽糖呢，软软甜甜且不说，最不可思议的是它不腻，不滞，不粘牙。

香伯的一生，好像是为了做香饼而活的。

他做饼的手艺，究竟是从哪里学来的，没人知道。我只记得，当我还在怡保育才小学读书时，便常常看到皮肤好像古铜一样闪闪发亮的香伯，把他做好的香饼放在纸箱里，用电单车载到菜市去卖。他的生意很好，才一盏茶工夫，便卖得精精光光了。

一般人想吃香饼，总是顺口说道：“去中央市场找香伯买！”

他姓什么，没人探问；他名唤什么，没人关心；只是人人都喜欢他卖的香饼，所以，顺理成章地唤他“香伯”。

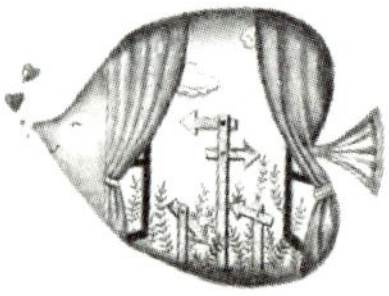

八岁那年，我随同父亲举家南迁，到新加坡落叶生根。香伯，就像现实生活里的许许多多小人物一般，慢慢地从我生活的画面中淡出了。

长大结婚以后，婆家在怡保，自此以后，回返怡保省亲变成了常年事务。

有一回，一名姻亲送了包香饼到婆家来给我，说："你尝尝，特地订的。那老头，生意真好，脾气可大呢，一面做饼，一面骂人！"

我拿起了一个香饼，无意识地看。半圆形的香饼，呈淡淡的褐色，薄薄脆脆的饼皮，层层相叠。咬一大口，那薄若寒蝉的饼皮，依然一层一层若即若离地叠在一块儿。饼内的麦芽糖，不腻，不滞，不粘牙。

高格引句：

从形状、颜色、口感等多方面对香饼进行细致描写，形象生动。"薄若寒蝉"的比喻也极贴切。另外，饼的多处细致描写在文末可以发现，也是对香伯性格的隐喻。一举多得，令人回味。

我那份意愿，死亡了的记忆，立刻霍地复活了。

"做饼的人可是香伯？"对方一点头，我立刻便央她带我去看。

香伯早已不在菜市摆卖香饼了，他成日成夜地窝在老屋里烤饼。烤好的饼放在铁皮桶内，每桶十斤。凡是上门买饼的，必须拨电话预订。香伯屋里放了一块大大的黑板，黑板上清清楚楚地写着订购者的姓名和订购的数量，凡是不曾预先订购而贸然摸上门去的，香伯一概不应酬。除此以外，也将饼批发给附近的杂货店，不过他有个凡人皆知的怪脾气：向他领货的人必须将香饼在同一天内卖完，借此确保香饼的新鲜度。

有时，他心血来潮，还会"微服出游"，查看别人有没有把他的饼卖完，倘若卖不完，下回去领货时，他便会让你领教领教他那好像石头一般又冷又硬的臭脾气。有人劝他把这种家庭式的香饼制作业机械化、企业化，他一口回绝。理由是："机械死板板，硬邦邦，做出来的饼一个个好像穿上制服的木乃伊，连味道都带着机器那一股冰冷生硬的味儿！"

有人见他孑然一身，怕他孤独终老，劝他寻个伴儿。他倒是听了，一寻便是两个，不过呢，寻来的不是老婆，而是徒弟。他收了两个年幼失学的少年做徒弟，三个人"生死与共"地窝在老屋里做饼。可叹的是，徒弟们学得了三分功夫便以为自己是无可匹敌的"香

饼大王”了，居然另起炉灶，自设分号。那些识货的人，不肯随意“屈就”，依然回返老屋找香伯。然而，许多没有尝过香伯的“原装货”的，却傻傻地把“鱼目”当“珍珠”。两个小徒弟违背道义的做法大大地伤了香伯的心，原本孤僻沉默的他，变得更加古怪寡言了。他发誓此生不再收徒，所以，在暮年，一个人留在老屋里苦苦拼搏。

姻亲带我到老屋去，远远地，便闻到了烤饼的香味。

屋里，打着赤膊的香伯，正把搅好的麦芽糖放入擀好的饼皮。他的神情，是那样地专注，是那样的虔诚，好似他做的是惊世骇俗的艺术品，是举世无双的雕刻品。

夕阳透过色漆剥落的木窗斜斜地照了进来，浸在金色余晖里的香伯，像一枚熟透了的柿子。尽管这枚表皮起皱、黑斑丛生的柿子已不再新鲜，可是，那种源于内心的坚守精神，使这枚行将腐化的柿子在这所光线暗淡的老屋里，焕发着一种炫人的亮光……

文眼追踪：

此处香伯的形象已经与香饼浑然一体，与自己的性格浑然一体。对于自己做饼工艺的严谨态度，对于自己事业的坚守，显现出一种人性的光辉。文末卒章显志的句子，与前文几处对香饼的描写相呼应，形成一条隐秘的线索，使文章的主旨得到了升华。

伯父鲁迅

周 晔

标题赏味：

鲁迅先生是我国文学史上的一面旗帜，却也是作者的伯父。从亲人的角度来看，鲁迅先生会有哪些鲜为人知的故事呢？读者的好奇心就在伟大与平凡中被挑逗出来，忍不住想去进一步了解一番。

我的伯父鲁迅先生在世的时候，我年纪还小，根本不知道鲁迅是谁，以为伯父就是伯父，跟任何人的伯父一样。伯父去世了，他的遗体躺在万国殡仪馆的礼堂里，许多人都来追悼他，向他致敬，有的甚至失声痛哭。数不清的挽联挂满了墙壁，大大小小的花圈堆满了整间屋子。

送挽联送花圈的有工人，有学生，各色各样的人都有。那时候我有点惊异了，为什么伯父得到这么多人的爱戴？我呆呆地望着来来往往吊唁的人，想到我就要永远见不到伯父的面了，听不到他的声音了，也得不到他的爱抚了，泪珠就一滴一滴地掉下来。

就在伯父去世那一年的正月里，有一天，是星期六的下午，爸爸妈妈带我到伯父家里去。那时候每到周末，我们姐妹三个轮流跟随着爸爸妈妈到伯父家去团聚。这一天在晚餐桌上，伯父跟我谈起《水浒传》里的故事和人物。不知道伯父怎么会知道我读了《水浒传》，大概是爸爸告诉他的吧。老实说，我读《水浒传》不过囫囵吞枣地看一遍，只注意紧张动人的情节；那些好汉的个性，那些复杂的内容，全搞不清楚，有时候还把这个人做的事情安在那个人身上。伯父问我的时候，我就张冠李戴地乱说一气。伯父摸着胡子，笑了笑，说：“哈哈！还是我的记性好。”听了伯父这句话，我又羞愧，又悔恨，比挨打挨骂还难受。从此，我读什么书都不再马马虎虎了。

那天临走的时候，伯父送我两本书，一本是《表》，一本是《小约翰》。伯父已经去世多年了，这两本书

我还保存着。

有一次，在伯父家里，大伙儿围着一张桌子吃晚饭。我望望爸爸的鼻子，又望望伯父的鼻子，对他说："大伯，您跟爸爸哪儿都像，就是有一点不像。"

"哪一点不像呢？"伯父转过头来，微笑着问我。他嚼着东西，嘴唇上的胡子跟着一动一动的。

"爸爸的鼻子又高又直，您的呢，又扁又平。"我望了他们半天才说。

"你不知道，"伯父摸了摸自己的鼻子，笑着说，"我小的时候，鼻子跟你爸爸的一样，也是又高又直的。"

"那怎么——"

"可是到了后来，碰了几次壁，把鼻子碰扁了。"

"碰壁？"我说，"您怎么会碰壁呢？是不是您走路不小心？"

"你想，四周黑洞洞的，还不容易碰壁吗？"

"哦！"我恍然大悟，"墙壁当然比鼻子硬得多了，怪不得您把鼻子碰扁了。"

高格引句：

简单的几句对话，将"我"的天真单纯和伯父的形象表现得淋漓尽致。伯父的对话看似在回答"我"的问题，实则是为社会环境的忧虑和自己的遭际慨叹。一来一回，对话间带有对比，对比中两个人的形象都得到了细致的刻画。

在座的人都哈哈大笑起来。有一天黄昏，呼呼的北风怒号着，天色十分阴暗。街上的人都匆匆忙忙赶着回家。爸爸妈妈拉着我的手，到伯父家去。走到离伯父家门口不远的地方，看见一个拉黄包车的坐在地上呻吟，车子扔在一边。我们走过去，看见他两只手捧着脚，脚上没穿鞋，地上淌了一摊血。他听见脚步声，抬起头来，饱经风霜的脸上现出难以忍受的痛苦。

"怎么了？"爸爸问他。

"先生，"他那灰白的抽动着的嘴唇里发出低微的声音，"没留心，踩在碎玻璃上，玻璃片插进脚底了。疼得厉害，回不了家啦！"

爸爸跑到伯父家里去，不一会儿，就跟伯父拿了药和纱布出来。他们把那个拉车的扶上车子，一个蹲着，一个半跪着，爸爸拿镊子夹出碎玻璃片，伯父拿硼酸水给他洗干净。他们又给他敷上药，扎好绷带。

那个拉车的感激地说："我家离这儿不远，这就可以支持着回去了。两位好心的先生，我真不知道怎么谢你们！"伯父又掏出一些钱来给他，叫他在家里休养几天，把剩下的药和绷带也给了他。

天黑了，路灯发出微弱的光。我站在伯父家门口看着他们，突然感到深深的寒意，摸摸自己的鼻尖，冷得像冰，脚和手也有些麻木了。我想，这么冷的天，那个拉车的怎么能光着脚拉着车在路上跑呢？

伯父和爸爸回来的时候，我就问他们。伯父的回答我现在记不清了，只记得他的话很深奥，不容易懂。我抬起头来，要求他给我详细地解说。这时候，我清清楚楚地看见，而且现在也清清楚楚地记得，他的脸上不再有那种慈祥的愉快的表情了，变得那么严肃。他没有回答我，只把枯瘦的手按在我的头上，半天没动，最后深深地叹了一口气。

伯父逝世以后，我见到他家的女佣阿三。阿三是个工人的妻子，她丈夫失了业，她愁得两只眼睛起了蒙，看东西不清楚，模模糊糊的像隔着雾。她跟我谈起伯父生前的事情。她说："周先生自己病得那么厉害，还三更半夜地写文章。有时候我听着他一阵阵接连不断地咳嗽，真替他难受。他对自己的病一点儿也不在乎，倒常常劝我多休息，不叫我干重活儿。"

的确，伯父就是这样的一个人，他为自己想得少，为别人想得多。

文眼追踪：

作者通过几个与伯父相关的故事，表现了伯父时常为别人着想和忘记照顾自己的无私品质。同时也表达了自己对已逝伯父的思念与爱戴。同样是写鲁迅先生，本文与萧红的《鲁迅先生》的回忆散文风格迥异，可以进行比对阅读。

标题赏味：

“勘书的祖父”讲述的是朋友讲给“我”的故事，更是全文主要内容的总结。既塑造了朋友祖父的形象，又引申出蕴含其中的哲思。简单明了地让读者了解文章的内容，正是标题应该具备的功能之一。

勘书的祖父

毕淑敏

人只要全力以赴地钻研某个问题，就有可能最大限度地逼近它的真实。

朋友给我讲过这样一个故事：

他祖父小的时候，很聪明，也很有毅力，学业有成。一天，曾祖拿出一个古匣，对他说：“我有一件心事，终生未了。我得到它们的时候，一生的日子已经过了一半，剩下的时间不够我做完它。现在，我交给你的是一件半成品，不如让你从头开始。”

原委是这样：早年间，江南有一位富豪，家有两册古时传下的医书，集无数医家心血之大成，为杏林一绝。富豪视若珍宝，秘不传人。后来，富豪出门遇险，一位壮士救了他的性命。富豪感恩不已，欲以斗载的金银相谢。壮士说：“财宝再多，再贵重，也是有价的。我救了你，你的命无价。我想要你的医书，救普天下人的性命。”富豪想了半天，说：“我可以将医书借给你三天，但是三日后的正午，你必得完璧归赵。”

壮士得了书后，请来乡下的诸位学子，连夜赶抄医书。时间紧迫，萤萤灯火下，抄书人依样画葫芦地描了下来，总算在规定时间之内抄完了。壮士长出一口气，心想从此以后，便可以用这本医学宝典造福于天下黎民了。

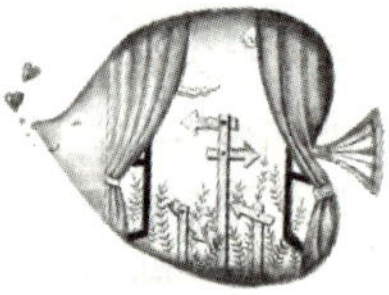

谁知，他抄好的医书拿给医家一看，才知竟是不能用的。这种在匆忙之中由外行人抄下的医方，讹脱衍倒之处甚多，且错得离奇，漏得古怪，谁敢用它在病人身上做试验呢？

壮士又急急赶回富豪家，想再请富豪借医书一用。

当他到达目的地时，迎接他的是冲天火光。富豪家因遭遇雷击燃起天火，藏书楼内所有的典籍全部化为灰烬。

从此，这两册抄录的医书就像鸡肋，一代代流传了下来。没有人敢用上面的方剂，也没有人舍得丢弃它。书的纸张黄脆了，布面断裂了，后人就又精心地誊抄一遍。因为字句的文理不通，每一个抄写的人都依照自己的理解，将它订正改动一番，弄得愈加面目全非，几成天书。

高格引句：

将医书与鸡肋作比，极贴切。所谓鸡肋，食之无味、弃之可惜。除了写出了对那两册漏洞百出的医书的态度，更写出了人本性中的矛盾与纠结。鸡肋与爱情作比也是常有的情况。

曾祖的话说到这里，目光炯炯地看着祖父。

祖父说："您手里拿的就是这两册书吗？"

曾祖说："正是。"

祖父说："您是要我把它们勘出来？"

曾祖说："我希望你能穷毕生的精力，让它死而复生。但你只说对了一半，不是它们，是它。你这辈子，是无法同时改正两本书的。现在，你就从中挑一本吧。"

祖父看着两本一模一样的古籍，随意吧。它们难度相同，济世救人的功用也是一样的。

祖父随手点了上面的那部书。他知道从这一刻，这一个动作，就把自己的一生，同一方未知的领域，紧紧地连在一起。

祖父没有辜负曾祖的期望，皓首穷经，用了半个世纪的时间，将甲书所有的错漏之处更正一新。册页上临摹不清的药材图谱，他亲自到深山老林一一核查；无法判定成分正误的方剂，他采集百草熬药炼成汤，以身试药；为了一句不知出处的引言，他查阅无数典籍……凡是书中涉及的知识，祖父都用全部心血一一验证，直至确凿无疑。到了祖父垂垂老矣的时候，他终于将那册古书中的几百处谬误，全部订正完了。

人们欢呼雀跃，毕竟从此这本伟大的济世良方，可以造福无数百姓了。但是，敬佩之情只持续了极短

的一段时间。远方出土了一座古墓，里面埋藏了许多保存完好的古简，其中正有甲书的原件。

人们迫不及待地将祖父校勘过的甲书和原件相比较，结果是那样令人震惊。祖父校勘过的甲书，同古简完全吻合。也就是说，祖父凭借自己惊人的智慧和毅力，以广博的学识和缜密的思维，加之异乎寻常的直觉，像盲人摸象一般地在黑暗中摸索，将甲书在漫长流传过程中产生的所有错误全改正过来了。

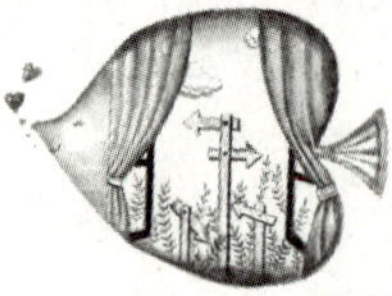

祖父用毕生的精力，创造了一个奇迹。但这个奇迹，又在瞬忽之间，烟消灰灭。古书已经出土，正本清源，祖父的一切努力，都化为劳而无功的泡沫。人们只记得古书，没人再忆起祖父和他苦苦寻觅的一生。

讲到这里，朋友久久地沉默着。

“古墓里出土了乙医书的真书吗？”我问。

“没有。”朋友答。

我深深地叹息说：“如果你的祖父在当初选择的那一瞬间，挑选了乙书，结果也许就完全不一样啊。”

朋友说：“我也问过祖父这个问题。可是，祖父说：‘对我来讲，甲书、乙书都是一样的。我用一生的时间，说明了一个道理，人只要全力以赴地钻研某个问题，就有可能最大限度地逼近它的真实。’”

文眼追踪：

文章讲述故事的用意在这里展露出来。寻找真实是一件极困难的事情，人的价值在于拼尽一生却可以去逼近真实，这比取得了怎样的结果来得更为重要。因为前者是人具有足够能动性的体现。同时，与开篇的点题遥相呼应。

祖父证明了人的努力，可以将千古之谜猜透。

这已经足够。

泰戈尔在我家

陆小曼

标题赏味：

“泰戈尔在我家”如同告诉邻居“我”家来客一般亲切、自然。只是这位客人是大名鼎鼎的泰戈尔。大题小做间，别有趣味。通过标题，读者直接就可以知道文章的主要内容，清楚明白。

谁都想不到今年泰戈尔先生的八十大庆倒由我来提笔庆祝。人事的变迁太幻妙得怕人了。若是今天有了志摩，一定是他第一个高兴。只要看十年前老头儿七十岁的那一年，他在几个月前就坐立不安思念着怎样去庆祝，怎样才能使老头满意，所以他一定要亲自到印度去，而同时环境又使他不能离开上海，直急得搔头抓耳连笔都懒得动；一直到去的问题解决了，才慢慢地安静下来，后来费了几个月的工夫，才从欧洲一直转到印度，见到老头的本人，才算了足心愿。归后他还说，这次总算称了我的心；等他八十岁的时候，请老人家到上海来才好玩呢！谁知一个青年人倒走到老人的前头去了。

文眼追踪：

作者开门见山，表明这是为泰戈尔先生八十大寿写的一篇文章。文章的主要内容是作者初见泰戈尔，并与之相处的感受，表达了作者对于泰戈尔老先生的爱戴之情。不经意之间流露出了对已逝故人徐志摩的怀念。

本来我同泰戈尔是很生疏的，他第一次来中国的时候，我还未曾遇见志摩；虽然后来志摩同我认识之后，第一次出国的时候，就同我说此去见着泰戈尔一定要介绍给你，还叫我送一张照片给他；可是我脑子里一点儿感想也没有。一直到去了见着老人之后，寄来一张字条，是老人的亲笔；当然除了夸赞几句别无他话，而志摩在信里所说的话，却使我对这位老人发生了奇怪的感想。他说老人家见了我们的相片之后，就将我的为人，脾气，性情都说了一个清清楚楚，好像已见着我的人一样；志摩对于这一点尤其钦佩得五体投地；恨不能立刻叫我去见他老人家。同时他还叫志摩告诉我，一两年后，他一定要亲自来我家，希望能够看见我，叫我早一点儿预备。自从那时起，我心里才觉得老人家真是一个奇人，文学家而同时又会看

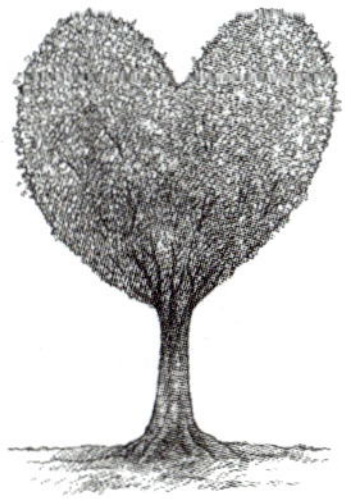

相！也许印度人都懂一点儿幻术吧。

我同志摩结婚后不久，他老人家忽然来了一个电报，说一个月后就要来上海，并且预备在我家下榻。好！这一下可忙坏我们了；两个人不知道怎么办才对。

房子又小，穷书生的家里当然没有富丽堂皇的家具，东看看也不合意，西看看也不称心，简单的楼上楼下也寻不出一间可以给他住的屋子。回绝他，又怕伤了他的美意；接受他，又没有地方安排。

一个礼拜过去还是一样都没有预备，只是两个人相对发愁。

正在这个时候，电报来了，第二天下午船就到上海。这一下可真抓了瞎了，一共三间半屋子，又怕他带的人多，不够住，一时搬家也来不及，结果只好硬着头皮去接了再说。

一到码头，船已经到了。我们只见码头上站满了人，五颜六色的人头，在阳光下耀得我眼睛都觉得发花！我奇怪得直叫起来："怎么今天这儿尽是印度人呀！他们来开会吗？"志摩说："你真糊涂，这不是来接老人家的吗？"我这才明白过来，心里不由得暗中发笑，志摩怎么喜欢同印度人交朋友？

我心里一向钦佩之心到这时候竟有一点儿不舒服起来，因为我平时最怕看见的是马路上的外国人，今天偏要叫我看见这许多奇形怪状的人，绿沉沉的眼珠子，一个个对着我们两个人直看，看得我躲在志摩的身边连动也不敢动。

那时除了害怕，别的一切都忘怀了，连来做什么的都有点儿糊涂。

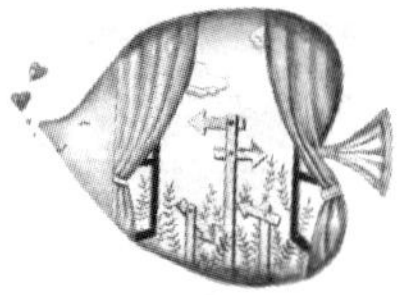

一直到挤进了人丛，来到船板上，我才喘过一口气来，好像大梦初醒似的，经过船主的招呼，才知道老人家的房间。

志摩是高兴得连跑带跳地一直往前走，简直连身后的我都忘了似的，一直往一间小屋子那边钻，我也只好悄悄地跟在后边；一直走进一间小房间，我才看见他正在同一位满头白发的老人握手亲近，我才知道那一定就是他一生最崇拜的老诗人。

留心上下地细看，同时心里感到一阵奇特的意味，第一感觉，就是怎么这个印度人生得一点儿也不可怕？满脸一点儿也不带有普通印度人所有的凶恶的目光，脸色也不觉得奇黑，说话的音调更带有一种不可言喻的美，低低的好似出谷的黄莺，在那儿婉转娇啼，笑眯眯地对着我直看。

高格引句：

通过“我”的观察，对泰格尔的外貌进行描写，不经意间已经将自己的态度情感融汇其中。与先前想象的印度人形成了鲜明对比，欲扬先抑中泰戈尔的音容笑貌如在面前。

我那时站在那儿好像失掉了知觉，连志摩在旁边给我介绍的话都不听见，也不上前，也不退后，只是直着眼对他看；连志摩在家中教好我的话都忘记说，还是老头儿看出我反常的情形，慢慢地握着我的手细声低气地和我说话。

在船里我们就谈了半天，老头儿对我格外亲近，他一点儿也没有骄人的气态，我告诉他我家里实在小得不能见人，他反说愈小他愈喜欢，不然他们同胞有的是高厅大厦请他去住，他反要到我家里去吗？这一下倒使我不能再存丝毫客气的心，只能遵命陪他回到我们的破家。

他一看很满意，我们特别为他预备的一间小印度房间他反不要，倒要我们让他睡我们俩人睡的破床。他看上了我们那顶有红帐子的床，他说他爱它的异乡风味。

他们的起居也同我们一样，并没欧美人特别好洁的样子，什么都很随便。只是早晨起得特别早，五时一定起身了，害得我也不得安睡。他一住一个星期，倒叫我见识不少，每次印度同胞请吃饭，他一定要带我们同去，从未吃过的印度饭，也算吃过几次了，印度的阔人家里也去过了，真有许多不同的地方。同时

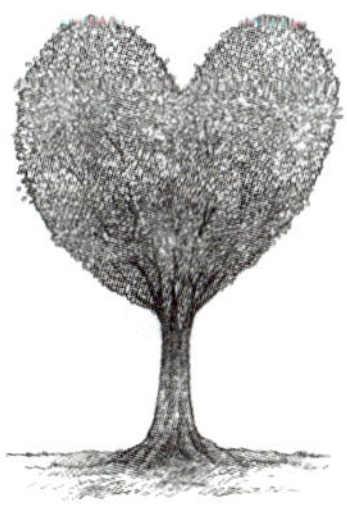

还要在老头儿休息的时候，陪他带来的书记去玩；那时情况真是说不出的愉快，志摩是更乐得忘其所以，一天到晚跟着老头子转。虽然住的时间不长，可是我们三个人因此而更加亲热了。

这个时候志摩才答应他到八十岁的那年一定亲去祝寿。谁知道志摩就在去的第二年遭难。老头子这时候听到这种霹雳似的噩信，一定不知怎样痛惜吧。

本来也难怪志摩对他老人家特别的敬爱，他对志摩的亲挚也是异乎平常，不用说别的，一年到头的信是不断的。只可惜那许多难以得着的信，都叫我在志摩故后全部遗失了，现在想起来也还痛惜！

自得噩耗后，我是一直在迷雾中过日子，一切身外之物连问都不问，不然今天我倒可以拿出不少的纪念品来，现在所存的，就是附印在这里泰戈尔为我们两人所作的一首小诗和那幅名贵的自画像而已。

牡　蛎

[俄]契诃夫

标题赏味：

用"牡蛎"这一并非罕见之物单独作为标题，普通得让人好奇。"牡蛎"怎么样了呢？似乎应该有动词与"牡蛎"相连，告诉读者发生了什么。在文中，"牡蛎"也成了饥饿，尊严浓缩的意象，贯穿全文。

我不必费力追忆，就能记起一件往事的全部细节。那是阴雨绵绵的秋天的一个傍晚，我和父亲站在莫斯科的一条熙熙攘攘的大街上，我感到一种奇怪的病渐渐控制了我。没有一点儿疼痛，但两条腿不由得弯下去，要说的话卡在喉咙口，头无力地歪到一边……显然，我很快会倒下去，失去知觉。

我知道，这是因为饥饿。

文眼追踪：

这是一个关于饥饿与尊严的故事。"我"饥饿难耐时在幻觉与现实之间的感受，面对贫困潦倒的无力，作者都有生动的描写。文章的冲突从"我"要吃牡蛎时的疯狂，到父亲试图行乞时对自己尊严的考问，全部源自饥饿。

我的父亲挨着我站在人行道上。他穿着很旧的夏季大衣，一顶花条呢帽里露出一团棉花。他的脚上穿一双又大又重的胶皮雨鞋。这个世俗的人生怕别人看出他光脚穿着雨鞋，便在小腿上再套一副旧皮靴筒。

这个可怜而又有点儿糊涂的怪人，随着他那件做工考究的夏季大衣变得越来越破旧和肮脏，我对他的爱却越来越深厚。他在五个月前来到京城，想谋求一个文书职位。这五个月来他一直在城里东奔西跑，到处找事做，直到今天才下决心跑到大街上来乞讨……

在我们对面是幢高大的三层楼房，挂着蓝色招牌："旅店"。我的头软弱无力地往后仰，朝两边歪，我不由自主地朝上方看，望着旅店那灯火通明的窗子。窗内闪动着人影。可以看到一架轻便管风琴的右半边、两幅粗劣的彩画和挂着的电灯……

我盯住一扇窗子，看到一块发白的东西。那东西一动不动，轮廓方正，在四周深褐色的背景上十分醒目。我瞪着眼睛细看，认出那是挂在墙上的一块白色牌子。那上面有字，但究竟是什么字，我就看不清了……

足足有半个钟头，我不让眼睛离开这块牌子。那片白色吸引住我的视线，似乎对我的脑子在施催眠术。我竭力想读出牌子上的字，但我的努力是白费的。

最后，那奇怪的病开始显示威力。

马车走过的声音在我听来像隆隆的响雷，在我的眼里，那旅店的灯光和街灯成了令人目眩的闪电。我的五种感官都高度紧张，极度灵敏。我开始看到从未看到的东西。

“牡蛎……”我终于看清了牌子上的字。

好古怪的字！我在这世上活了整整八年零三个月，怎么一次也没听到过这个词呢？这是什么意思？不会是旅店老板的姓吧，可是姓氏招牌通常挂在大门口，而不是挂在墙上！

“爸爸，牡蛎是什么？”我费力地把脸转向父亲，哑着嗓子问道。

父亲没有听见。他正专心地注视着人群的流动，目送着每一个经过他身边的人……凭他的眼神我看出，他想对行人说点儿什么，但那句重如秤砣的要命的话，却始终挂在他颤抖的嘴唇上，怎么也吐不出来。他甚至朝一个行人迈出一大步，碰碰他的衣袖，但等那人回过头来时，他连忙说声“对不起”，一脸尴尬地倒退回来。

“爸爸，牡蛎是什么？”我又问一遍。

“一种动物……生活在海洋里……”

我立即想象出这种从未见过的海洋动物是什么模样。它应当是介于鱼虾之间的一种东西。既然它生活在海洋里，那么用它再加上胡椒和月桂叶肯定能做出一盆十分鲜美的热汤，或是做一盆带脆骨的酸辣汤，或是做成虾酱似的浇汁，或是加上洋姜做成冷冻……

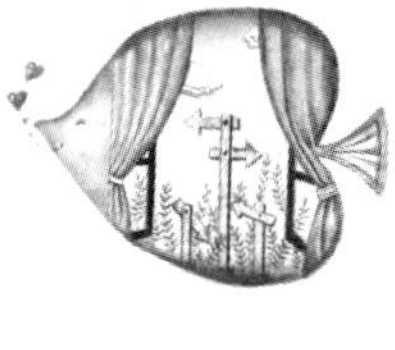

我生动地想象着，人们怎样从市场上带回这种动物，赶快把它收拾干净，赶快下锅……快，快，因为大家都饿了……饿极了！从厨房里飘出煎鱼和虾汤的

香味。

我感到这股香味惹得我的上颚和鼻孔发痒，而且这种感觉渐渐地遍及全身……旅店，父亲，白牌子，我的袖子，全都冒出这种香味。香味浓极了，惹得我开始咀嚼起来。我又嚼又咽，好像我的嘴里当真含着一块牡蛎肉似的。

我感到极大的满足，腿却不由得弯下去，我怕摔倒，便抓住父亲的袖子，身子紧紧贴着他那湿热的夏季大衣。父亲紧缩着身子，直打哆嗦。他发冷……

“爸爸，牡蛎是素烧，还是荤烧？”我问道。

“这东西要生吃……”父亲说，“它有壳，像乌龟一样，不过……它有两片壳。”

刹那间，鲜美的香味不再惹得我浑身发痒，幻想破灭了……现在我全明白了！

“真恶心，”我小声说，“真恶心！”

牡蛎原来是这样的！我一直把它想象成青蛙那样的动物，现在这只青蛙藏在壳里，睁着亮闪闪的眼睛朝外看，不断摆动它那极难看的下颌。我想象着，人们怎样从市场上买到这种有壳、有螯、眼睛闪亮、皮肤黏糊糊的动物……所有的孩子见了都躲起来，只有厨娘厌恶地皱起眉头，抓住一只大螯，把它放在盘子里，再送到饭桌上。大人们拿起来就吃……吃生的，连同它的眼睛、牙齿、爪子都吃进去！可它吱吱直叫，极力咬人的嘴唇……

我皱起眉头，可是……可是为什么我的牙齿开始咀嚼起来？这牡蛎样子可怕，令人讨厌，令人作呕，可我还是在吃它，吃得狼吞虎咽，生怕尝出它的味道，闻出它的气味。吃完一只，我已经看到第二只、第三只的亮闪闪的眼睛……我把它们都吃了……最后我吃餐巾，吃盘子，吃父亲的胶皮雨鞋，吃那块白牌子……凡是我的眼睛看到的东西，我统统吃下去，因为我感

高格引句：

一个饥饿孩子在现实与幻觉中的感受被描写得如此生动、逼真，仿若亲临现场。通过“我”的视角进行描写，似乎吃到的东西到底是什么已经不重要了，大肆渲染的只是“吃”这个动作。

到，只有吃下东西，我的病才会好起来。那些牡蛎可怕地睁着眼睛，奇丑无比，我一想到它们就浑身打战，但我还是要吃！

“给我牡蛎！给我牡蛎！”这呼喊从我的胸中迸发，我朝前伸出双手。

“行行好，先生们！”这时我听到父亲那低沉而压抑的声音，“真不好意思求人，可是，我的上帝，这孩子顶不住了！”

“给我牡蛎！”我呼喊着，揪住父亲的大衣后襟。

“小小年纪，难道你会吃牡蛎？”我听见身边有人发笑。

在我们面前站着两位戴圆筒礼帽的先生，他们哈哈笑着瞧着我的脸。

“你这个小家伙想吃牡蛎？当真？有意思！你知道怎么吃吗？”

我记得，这时有一只有力的手把我拖进了灯火通明的旅店。很快身边就围上了一堆人，他们哄笑着好奇地瞅着我。我在一张桌旁坐下，开始吃一样滑溜溜的东西，那东西很咸，有一股潮气和霉味。我狼吞虎咽般吃起来，不嚼，不看，也不想弄清我吃的是什么。我觉得，如果我睁开眼睛，那我一定会看到一双亮闪闪的眼睛、螯和尖利的牙齿。

高格引句：

分别从触觉、味觉和嗅觉多角度进行描写，描写出“我”吃“牡蛎”的状态，具体，形象而富于动态。不咀嚼，不看，也不问，这是一个孩子在极度饥饿中所表现出的狼吞虎咽和饥不择食。

我忽然嚼到一样硬东西。“嘎巴”一声咬碎了。

“哈哈哈！他连壳也吃了！”人们大笑，“小傻瓜，难道这也能吃吗？”

我记得后来我渴得厉害。我躺在自己床上，却睡不着，因为我全身痛，发烫的嘴有一股怪味。我的父亲从一个屋角走到另一个屋角，不停地挥着手比画着。

“我好像着凉了。”他嘟哝道，“我感到脑袋里……好像里面有个人……恐怕是因为我今天没有……那个……没有吃过东西……我这人，真的，是有点儿古怪，糊涂……我明明看到那些先生为牡蛎付了十卢布，我怎么不走过去，向他们讨几个……借几个钱呢？他们多半会给的。”

到第二天清晨我才睡着，我梦见了一只有螯、有壳、眼珠子老转动的青蛙。中午我渴得醒过来，睁开眼睛找父亲：他依旧走来走去，不停地挥着手比画着……

● **标题赏味：**

“雪地烤红薯”是文章的主要内容，同时也具有可供挖掘的意象性。雪地里，一个滚烫的红薯冻得冰凉，正如平头少年父亲一颗热切的心。一冷一热，冷热对比，更加突出了平头少年父亲的心痛。

雪地烤红薯

周海亮

男人缩在高中校园门口，守着一个烤红薯的老式铁炉。

他不断地把烤熟的红薯挑出来，把没烤的红薯放进去，十几个红薯，让他手忙脚乱。第一次做这种营生，男人的心里有点儿慌。

天空飘着雪花，男人的头顶和肩膀上落着薄薄一层雪。正是放学的时候，走读的学生赶着回家，住校的学生赶着回宿舍，所有人都在雪中匆匆而过。

男人把一个烤得最成功的红薯托在手里，嘴张着，却并不吆喝。

有人停下来，看他的红薯。他立刻打起精神，从旁边抄起小秤。他挑了两个最大的红薯放进秤盘，拉起提绳。“啪”的一声，两个红薯紧跟着掉在雪地上。男人急忙再从烤炉里取出两个红薯，那名学生却早已走远了。

整个下午他都没有卖掉一个烤红薯，这让他很伤心。

现在，除了他，谁还把烤红薯当成好东西？

儿子考上重点高中的那天，闹着要去吃洋快餐。儿子点了一份薯条，端上来的东西又黄又瘦，蜷缩扭曲着，他不知为何物。尝一口，才知不过是炸过的土豆条罢了。他说：“这比得上烤红薯？”儿子边笑边喝着可乐。可乐他也尝了尝，不好喝，麻舌头。他想，烤红薯多好啊，剥了皮，又香又甜，含在嘴里，不用嚼，直接化成蜜淌下去，如果再配一大碗玉米糁子和一碟腌萝卜条，那滋味，真是给个皇帝也不换啊！

高格引句：

卖红薯人的心理描写，既表现出了普通百姓的朴实纯良，也为卖不动红薯做好了铺垫。在对比中看到了两代人生活习惯、文化观念的差异。凡俗老百姓的口头语言，读来朗朗上口、风趣幽默又符合人物的身份。

他重新把小秤放到身边，扭过头，盯住校门。这时，有几名学生说笑打闹着，走了出来。

男人眼睛一亮，清清嗓子，喊了起来："卖烤红薯啰！"嗓音很小，又哑又沙，像被砂纸打磨过。声音吸引了这几名学生的目光，然而他们只是投来极为漠然的一瞥，又转过脸继续说笑。

于是，男人又提高嗓门吆喝："烤红薯白送啰！"这时，一个长脖子少年停下来，并转身朝男人走来。边上的平头少年拽了拽他的胳膊，可是没能将他拉住。长脖子少年走到男人面前，问道："烤红薯白送？"

男人憨笑着挑出四个红薯，边挑边问长脖子少年："你们宿舍几个人？"长脖子少年说："四个。"男人接着问："那个和你一起走的留平头的也是？"长脖子少年说："不错。"男人说："那就给你们多带几个吧！"于是他又挑了四个。他把八个烤红薯分装进两个袋子，递给长脖子少年。

天渐渐黑下来。男人看了看天空，雪越下越大，地上铺了厚厚的一层。男人仍然没有卖掉一个烤红薯。他推起三轮车，慢慢往回走。他在一个街角停下来，就着昏黄的路灯，从炉里掏出一个焦煳的烤红薯。他仔细地剥掉皮，慢慢地吃起来。他不声不响地吃掉一个，又掏出第二个。他一口气吃掉八个烤红薯，那是烤炉里剩下的全部烤红薯。

吃到最后，他不再剥皮，将烤红薯从烤炉里取出来，直接塞进嘴巴。

男人想，自己的嘴唇肯定被烫出了水泡，因为现在，那里钻心地痛……

长脖子少年回到宿舍，将两袋烤红薯随手放在床头柜上。谁对烤红薯都没有兴趣，即使是白送，他们也不想吃上一口。

终于，快熄灯的时候，留平头的少年打开了一个

文眼追踪：

全文就像一个巨大的"阴谋"，直到这里文章的悬念还没有彻底解开。与儿子的文化观念上的差异已经不可弥合，儿子竟然连卖红薯的自己都不愿意相认。但父亲还是体谅地给儿子捎带了红薯。男人钻心的疼痛又何止是因为嘴上的水泡呢？只是其他地方的疼痛不那么容易说出口吧！

袋子，取出一个烤红薯，托在手里，细细端详。长脖子少年提醒他说：“都烤煳了。”平头少年低头不理他，闭起眼睛嗅那个烤红薯。

电灯恰在这时熄灭，平头少年在黑暗来临的瞬间，将那个已经冰凉的烤红薯凑近嘴巴，狠狠地咬了一口。他没有剥皮，感觉到了红薯的微涩与甘甜。

长脖子少年突然说：“你和卖烤红薯的那个人长得很像。”

黑暗里，平头少年偷偷流下了一滴眼泪。

高格引句：

文章从一开始就埋下了伏笔。卖红薯的人有一个上重点高中的儿子，突然眼前一亮要白送红薯，特意让同学带红薯给平头男孩吃……多处悬念在这里抖开了包袱，原来卖红薯的男人是平头男孩的父亲。惊奇的同时，又合情合理。

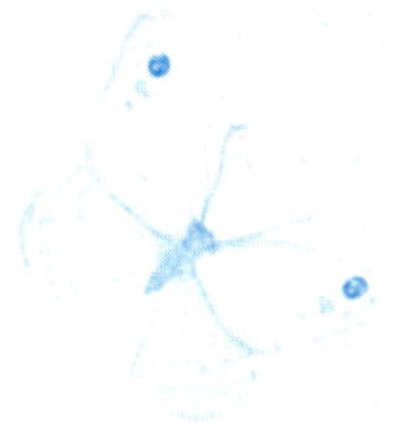

星光孤渺

遥远的星光，静静地闪耀在漆黑的夜空。懵懂的童年岁月，被星光赋予无数绮丽美好的幻想。长大成人，星光依然是我们内心的追求与渴望。夜空中最亮的星，请照亮我前行的路。

● **标题赏味：**

题目交代了故事发生的地点，同时也是对蒙古包中热情待客的老代一家人生存处境的形象化说法。胡杨生存条件恶劣，却可以在荒芜的环境中独自生长，坚毅而顽强。正如老代一家生活在偏僻的地方，却丝毫不影响他们的热情、真诚。

胡杨人家

刘之蔚

分布在额济纳荒漠里的黑水城、红城还有无法考证的大同城，在国人的感情世界和历史记忆里是复杂和纠结的。这里曾经的一切，胡人、党项人、土尔扈特人、蒙古铁骑、丝绸之路、居延海、黑水河、耶律阿保机、成吉思汗、萧太后、科兹洛夫、黑将军……如今谁又在乎过？谁又知道，额济纳就是党项语发音的“黑水城”？

每年的九月下旬，黑水河的上游水闸都要放水，额济纳沿黑水河生长的胡杨林仿佛一夜间被镀上了金色。因为得到黑水河的滋润，这里的胡杨林要比其他地方的早黄一个月左右。

日出之前赶到二道桥，当走到四道桥，已接近晌午时分，刚过了一座新修的木桥，想找个地方交个“地税”，但见有一处胡杨林煞是茂密，便不及细想一溜小跑往里钻了进去。

不曾想在这林子的掩映之下居然“藏”有毗邻的两座蒙古包，心中不禁窃喜，直奔过去。

从外观上可以判断出，这两座蒙古包不是旅游区常见的忽悠游客的山寨包，而是真的有人在此居住。此时胡杨林外飞沙走石，而林子里安静得仿佛时间都为此凝固了。

我见蒙古包开着门，没敢靠近，朝里吆喝了声：“家里有人吗？”

随着应答声，门里探出一张中年妇女的脸，黑里透红带着油光，乐呵呵地喊我进去喝茶。晃悠一上午的我此时的确已是口干舌燥、饥肠辘辘，便觍着脸不客气地问：“有吃的吗？”那中年妇女的回答脆脆的：

"有，跟我们一块吃羊肉饺子吧。"

"我还有朋友在林子外，能一块来吃吗？要多少钱？"我有点儿得寸进尺了。

这一问，也许有些唐突，只见对方一愣。不知啥时她的身后又多了一张年轻姑娘的脸，有着蒙古人特有的刚毅的线条，煞是好看。姑娘接过话题问道："你们几个人，还想吃啥？"

"有手抓羊肉不？"

"有！"回答一样是脆脆的，伴以银铃般的笑声。

我就纳闷了，这哪像不期而遇，明明是到亲戚家里。便回身招呼伙伴钻进了一座摆着一张折叠餐桌的蒙古包。不一会儿，蒙古包外由远而近传来一阵摩托车的马达声，循声望去，一个男人出现在门口。

老代，这是我真真切切在额济纳近距离见到的第一位蒙古汉子，个头不高，但十分壮实，一样的黝黑发亮得让城里人无比艳羡的肤色，健康阳光。不曾想到的是，在后面的交谈里我才发现，之前印在我脑海里的蒙古汉子应该是端着苍鹰的姿势，个顶个儿膀大腰圆的摔跤手模样，而老代很浓缩且很腼腆。

高格引句：

对老代身材、肤色、姿势和表情的描写，已经塑造了一个豪迈、健壮的蒙古大汉的形象，同时，一点儿腼腆和憨态显得更加纯朴和直率。这样雄武又腼腆的形象，为下文的情节做了铺垫。

关系就这么在你一句我两句的沟通中变得融洽起来，就像一壶好茶，浸出物是慢慢地释放出来的。

但我还是心里没底，提到了餐费的问题，老代憨憨地说昨天也有人要吃手抓羊肉，给了 60 元。

我没说啥，心里有底了，见他们开始包饺子了，我说："让我媳妇儿来帮忙包可以吗？"

"可以啊，来吧。"

我又认真地"调侃"了一句："俺们山东人包饺子，肉馅儿要塞得满满的。"

老代乐呵呵地回了一句："没事啊，包成包子就行。"

饺子是用搁在外面空地上的炉子煮的，到了晚间这炉子就得抬进蒙古包生火烧水取暖。姑娘在煮饺子，我就开始拍照，这时才开始观察老代家周边的一切。荒漠深处的额济纳，秋天显得十分短促，犹如礼花般绽放的黄色叶片或繁如花海或星星点点，映衬着千年胡杨那遒劲的枝干，美得让人窒息。

手抓羊肉上来了，是一整块羊胛骨肉，在甘肃，在青海，在陕西，没少吃手抓羊肉，这回真长见识了。毫不夸张地说，这是我吃到的最棒的手抓羊肉！问起老代，为啥会给我们上这块肉。

"只要家里来了尊贵的客人我们就会杀一只羊，用最好吃的肉来招待客人，你们吃完走了，这块骨头，我们洗一洗，拴上一根麻绳要挂在蒙古包上的。"

呜呜，我差点儿感动得冒泡儿。

慢慢聊着，我这才知道，之前最先和我们打招呼的那位中年妇女是老代的丈母娘，而那位年轻的姑娘是老代的媳妇儿，我的眼镜差点儿没掉地上，这关系一时我都没反应过来。老实说，刚开始我把他媳妇儿当他女儿了。老代没生气，反而开怀大笑，蒙古人的豪情和大度一览无余。

因为忙活我们这顿饭，等我们吃完了，人家一家才开始用餐，怪不好意思的。又等了一袋烟工夫，才最后过去把饭钱硬塞给了老代。之前说好了的：两盘羊肉饺子、一份手抓羊肉，共60元。给老代一张，没让他找钱，老代有点不好意思收，这时候，我的态度有点强硬了，必须收下！见他们也喝茶，也不管他们喜不喜欢，留下我摄影包里带的所有的"大红袍"，挥一挥衣袖，与老代一家人道别，没有相约来年，轻轻地带着一份纯真，我们走了，还觉得有点儿豪迈。

回来的路上，在想一件事儿，如果戴望舒是蒙古族的，他还会不会潇洒地轻轻挥一挥衣袖，撑着那把油纸伞去幽会那丁香般的姑娘？呵呵。

文眼追踪：

一次摄影旅行中，作者邂逅了蒙古人老代一家。不需要过多的言语，不需要更多的约定，仅仅是这份憨厚质朴、真纯自在的人性就已足够，相处的短暂时间里作者已经被这健康、优美的人性所濡染、滋养。

高格引句：

写那美丽缠绵又哀伤无奈的雨巷的诗人戴望舒，挥一挥衣袖成了蒙古大汉？真是一个大胆离奇的想象。不过，这样的结尾幽默搞笑，又与文章的内容格调一致，带一点儿真纯和豪迈。

苏州的文化客厅

邱 载

● **标题赏味：**

看到"文化客厅"的字样，首先想到的是林徽因组织的文化沙龙"太太的客厅"。苏州火车站南广场上的古代名人相聚一堂，称之为"文化客厅"真是再合适没有的了！这个名字不但写出了广场上的众多文化名人雕像的特点，更描绘出了相聚一堂、滔滔雄辩、臧否人物的热闹景象。

无论外地人还是苏州人，都喜欢把苏州火车站南广场称誉为"苏州的文化客厅"。客厅者，接待客人的所在也。在这个空阔的广场上有 8 位苏州圣贤的青铜塑像，在迎候天南海北、世界各地的来苏客人。

高格引句：

将火车站前的广场比喻成一座城市接待来访者的客厅，是极为恰当的。下车就到了客厅，热情亲切可见一斑，似乎整个苏州成为一位好客的主人，而读者成了来访的客人。

走出车站南大门，迎面就是范仲淹的青铜塑像，连像座有两人之高。他袍带简朴，风尘仆仆，目光深邃，像在思考着什么，范公"先天下之忧而忧"，此刻他在思虑民族的命运，还是在忧虑民间的疾苦？正面的像座下方，铭刻了"先天下之忧而忧，后天下之乐而乐"14 个金光闪烁的行书，这句《岳阳楼记》中的千古名言，不仅是吴地人民的宝贵精神遗产，而且融入了中华优秀传统文化精神之中，成为中国人的座右铭和思想行为准则。

广场东侧南起第一尊理所当然为伍子胥。他是 2500 多年前苏州古城的建造者。雕塑家吴为山用写意的手法，将伍子胥的身躯设计成镂空的弓形，就像他建成的这座水城的一个桥孔。那弓形的身躯又像在向前探身眺望，是眺望他亲手垒砌的古城墙，还是率众开挖的护城河？更可能他新奇地发现了护城河紧邻广场的河埠边，"浮现"出的大型"平江图"浮雕石碑，他当年建造的古城历经2500 余年沧桑，城址至今未变。那弓形的身躯也许是在弯腰倾听近代历史学家顾颉刚的赞叹："苏州城之古为全国第一，尚是春秋之物。"

伍子胥的旁边是"兵圣"孙武，他可称得上是伍子胥的"战友"。伍子胥七荐孙武，催生《孙子兵法》十三篇问世。这在吴地家喻户晓。孙武虽然出生于齐国，但他一生大部分岁月都生活在吴地，传说他死后也葬在苏州古城郊外。如今，《孙子兵法》被翻译为近 30 种语言，成为国际间最著名的兵学经典之一。

接下来是杰出的数学家、天文学家祖冲之，曾任娄县（今昆山市）县令。他利用“缀术”，将圆周率精确计算到小数点后第七位，成为当时世界上最先进的数学成就，比西方数学家早了近千年。

在广场西侧，有唐代著名诗人白居易的塑像。他曾任苏州刺史，任上主持修浚苏州阊门至虎丘的山塘河，将挖掘上来的泥土筑成河堤，后在河堤上建成山塘街。直到 1200 余年后的 2012 年，古街仍然活着，有着深厚的吴文化积淀，被评为全国十大历史文化名街之一。至于我见到白公雕像，首先想到的是初中时读到的那首《忆江南》：“日出江花红胜火，春来江水绿如蓝……”眼前呈现出家乡桃红柳绿的画面，心里油然而生一种美的享受。

白居易塑像边上还有江南文明最早的开拓者——泰伯。他把王位让给三弟，与二弟来到还是荆蛮之地的太湖流域。他尊重当地习俗，传播先进的中原文化，带领当地百姓创建了勾吴国。现在，苏州阊门有泰伯庙，纪念这位勾吴国的第一代君主。

还有孔子学生中唯一来自南方的求学者，被称为“南方夫子”的言偃。他是苏州常熟人，在虞山的山坡上有言偃墓。孔子认为言偃擅长文学，言偃墓前的甬道上有一座小巧玲珑的石拱桥，后人俗称它为“文学桥”，20 世纪 80 年代初，我作为一个文学习作者，到常熟参加一个期刊的改稿会，与文朋诗友一起去拜谒言偃墓，我们在文学桥上走上走下兜圈子，一心想沾点儿文学才气和灵感。

还有著名的思想家、经学家、史学家，苏州昆山人顾炎武，他倡导的“天下兴亡，匹夫有责”精神，

已经成为中华优秀传统文化的重要组成部分。我每次陪文友去千灯古镇游览，走进顾炎武故居时内心会油然亮起一盏明灯。

我想，来到苏州的客人们，一定会在这个客厅里找到自己崇拜的人物，再去古城各处寻访他们留下的众多遗存。这些遗存会像一位位历史老人那样，向你讲述自己主人曾经经历过的故事。

顽铜何幸，被赋予这些伟大、睿智、威武、多情的魂魄。当我的手去抚摩这些铜像时，冥冥之中它们仿佛带着体温和情感；我仿佛与这些圣贤取得了精神上的联系，呼吸着他们呼吸过的空气，沐浴着照耀过他们的阳光，循着他们的目光，眺望苏州 2500 余年的悠悠历史，解读古城深厚的文化传统。

文眼追踪：

卒章显志。作者描写了江苏火车南站众多的文化名人的雕像，实际上是借此抚今追昔，为了表达对于苏州古城的深沉情感和对传统文化的崇敬之情。只是沉重的话题，被作者写得生动活泼，耳目一新。

烟花三月下溱潼

卞毓方

●**标题赏味：**

李白古诗有云“烟花三月下扬州”，作者讨巧地使用“烟花三月下溱潼”作为题目。不仅使人在感到熟识的同时体谅地一笑，也对文章中如“烟花三月”的美妙绚丽景象充满期待。巧妙而趣味横生。

暮春三月，也是烟花三月，我与林非、王充闾、刘宝柱三位先生同访溱潼。

当天上午，主人安排游溱湖。画舫使人和湖面亲近，又和湖面疏远，坐在舱里，浪舔不到，风吹不到，日头也晒不到，但你可从从容容、仔仔细细地为云看相，为水把脉。

文眼追踪：

整篇文章可以看作作者与好友从容品评游玩的游记，这里不仅是对山水自然的玩味，更多的是臧否人物、凭吊遗迹、慨叹历史的文化韵味，以及对生命历程的真切感悟。这句话实乃点睛之笔。

溱湖要我把脉，首先是湖水尚清冽，但是，溱湖，你懂得我的悲凉吗？在工业化、现代化浪潮的裹挟冲刷下，那渌渊镜净、一尘不染的好光景永难再现，只能留梦于《诗经》中的涟漪、《楚辞》中的浪花了。其次，便数眼前这湖边的篙船，这是会船节的余兴。岳阳有龙舟节，溱潼有会船节。龙舟节纪念屈原沉江，他的《离骚》，引起人心骚动，人心就起了波澜，就要借龙舟节的不朽以实证屈原诗文的不朽、精神的不朽，讴歌不朽。会船节也有纪念的缘由，它的纪念，显示了溱潼人的贤良和公德：清明节的第二天，溱潼百姓相约划着自家的小船，为四港八汊无主的孤坟添土洒饭，烧化纸钱。

午后游溱潼古镇，我曾行过一遭，那是在一个月前。于我，出游如同赴宴，一向不关心厨师端上的是什么，而在乎今天与谁同桌。此番系陪三位先生同游，心情愈加雀跃，我们沿着前番的路线走了一遭：麻石老街、院士旧居、民俗风情馆，以及古茶古井、古槐古寺。叫我吃惊的是，我前番的“莅临”已经被摄成图像，加以装潢，悬挂于一处景点。我就成了“到此一游”的所谓名士。溱潼，她似乎觉得自己沉默得太久了；

溱潼，她似乎觉得自己开放得太迟了。她就像锁闭在水网中的孤岛，在这大喧哗大造势市场经济大发展的年代，终于也耐不住寂寞，渴望外界的足音余响了。

身边备有相机，一路张罗着想给三位先生处处“立此存照”，却仅有两次成功。一次是在“花影清潭”。那是一个小院，院内有一株古苍苍的茶树，寿长逾千年，花开逾万朵，茶树旁有一古井，井壁青苔斑驳，井底水莹如镜，三位不仅在茶树前欣然留影，还分别弯腰探头，和幽幽的井水照了一个多情的面；另一次是在“绿院垂槐”。院是寺院，槐是官槐，院内曾创办过书院、义学，而后又设立小学，是古镇教育事业的滥觞，官槐不仅沐过宋朝的风，元代的雨，还系着天仙配的传说。三位先生往槐树前一站，嘴里俱念念有词，是许愿吧，我不知他们默许的是什么。按动快门的刹那，眼睛一眨，仿佛镜头锁定的是三株大树，不，四株。绝非矫情，生活的原色，生命的底色，本该是这般浑然一碧，浓翠盈目。

高格引句：

从景色描写到人生哲理的感悟，都融汇于作者对这翠绿的描写。以寄情于景的手法深化了文章的主题。于结构上来说，多个短句的使用，使阅读朗朗上口，富有节奏感，更能使读者产生深刻的印象。

次日上午，细雨霏霏，我们参观了高二适纪念馆。高氏是那种生前看着不高而死后愈仰愈高的学者、诗人兼书法家。他是溱潼的邻居（他本是邻县之人），又是溱潼的女婿（娶了溱潼之女为妻）。高氏“独学自成”，没有背景，没有台阶，一介寒儒，好钻研而“不求人知”，然而，骤然而起的一桩“兰亭公案”，却不由分说地把他推到前台，置于聚光灯之下：1965 年，值兰亭盛会召开之际，郭老沫若抛出《由王谢墓志的出土论到〈兰亭序〉的真伪》一文，指出享誉千古的《兰亭序》乃赝品，为后世所托作。鉴于郭老彼时的社会地位和学术威望，黄钟一启，万籁噤声。当是之时，唯独高二适挺身而出，撰写《〈兰亭序〉真伪驳议》，与郭老据理力争。高二适的精湛见解，尤其是他不畏权贵的风骨，倾倒士林。连毛泽东也被他的激情所感染。

纪念馆建在两水相交的半岛。主人公的塑像在迎门而笑，绿树环拥，回廊的碑刻龙飞凤舞。展厅，半是书法，半是丹青，以为这就是全部了。谁知出得旧馆，又见新馆，博敞而宏丽，沿阶梯步上三楼的平台，脚下踩踏的是坚实，胸中翻滚的是浩叹。不要说唐代的边塞诗人高适——那位二适先生的本家兼同行——生前死后，从未拥有如许气派，就是当代的诸多硕儒宏彦，也鲜能享受此等殊荣。

浅　滩

张抗抗

标题赏味：

“浅滩”在这里具有双层意义。一方面，指江上行船时遇到的浅滩；另一方面，指的是雄心勃勃的人遇到所谓人生中的“浅滩”。另外，“浅滩”作为全文的线索，使整篇文章形散神聚，具有整体感。

用达斡儿话或满语，可以将这条大江的名字译为“平安的江”。那江水几千年几万年安分守己地流淌。

虽说是本国疆土上最冷最北的江，但在这条江上行船，极少有什么风险。

要去源头的洛古河，水路全程一千余公里。

夜气弥漫，白色的双体客船轻盈地顶水起航。

忽然船底发出惊天动地的巨响，那巨响来得特别，船的四壁似遭到无数锋利的石块袭击，又似有粗重的金属互相敲击。马达发出绝望的颤抖，舱壁的灯摇摇欲坠。船身似乎就要断裂，却还跌跌撞撞地挣扎，有什么巨大的力量将它死死拽住，它哼哼着，呻吟着，终于，不动了。

有水手们急促的脚步声上上下下地冲上甲板，有喊声、吼声，忙而不乱。

有人说：“是船搁浅。”

只见那船身几乎已横了过来，将船头对着江岸，微微喘息着，似要摆脱江底那双魔爪的纠缠，却无济于事。

“今年水瘦。”

“没事。江底除了泥就是石头子儿，没啥玩意儿，船坏不了。”

“照这情形往上走，浅滩可不老少。”

有乘客三三两两在船舷上议论，声音从浓黑的夜雾中钻过来。马达已无可奈何地熄火，整条船停止了呼吸，奄奄一息地瘫软虚浮。它似被世界抛弃的一条小船。

它眼前明明有光亮，却被吞没在黑暗中；它身上明明有力气，却被困陷在淤泥中；它心中明明有勇气，却消耗在无谓的等待中。

它过得了险滩，却过不了浅滩吗？

它过得了险滩，却过不了浅滩。也许就因为险滩太险，而浅滩又太浅了。

它无声无息地钉在黑暗中，如同江心一块突起的礁石。

竟然没有人抱怨，也没有人责难。

客舱里，老爷子枕着自己的行李睡了，行李里有在黑河街百货商店买回的电饭锅和电动玩具，会让他做个好梦；妈妈搂着娃娃蜷在长椅上睡去了，娃娃的口水淌出一条小河……没有人抱怨，也没有人责难。

人们很宽容，很谅解。浅滩，就像人生，就像人这一辈子，真要顺顺当当、平平安安啥坎儿没有，还倒怪了，倒叫人心里不踏实。浅滩说明船大，没听说小船浅住的，船也像人哪……

夜深了，梦中隐隐听到长长的汽笛。

隔了许久，船身猛地一震，只觉得人整个儿漂浮起来，悠悠地荡开去。马达轰然鸣响，绞盘的缆绳嘎嘎作响，从船头传至船尾。甲板上有粗哑的嗓子欢呼——它，复活了。披衣跑出去，朦胧的薄雾中，只见一只小小的货船，从大船旁边摇摇晃晃驶开去。

汽笛又响了，是诚挚的敬礼。甲板上站满了人，朝看不见人影的小船挥手。

是的，那是一只小船。小船不怕浅滩，小船通过了浅滩。小船把大船拽出了浅滩。

大船过得了险滩，却过不了浅滩吗？

是的，它过不了浅滩。它吃水 1.4 米，而大江枯水期最浅处仅 1.2 米。

浅滩承受不了它的重量，它的雄心，它的深度。

高格引句：

行船如人生，船遇到浅滩正如人遇到困境。一个人如果陷入最糟糕的境遇，反倒可以安心了，因为事情不会变得更糟了，这也是最坏的事情带来的一点儿好处吧。也是从这里开始，行船和人生道理融为一体。

文眼追踪：

有人说，很多好书也许是狼虎药！大概是因为浅薄的人受不住它揭示出来的真谛，往往自伤。但另一方面，谁又能理解一位深沉的艺术家在人世不被理解的悲伤呢？卡夫卡如此，沈从文如此，凡·高亦是如此。世人的浅薄和短视，大概就是他们最大的浅滩。

它生来是要在大江里航行的，它在浅薄的河道里受挫。它让浅薄拦截了，它悲哀之至。

然而谁都认为这是一条浩浩荡荡、满满登登的平安的江。如果不是江图上有着记载，谁也不会想到在那样深沉、雄浑的大江江床上，浅滩竟一个接一个排到源头……

干旱的六月竟泄露了大江的隐秘。大江从此坦然真实。

沙原隐泉

余秋雨

沙漠中也会有路的，但这儿没有。远远看去，有几行歪歪扭扭的脚印。顺着脚印走吧，不行，被人踩过了的地方，反而松得难走。只能用自己的脚，去走一条新路。回头一看，为自己长长的脚印高兴。不知这行脚印，能保存多久？

挡眼是几座巨大的沙山。只能翻过它们，别无他途。上沙山实在是一项无比辛劳的苦役。刚刚踩实一脚，稍一用力，脚底就松松地下滑。用力越大，陷得越深，下滑也越加厉害。才踩几脚，已经气喘，浑身恼怒。我在浙东山区长大，在幼童时已能欢快地翻越大山。累了，一使蛮劲，还能飞奔峰巅。这儿可万万使不得蛮劲。软软的细沙，也不硌脚，也不让你碰撞，只是款款地抹去你的全部气力。你越发疯，它越温柔，温柔得可恨至极。无奈，只能暂息雷霆之怒，把脚底放轻，与它厮磨。

要腾腾腾地快步登山，那就不要到这儿来。有的是栈道，有的是石级，千万人走过了的，还会有千万人走。只是，那儿不给你留下脚印，属于你自己的脚印。来了，那就认了吧，为沙漠行走者的公规，为这些美丽的脚印。

心气平和了，慢慢地爬。沙山的顶越看越高，爬多少它就高多少，简直像儿时追月。已经担心今晚的栖宿。狠一狠心，不宿也罢，爬！再不理会那高远的目标了，何必自己惊吓自己？它总在的，不看也在。还是转过头来看看自己已经走过的路吧。我竟然走了那么长，爬了那么高。脚印已像一条长不可及的绸带，

● 标题赏味：

题目中的“沙原”“隐泉”直指描写对象。但文章前半部分细致描写“沙原”的质感，对于“隐泉”绝口不提。行文过半，一弯泉水的呈现不但是“沙原”中的“隐泉”，更是读者苦苦期待的“隐泉”。

高格引句：

早有“世界上本没有路，走的人多了也便成了路”的说法，脚踏实地地践行自己的选择，着实是一件令人高兴的事情。以脚下真实的路喻人生的选择，朴实贴切。这句话将沙漠行走的感受，自然地引申成为生活哲理。

高格引句：

作者将踩在沙子上的感受喻为爱人的温柔，将那种爱之深、情之切表达得淋漓尽致。脚与沙的接触被比喻成了恋人之间的耳鬓厮磨，寄情于景，情景交融，情感盈满而富于生命力。

平静而飘逸地划下了一条波动的曲线，曲线一端，紧系脚下。完全是大手笔，不禁钦佩起自己来了。不为那山顶，只为这已经划下的曲线，爬。不管能抵达哪儿，只为已耗下的生命，爬。无论怎么说，我始终站在已走过的路的顶端。永久的顶端，不断浮动的顶端，自我的顶端，未曾后退的顶端。沙山的顶端是次要的。爬，只管爬。

脚下突然平实，眼前突然空阔，怯怯地抬头四顾，山顶还是被我爬到了。完全不必担心栖宿，西天的夕阳还十分灿烂。夕阳下的绵绵沙山是无与伦比的天下美景。光与影以最畅直的线条流泻着分割，金黄和黛赭都纯净得毫无斑驳，像用一面巨大的筛子筛过了。日夜的风，把山脊、山坡塑成波荡，那是极其款曼平适的波，不含一丝涟纹。于是，满眼皆是畅快，一天一地都被铺排得大大方方、明明净净。色彩单纯到了圣洁，气韵委和到了崇高。为什么历代的僧人、俗民、艺术家偏偏选中沙漠沙山来倾泻自己的信仰，建造了莫高窟、榆林窟和其他洞窟？站在这儿，我懂了。我把自身的顶端与山的顶端合在一起，心中鸣起了天乐般的梵呗。

刚刚登上山脊时，已发现山脚下尚有异相，舍不得一眼看全。待放眼鸟瞰一过，此时才敢仔细端详。那分明是一弯清泉，横卧山底。动用哪一个藻饰词汇，都会是对它的亵渎。只觉它来得莽撞，来得怪异，安安静静地躲坐在本不该有它的地方，让人的眼睛看了很久还不大能够适应。再年轻的旅行者，也会像一位年迈的慈父斥责自己深深钟爱的女儿一般，道一声：你怎么也跑到这里！

是的，这无论如何不是它来的地方。要来，该来一道黄浊的激流，但它是这样清澈和宁谧。或者，干脆来一个大一点儿的湖泊，但它是这样纤瘦和婉约。按它的品貌，该落脚在富春江畔，雁荡山间，或是从虎跑到九溪的树荫下。漫天的飞沙，难道从未把它填塞？夜半的飓风，难道从未把它吸干？这里可曾出没过强盗的足迹，借它的甘泉赖以为生？这里可曾蜂聚过匪帮的马队，在它身边留下片污浊？

我胡乱想着，随即又愁云满面。怎么走近它呢？我站立于峰巅，它委身山底；向着它的峰坡，陡峭如削。此时此刻，刚才的攀登，全化成了悲哀。向往峰巅，向往高度，结果峰巅只是一道刚能立足的狭地。不能横行，不能直走，只享一时俯视之乐，怎可长久驻足安坐？上已无路，下又艰难，我感到从未有过的孤独与惶恐。世间真正温煦的美色，都熨帖着大地，潜伏在深谷。君临万物的高度，到头来只构成自我嘲弄。我已看出了它的讥谑，于是急急地来试探下削的陡坡。人生真是艰难，不上高峰发现不了它，上了高峰又不能与它近乎。看来，注定要不断地上坡下坡、上坡下坡。

咬一咬牙，狠一狠心。总要出点儿事了，且把脖子缩紧，歪扭着脸上肌肉把脚伸下去。一脚，再一脚，整个骨骼都已准备好了一次重重的摔打。然而，奇了，什么也没有发生。才两脚，已刺溜下去好几米，又站得十分稳当。不前摔，也不后仰，一时变作了高加索山头上的普罗米修斯。再稍用力，如入慢镜头，跨步着舞蹈，只十来下就到了山底。实在惊呆了：那么艰难地爬了几个时辰，下来只是几步！想想刚才伸脚时的悲壮决心，哑然失笑。康德所说的滑稽，正恰是这种情景。

来不及多想康德了，急急向泉水奔去。一湾不算太小，长可三四百步，中间最宽处，相当一条中等河道。水面之下，漂动着丛丛水草，使水色绿得更浓。竟有三只玄身水鸭，轻浮其上，带出两翼长长的波纹。真不知它们如何飞越万里关山，找到这儿。水边有树，不少已虬根曲绕，该有数百岁高龄。总之，一切清泉静池所应该有的，这儿都有了。至此，这弯泉水在我眼中又变成了独行侠，在荒漠的天地中，全靠一己之力，张罗出了一个可人的世界。

树后有一陋屋，正迟疑，步出一位老尼。手持悬项佛珠，满脸皱纹布得细密而宁静。她告诉我，这儿本来有寺，毁于 20 年前。我不能想象她的生活来源，讷讷动问，她指了指屋后一路，淡淡说：“会有人送来。”我想问她的事情自然很多，例如为何孤身一人，长守此地？什么年岁，初来这里？终于觉得对于佛家，这种追问过于钝拙，掩口作罢。眼光又转向这脉静池。答案应该都在这里。

茫茫沙漠，滔滔流水，于世无奇。唯有大漠中如此一湾，风沙中如此一静，荒凉中如此一景，高坡后

如此一跌，才深得天地之韵律，造化之机巧，让人神醉情驰。以此推衍人生、世界、历史，莫不如此。给浮嚣以宁静，给躁急以清冽，给高蹈以平实，给粗犷以明丽。惟其这样，人生才见灵动，世界才显精致，历史才有风韵。然而，人们日常见惯了的，都是各色各样的单向夸张。连自然之神也粗粗糙糙，懒得细加调配，让人世间大受其累。

因此，老尼的孤守不无道理。当她在陋室里听够了一整夜惊心动魄的风沙呼啸，明晨，即可借明静的水色把耳根洗净。当她看够了泉水的湛绿，抬头，即可望望粲然的沙壁。

——山，名为鸣沙山；泉，名为月牙泉。皆在敦煌县境内。

文眼追踪：

“宁静以致远”，自然的鬼斧神工中满是人生的平凡哲理。需要飞扬夺目的是人生，生命从来都是平静自在的。排比句的使用，使得作者的观点不断加深，更从不同角度丰富了主题。

标题赏味：

“祁连雪”，顾名思义，就是祁连山的雪。河西走廊的黄沙漫天是人们通常的印象，作者选择了一个与众不同的角度——祁连山的雪。所以说，同样一个已经烂熟于心的事物如果从一个新的角度去挖掘，还是有它的可取之处的。

祁连雪

王充闾

千里河西走廊，在我身临其境之前，总以为那里是黄尘弥漫、阒寂荒凉的，显然是受了古诗的浸染，“千山空皓雪，万里尽黄沙”之类的诗句，已经在脑海里扎了根，这次实地一看，才了解到真相。

原来，河西走廊竟是甘肃最富庶的地区，这片铁马金戈的古战场，如今已被国家划定为重要的商品粮基地。当你驻足武威、张掖，一定会为那里的依依杨柳、森森苇帐、富饶的粮田、丰硕的果园所构成的“江南秀色”所倾倒。

当然也不是说，整个河西走廊尽是良畴沃野，它的精华所在，只是石羊河流域的武威、永昌平原，黑河、弱水流域的张掖、酒泉平原，疏勒河流域的玉门、敦煌平原。这片膏腴之地，是仰仗着祁连山的冰川雪水来维系其绿色生命体系的。祁连雪以其丰美、清冽的乳汁汇成了几十条大大小小的河流，灌溉着农田、牧场、果园、林带，哺育着河西走廊的子孙，一代又一代。

祁连山古称天山，西汉时匈奴人呼“天”为“祁连”，故又名祁连山，一过乌鞘岭，那静绝人世、复列天南的一脉重峦叠峰，就投映在我们游骋的深眸里，映着淡青色的天光，雪岭的素洁的脊线蜿蜒起伏，一直延伸到天际，一块块咬缺了完整的晴空。

面对着这雪擎穹宇、云幻古今的高山丽景，领略着空际琼瑶的素影清氛，顿觉凉生襟腋，情愫高洁，它使人的内心境界趋向于宁静、明朗、净化。

大自然的魅力固然使人动情，但平心而论，祁连山确也沾了神话和历史的光。

文眼追踪：

从标题就可以知道作者的议论对象是祁连山的雪。一方面，是对祁连山优美景色的赞叹，另一方面，也是从传说逸闻的角度对祁连山历史文化的演进进行了描绘。从这两方面入手，一个风景优美、文化蕴含丰富的祁连山就呈现在读者面前了。有趣味却不单薄，充满了历史的厚重感。

这里难以计数的神话传闻和层层叠叠的历史积淀，压低了祁连山、涂饰了祁连山，丰富了祁连山。在那云做梦的少年时代，一部《穆天子传》曾使我如醉如痴，晓夜神驰于荒山瀚海，景慕周天子驾着骏马巡行西北三万五千里，也想着要去西王母那里做客。当时把其中的故事都当成了信史。真正知道它“恍惚无征，夸言寡实”，是后来的事，但祁连山的吸引力并未因之稍减，反而益发强化了，四十余年的渴慕，近照终于得偿，其欢之情是难以形容的。

旅途中我喜欢把记忆中的有关故事与眼前的自然景观相叠合，车过山丹河（古弱水）时，我想到了周穆王曾渡弱水会西王母于酒泉南山。《淮南子》里也有后羿过弱水向西王母“请不死之药”的记载，神话传说汇集着一个民族关于远古的一切记忆，我们可以通过这种思维、情感、体验以至行动的载体，深入地窥察一个民族以至人类史前的发展轨迹。

观山如读史，驰车河西走廊，眺望那笼罩南山的一派空溕，仿佛能谛听到自然、社会、历史的无声倾诉，一种源远流长的历史的激动和沉甸甸的时间感被呼唤出来，觉得有许多世事已然远逝，又有多少天涯过客正匆匆走来，我们这些河西走廊的过客，与祁连雪岭朝夕相对，自然就把它当作了热门话题，有人形容它像一位仪表堂堂，银发飘洒的将军，俯视着苍茫的大地，守护着千里沃野；有人说祁连雪岭像一尊圣洁的神祇，壁立千寻，高悬天半，给人一种可望而不可即的隔膜感，可是在我的心目中，它像恋人、挚友般亲切，千里长行，依依相伴，神之所游，意之所注，无往而不是灵山圣雪，目力虽穷而情脉不断，一种相通相化相亲相契的温情，使造化与心源合一，客观的自然景物与主观的生命情感交融互渗，一切形象都化作了象征世界。

高格引句：

排比句的使用在这里并不是为了造成气势，而是使议论对象更加立体、全面地展现在人们面前。举出人们对祁连雪岭不同的看法以后，在转折中突出“我”的看法：祁连雪岭亲切、灵动，与生命和情感融为一体。

也许正是这种类似的情感使然，150 年前的秋日，

林则徐充军西北路过河西走廊时，曾写下诗句：“天山万笏耸琼瑶，导我西行伴寂寥。我与山灵相对笑，满头晴雪共难消。”甘、青路上，我也即兴赋诗，寄情于祁连雪：“依依只有祁连雪，千里相随照眼明。”

饮一口汨罗江水

熊召政

这会儿，我正在汨罗江的岸边，掬起一捧浑黄得叫人失望的江水。为了在端午节这一天，饮一口汨罗江的水，我可是千里奔驰特意赶来的啊！

脖子一扬，我，饮了一口汨罗江水。

立刻，我感觉到，就像有一条吐着芯子的蛇蹿入我的喉管，冰凉而滑溜，在我肝胆心肺间穿行，如同在烟雨迷蒙的天气里穿过三峡的蛟龙。

愤世嫉俗的味道真苦啊！

同行人大概看出我脸色难看，埋怨说："叫你不要喝你偏要喝，这水太脏了。"我报以苦笑。

朋友继续说："你们诗人都是疯子，不过，也像圣徒。恒河的水污染那么严重，圣徒们也是长途跋涉，非得跑到那里去喝一口。"

我得承认，朋友这么说，并不是讥笑我，他只是不理解。我的行囊中，带有青岛啤酒和可口可乐，为什么我非得饮这浑黄的汨罗江水？

这小小的隔阂，让我想起禅家的一段公案。一次，著名禅师药山惟俨看到一个和尚，问："你从哪里来？"和尚答："我从湖南来。"药山又问："湖水是不是在泛滥？"答："湖水还没有泛滥。"药山接着说："奇怪，下那么多雨，湖水为什么没有泛滥？"和尚对此没有满意的回答。因而药山的弟子云岩说："是在泛滥。"同时，药山另一个弟子东山大叫道："何劫中不曾泛滥！"细细品味这句话，不得不佩服禅家独特的思维品质。何水不脏？我想对朋友当头棒喝的这四个字，本源于何劫中不曾泛滥的追问。

标题赏味：

饮一口汨罗江水，怀古思今。东逝江水，一口下肚也倒畅快、洒脱，颇见文人风骨！文章从饮一口汨罗江水起笔，与友人谈论间引发了无限的思考！以此为题，顺应文章的整体结构，同时诗意的行为与作者的人生理想相契合。标题恰当、得体。

高格引句：

敏感、细腻的作者通过生花妙笔，把自己的感受展现得淋漓尽致。蛇的比喻，把江水蜿蜒入肠的感受写活了。心肺之间穿行的蛟龙与其说是江水，不如说是作者的体气被一捧江水激活了！胸襟开阔，荡气回肠。

不过，那四个字我终究没有问出口。然而由禅家推及诗家，我想得更多了。

汛期湖水泛滥，每个人都看得到。可是，干旱季节的湖水泛滥，又有几个人能感觉到呢？屈原淹死在汨罗江，这是大家都知道的。但汨罗不只是湘北的这一条，也不尽然是由波涛组成，知道这一点的，恐怕更是微乎其微了。

何劫中不曾泛滥！还可以推补一句，何处没有汨罗江？

嵇康的汨罗江，是一曲裂人心魄的《广陵散》；李白的汨罗江，是一片明月；苏东坡的汨罗江，是一条走不到尽头的贬谪之路；秋瑾的汨罗江，是一把砍头的大刀；闻一多的汨罗江，是一颗穿胸的子弹……到这里，我禁不住问自己：

你的汨罗江会是什么呢？

据考证，屈原本姓熊，是我的同宗。从知道他的那一天起，他就是我写诗做人的坐标。每当灾难来临，我就想到那形形色色的汨罗江。好多次，当我的愤怒无法宣泄，我就想跑到这里来，跳进去，让汨罗再汨罗一回。今天，我真的站到了这汨罗江的岸边，饮了一口浑黄的水后，我的愤怒被淹灭了，浮起的是从来也没有经历过的惆怅。

江面上，两三只渔舟以一种“与尔同销万古愁”的悠然，从我眼前漂过。不知道屈原为何许人也的渔翁，一网撒去，捞回来的是最为奢侈的五月的阳光。偶尔有几条鱼苗，看上去像二月的柳叶，也被渔翁扔进了鱼篓。那也是他的收获啊！醉翁之意不在酒，而渔翁之意，却是肯定在于鱼的。

中国的渔翁形象，从劝屈原“何不随其流而逐其波”的那一位，到“惯看秋月春风”的那一位，都是明哲保身的遁世者，权力更迭，人间兴废，与他们毫不相干。

船头上一坐，就着明月，两三条小鱼，一壶酒，他们活得好逍遥啊！你看这条因屈原而名垂千古的汨罗江上，屈原早就不见了，而渔翁仍在。

这就是我的惆怅所在。一位清代的湖南诗人写过这么一首诗：

萧瑟寒塘垂竹枝，长桥屈曲带涟漪。持竿不是因鲂鲤，要斫青光写楚辞。

看来，这位诗人的心态和我差不多，又想当屈子，又想当渔翁，结果是两样都当不好，鱼和熊掌不可得兼，古人早就这么说过。

既如此，我的饮一口汨罗江水的朝圣心情，到此也就索然了。归去吧，归去来兮，说不定东湖边上的小书斋，就是我明日的汨罗。

文眼追踪：

综观全文，本文是一篇记汨罗江的散文。面对汨罗江，作者神思向往嵇康、李白、秋瑾、闻一多等众多的文化名人，禅宗典故、屈子往事，一一浮现在作者心头。似乎是对先贤的幽思，实则是对自己人生式样的思考，人生选择的思考。

芳香百里馨

林清玄

也唯有在完全的漆黑中，我们才会发现大地即使在黑夜里也会自然发光，天空中月光星光交织，大海上波光潋滟，还有满天飞舞的萤火虫。

我们坐在百里馨岛上唯一的餐厅里，叫了一杯椰子水，等了半个多小时还没有送来，我跑到柜台询问，掌柜的菲律宾青年指指门外，一径地傻笑着。

我不明所以，跑到门外，看见刚刚的那位侍者正抱在椰子树的顶端上采椰子。不，不能说是采椰子，而是砍椰子。他用一把长刀，“啪”的一声把一串椰子砍下来，椰子便“噼噼啪啪”地落在草地上了。侍者从椰子树上爬下来，看到我站在树下，咧开嘴，笑嘻嘻的。

接着，他用砍椰子的长刀，把椰子壳凿了一个洞，插上一根吸管，直接从椰子树下端到我们的桌上。

我喝着刚从树上砍下的椰子水，算算时间已经快一个小时，心里想着：“好险呀！幸好椰子树就种在餐厅门口，如果是种在几百米以外，等他采来，岂不是就天黑了！”

菲律宾人天生慢动作，说好听一点儿是从容，说难听一点儿是懒散，其实是他们生性单纯，所求不多，特别是远离马尼拉四十分钟机程的百里馨岛，人们的心性之单纯，超乎了我们的想象。

例如，假若有五个人一起进餐厅，一人叫椰子水，一人叫柳橙汁，一人叫苹果汁，一人叫可乐，一人叫芒果汁，那侍者立刻就呆若木鸡，因为光是背下这五种不同果汁的名字，对他来说就太复杂了。

标题赏味：

百里馨的“芳香”一语双关，一方面是指自然环境的清新怡人，另一方面，也是对百里馨居民单纯自然的秉性、优游自在的生活状态由衷的赞美。普通的标题表达的却是丰富的内涵。经久咀嚼，耐人回味。

高格引句：

开篇通过描写渲染环境，使整篇文章都沉浸其中。同时，也是意象化的表达。黑夜中的自然发光，正如喧闹世界中安静纯粹的百里馨。意象化的语言增强了文章反复咀嚼的韵味。

我对朋友说："我们别整他了，如果再加上一杯咖啡、一杯红茶、一个冰激凌，他可能立刻就昏倒在地上了。"

那可怎么办呢？先点一杯椰子水，等他端来了，说："再来一杯柳橙汁。"如是者五，他一趟一趟地来回走，不会算错，也不会造成负担。反正是在岛上，谁在乎时间呢？一步一步来也不会有什么事。

> 高格引句：
> 正话反说，看似是嘲笑侍者的憨态，实则是幽默地表达对他心性单纯的赞美。三五句简单的描写，就把侍者的形象勾画得生动、逼真。

旅馆部的侍者也是很单纯的，他们常常坐在海边用椰子树干和树叶搭成的凉亭里聊天，只要有人从房间出来，他们就会微笑地走过来问："有什么事吗？"因为岛上的房间没有电话，一切都要面对面相询。

如果你摇摇头说："没事。"然后到海岸散步，他看你走远了，就径自进去帮你收拾房间。因此每次出门回来，房子里总是窗明几净的，算一算，他一天里总要来收拾四五趟。直到晚上，他为你提来一壶开水，然后亲切相问："还有什么事吗？"你说："没事。"他微笑，鞠躬，告退，一天的服务才告落幕。这种像家人一样亲切的服务，即使是五星级的大饭店也没有。

生活在百里馨岛，时间和空间几乎都是静止的。在时间上，没有开始，也没有结束，岛民的生活日复一日，像一条绳子一样向前拉去。我们想起了古老民族的结绳记事，岛民的生活变化小得就像时大时小的绳结。在空间上，百里馨岛小得只要半日就可以绕岛一圈，居民总共只有八百人，没有电视、没有报纸、没有信息，甚至没有电，与外界的联系只有小飞机和渔船，它与整个世界是完全隔绝的。如果这个世界在一夜之间消失，百里馨人也不会知道，或者如果百里馨一夜沉没，世界也不会知道吧。

百里馨人出生在这个世界，以蓝天、大海、椰林为家，他们自给自足，既没有什么欲求，也没有什么渴望，只是如实地单纯地生活着。他们不需要知道非

律宾，也不需要向往马尼拉。

我问过带我们到海上观光的中年渔夫，他这辈子还没有离开过百里馨，原因是，驾渔船到任何一座其他的岛都太远了。因为没有离开的欲望，生活就变得十分纯粹了。

文眼追踪：

全文而言，表达的主旨是对纯粹自然生活的向往。因为不汲汲于离开原有的生活，所以可以从从容容地生活。因为不慌忙地去追寻目标，所以可以保持一颗纯粹自在的内心。而这些都是生活在现代都市中的我们可遇而不可求的。

像百里馨，一年只有两季，一季是干季，一季是湿季。不论干湿，气温都是十分宜人的，只要有一条短裤，几乎就可以穿一辈子。有很多孩子，甚至整年赤身露体在岛上跑来跑去，衣饰是没有什么需要的。

食物更简单，地上有终年不缺的椰子和香蕉，海上只要出海就有渔获，一个上午捕的鱼，几天也吃不完。椰子林中有山蟹，一个晚上就可以捉到一桶，全都不需要购买。房子就更简单了，用椰子树当建材，几人合力，一天就可以盖一幢屋子。

当然，住在这里的人也有生老病死。死了，岛上的人也不哀伤，把他抬到可以涉水而过的“死亡之岛”，草草埋了，生不带来，死不带去，与天地同生，与草木并朽。从百里馨看“死亡之岛”，林木苍苍，应该也是净土的所在吧！

除了文明之外，百里馨什么都具备了。我们在文明中生活的人，很难想象没有信息、没有电、没有电话的生活是什么滋味，但这种困惑，百里馨人是不会有的。

说百里馨没有电也不确实，百里馨岛到了夜晚自备火力发电机，从晚上六点半到深夜十一点半发电，夜里的百里馨灯火通明，小路上都是一串串的灯泡，使人有宁馨安逸之感。到了十一点半，全岛陷入一片漆黑，极适合坐在海边沉思。

也唯有在完全的漆黑中，我们才会发现大地即使在黑夜里也会自然发光，天空中月光星光交织，大海上波光潋滟，还有满天飞舞的萤火虫。萤火虫数量之多超过人的想象，有很多树因为停满了萤火虫，变成一棵棵“萤火树”，美极了。

我们曾在夜里随当地的住民到山林间去捉山蟹，他们提着煤油灯，手脚敏捷，一个夜晚就能捕到一桶山蟹，有时在路边也能捡到山蟹，只只都有手掌大。我也曾在夜里带孩子在海边散步，捡寄居蟹，有一次竟然在海边捡到一只章鱼，活的，拍了照片之后就把它放生了。可知在黑暗之中，大地是充满生机的。

白天，百里馨被晨光唤起时最美，由于昨夜的涨潮在清晨退去，整个白沙海岸布满了美丽的贝壳。星星是天上的贝壳，贝壳则是海岸的星星。我曾花了一个上午，带孩子绕着海岸捡贝壳，晶白的、宝蓝的、玄黑的、粉红的、鹅黄的，各形各色的贝壳，在捡的时候使我感伤：在台湾也有很多海岸呀，贝壳到底到哪里去了？

百里馨是一个自主的王国，岛主是华裔的菲律宾人，听说他花了近二十年来治理和经营这座岛。全岛为椰子树和花草所覆盖，整个是一座花园，甚至找不到一块石头。更难以想象的是，岛上有很多雅致的别墅，有一座高尔夫球场、一个设备完善的游泳池、一个巨大洁净的餐厅。这么现代的设备是为了招待极少数有缘在百里馨度假的观光客。

因为担心旅游质量遭到破坏，每次只招待二十五个客人，正好坐两架小型的飞机，一下飞机就完全与世界隔离，甚至一切消费都不付现，而是用记账的方式。岛上唯一的商店，只有三坪（约 10 平方米）大，只卖泳衣、汗衫和贝壳，恐怕这是世界上最不商业化的观光区了。我们一家三口在百里馨住了三天，除去吃住，结账时总共花了二十五美元。

为了与岛民分界，岛主在百里馨岛的中间画了一条线，规定岛民除了旅馆部的工作人员，不可超过那条线。岛主的规定有如圣旨，因此住在百里馨的观光客如果不到岛的另一边，根本看不到一个住民。我们曾到岛的另一边去，印象深刻的是有一所小学、一间天主教教堂，还有一家椰子油工厂，居民的住屋架高而通风，有点儿像兰屿的民居。

居住在花草、椰子树与大海岸边的岛民，可能并不知道在这个普受污染的世界，他们是住在一片净土之上。我记得刚下飞机的那一刻，有许多同伴异口同声地惊呼：“这简直是传说中的极乐世界！”

听说我们是第二批到达百里馨的中国旅客，对于一向以采购著名的中国旅行团来说，百里馨还是一片处女之地。

第三天要挥别百里馨的时候，所有的人都有不舍之情。时间并未静止，空间也并未静止，如果生命里这样的日子有三个月不知道有多好！孩子听到我的感叹，提醒我说：“过三个月就会很无聊了。”对呀！我们这些被文明、繁荣、匆忙所宰制的人，已经没有单纯过活的心了。

登上飞机的那一刹那，我以深呼吸来告别百里馨，我闻到空气中有一种单纯、清净的芬芳，这样的空气，我们在台北已经许久没有闻到了。这时，我想起，百里馨的原文是 Balesin Island，第一个把它翻译成中文的人是个天才！

在飞机上，带我们去百里馨的导游小谭说：“菲律宾共有七千一百多座岛，有两千多座岛没有名称，有三千多座岛无人居住，菲律宾政府财政困难，大部分的岛都是可以出售的。”

“怎么样？到菲律宾来买座岛吧？”小谭说。

我心想，拥有一座真实的岛可能是艰难的，但在心里有一座岛，有大海、有花草、有椰影、有萤火、有蓝天，不受污染，那也就很好了。

因此我没有回答，带着我心里的岛飞越大海，告别了百里馨。

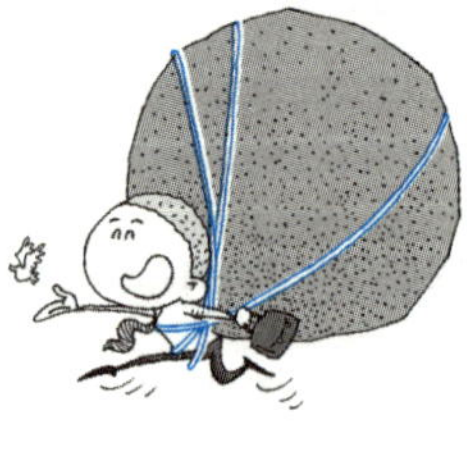

被拆迁的老屋、老街、老城

孙志毅

标题赏味：

标题从作者眼前的事物依次铺排开去，老屋、老街、老城……后面是不是还有其他更为庞大的东西也“被拆迁”了呢？从具体的事物、眼前的事件联想开去，为主题留下了一个更为广阔的阐释空间。

母亲的老屋要拆迁了，那个我曾生活了十九年的老院要拆迁了，我那记忆中逼仄的老街和古朴的老城都要在地球上消失了。老屋的交割手续已了，但母亲迟迟不想搬家，一天天地拖延着，为此找了许多借口：天气、时辰、吉日、人手……其中的原因谁也明白：母亲是留恋这个住了五十年的老屋、老院、老街。

丰镇是我的故乡，在那块古老的土地上，我生活了二十四年，其中十九年在城里，五年在乡下。

秦时明月汉时关。

丰镇地处内蒙古高原与黄土高原的交界地带，南以长城为界与晋北相接，距大同不足百里，北连草原纵深之处，自古为胡汉交通、兵家血刃之地。早在清雍正十三年（1735年）就设行政建制，乾隆十五年（1750年）设丰镇厅，被称为“口外十二厅”之一。“民国”三年（1914年）改厅设县。20世纪50年代初期，一度成为绥蒙合并后的省政府所在地。

丰镇是座有着厚实年轮的塞外老城，曾经是口外的皮毛集散地，是走西口流民的第一个歇脚地，是一个由移民开发的城池，所以它明显地带着母体（晋文化）的基因：饮食起居、建筑格局、婚丧娶嫁、口音腔调无不如此。

小城有弯弯曲曲的小巷，光留下的街名就可以看出昔日的辉煌：顺城街、通顺桥、五龙街、平安街、庆喜桥、芦官巷、人市。青石板铺就的路面，上面留下深深的车辙，你仿佛能听到木轮车碾过石板路的嘎吱嘎吱声和车把式潇洒的响鞭……

小城有密密匝匝的四合院，与北京的并无两样：垂花门、石鼓门墩、照壁、砖雕、泰山石敢当、拴马桩、镂空的木门楼。湛蓝的天空下，一群鸽子从灰瓦错落的院落飞过，天空便流过悦耳的哨声……在北大场面街有一个门楼，上书“大夫第”三个字，“文革”中被凿掉了，至今还能从高高的院墙和残留的砖雕，依稀看出当年的不凡。是附庸风雅，还是当年确实出过举人、进士之类的人物？后因查阅《绥远通志稿》才知，确实出过三个状元、七个举人。呜呼！当年的主人是谁？他们的后人到哪里去了？不得而知。

小城有文庙（孔庙）、武庙（关帝庙）、城隍庙、龙王庙、华严寺，有类似钟鼓楼的南阁、西阁，有牌楼，有水阁凉亭……

小城有南北两个基督教堂。“南洋堂”曾经有个被称作“徐师娘”的传教士，她既传教也给人用西医的方式看病，父亲年轻时曾在那里看过烧伤。童年时我见到它虽破败但还有旧时模样：狭长的走廊、彩色的地板和玻璃……“文革”前变成了某生产队的磨坊。而“北洋堂”曾是电信局的机房。

小城有城门城墙，东门之外就是那条一直流到桑干河的饮马河。我不知道哪个文人给它起了这么一个大气磅礴的名字，如今老百姓只知道它叫“东河湾”……

上述这些，20 世纪 50 年代还存在于人们的视野里而不是记忆中。我在二十多年中，走了内蒙古六七十个旗县，像丰镇这样有老屋老街遗迹的极为罕见。也是从那时起，小城就变成一个羸弱的、疲惫的、倒在地下任人宰割的母亲。

高格引句：

以小城喻母亲，形象贴切。小城如母亲般养育了小城百姓，如今却遭受这样的劫难，不只是与其血肉相连的作者，即便是作为事外之人的读者，都感到揪心。

先是聚族而居的四合院“充公”，分给了无房的老百姓，变成了大杂院。随着人口日繁，大杂院变成了“贫民窟”；“文革”中更是雪上加霜，凡是包含文化的东西一律视为“四旧”，照壁被砸了，造型各异的屋脊、马头墙、门墩被破坏，无一幸免。

清光绪年间知县章同修的石板路被撬起变成了小石子，“革委会”说是要修柏油马路。可丰镇城外边遍地都是玄武岩啊，根本无须破坏城里的路。石板路变成了泥土路；文庙、水阁凉亭、武庙和老爷庙街的牌楼就是那年月拆的。不知什么原因，只在县一中院里保留下了一个南阁（仅是寺庙的一个钟楼）。

马路越垫越高，昔日的高门大户也被日渐增高的土马路逼到地平线下；传统的生活方式改变了，有上水而无下水，马路便成了垃圾场和厕所，臭气熏天，无人问津。古老高贵的门楼坍塌了，青砖灰瓦的院落里，到处是低矮的、粗陋不堪的小凉房，如同一件原本华丽的旧袍子补了无数块粗布补丁。

高格引句：

对小镇的变化进行了细致的描写，表现了小城今日的狼狈景象，今昔对比中震撼读者的内心。华衣变补丁粗袍的比喻形象贴切，作者的凄凉感受含在其中。

小城演变成名副其实的贫民窟、棚户区和吃“低保”者的聚居区。

这些年随着岁齿日增，思乡之情一年浓似一年，回乡次数虽不少，但始终看不见童年的色彩，闻不到童年的味道，听不见童年的声音了。星星还是那个星星，月亮还是那个月亮，但故乡不是那个故乡了。难怪古希腊哲学家说“一个人不能踏入同一条河流”。

丰镇，你还是我的故乡吗？

老城的建筑，不仅是为了居住，也是为了观赏把玩的。老城的街巷没有政府的规划，纯属自然形成，但鳞次栉比、错落有致，总感觉有一种古老的血脉在流动。这其中的“潜规则”是什么？是否存在一群先人对文化的敬畏和对传统的皈依？今天，这些还有吗？有的是“长官意志”，是一哄而起，是“给长城贴瓷砖”式的举措。

无文化，无品位，无内涵，有“物”无“文”自在其中。我们还能说什么长短？

如今即便是一座残破的老城也要消失了，老街尘土飞扬，老院恓恓惶惶，不少老屋已掀掉了顶，露出在那里已经立了一两百年的柱子和房梁以及“文革”中留下的标语。别以为今人在所有的领域里“长江后浪推前浪”，倒是应该想一想，从哪年哪月始，我们已经失去了想象力、好奇心、创造力。我们能否也像欧洲那样，像尊敬父母一样尊重前人的创造，不是以“现代化”之名一拆了之。像丰镇这样的老城，我们能不能在过去和现代之间找到一个结合点？让文脉不断，薪火相传？应该能。

文眼追踪：

伴随着老镇的消失，是隐藏在它背后的文化密码的流失，是不可挽回的流失。“现代化”带给现代社会巨大的技术进步，但是在文化上又是怎样的呢？二者能否找到一个平衡点？对于进步与否，我们是应该认真思考一下它的标准到底是什么。我想人的生活状态应成为题中之意。

沉重的漂流

孙志毅

标题赏味：

"漂流"在人们心中通常是轻扬愉快的，为何作者将之与"沉重"搭边儿？阅读作品才得知是与漂流中丧生的人有关，自然也就沉重了。在一种错位感中，文章的标题使读者看来既新奇有趣，又准确到位。

在离虎跳峡不远的地方，我意外看见了一座朴素的纪念馆——长江漂流纪念馆。

我屏着气踏进门，又屏着气看完所有的展品。

人们熟悉那种一般意义上的漂流：青山倒映，绿水长流，渔歌欢唱，竹排扁舟……这种漂流，很多人都经历过，很多人都喜欢；这种漂流，是轻松的漂流，闲适的漂流，女性化的漂流。

而我此刻看到的漂流，却是险恶的漂流，沉重的漂流，完全属于男子汉的漂流。

这种漂流的分量，你只有到虎跳峡旁边去才能掂量出来。那落差几十米的长江之水，挟着一股寒气，奔腾而来；它含着天的威势，山的力度，以冲决一切的勇气，滚滚东去，激流飞溅，白浪滔天，雾满峡谷，声震九霄……

高格引句：

峻切险要的虎跳峡漂流，与读者通常认识的悠闲轻松的漂流形成鲜明对比。河水的力量、气度在生动的描绘中展现在读者面前，为下文对漂流者勇敢和冒险精神的赞颂做好了准备。

在这个地方漂流，轰轰烈烈，大起大落，大喜大悲。有人说，这才是真正意义上的漂流。

然而，这又是必须付出代价的漂流。

男人们昂起坚硬的头颅，向着急流和险滩挺进。有人在天与地的缝隙中，重新呼吸到了生命的空气；也有人在水和石的冲击下，永远沉入了另一个世界。生还的是英雄，而人们更愿意记取的，是那些死去的硬汉的姓名：尧茂书、孔志毅、杨洪林……

我用凝滞的目光抚摩漂流者的照片。关于他们的漂流，一直是一个沉重的话题，一种声音说，这是盲目的冲撞，是无谓的牺牲，是狭隘的英雄主义；另一种声音说，任何时代都需要冒险精神，没有冒险精神的民族，是没有希望的民族。在这两种声音面前，我忘却了思索。我不知道哪一种声音是对的。我只觉得有关于此的全部呐喊，都是带血的。

不论世界怎样评判，此刻面对尧茂书他们的眼睛，我内心绝不敢轻薄。

我扪心自度，我哪里有他们那样的勇气！不要说长江漂流、黄河漂流，就是在家乡的黄浦江上，我也未见得敢划一只小船，去与风浪搏斗。也许白天敢，黑夜就不敢；人多敢，独身就不敢。我想，世界上的人，本来就分英雄与敬仰英雄两类，而我，虽然身为男人，却只能属于敬仰英雄的那一类。

长江与黄河的漂流，在殉难者的名字刻下一排后，终于悲壮地沉寂下来。

这些年，在浙江，在福建，在江西，在云南……我看到的漂流，都只是那种充满了诗情画意的清波荡舟。男的女的，穿得花花绿绿的，赤着脚，玩着水，还唱着情歌，咔嚓咔嚓按着照相机，坐在小竹椅上，催船工把竹排划得快些，再快些。稍微有点儿浪涌过来，打湿了裙子和裤子，他们就尖声叫起来，把笑声撒得一江都是。

然而，要论诗，只有尧茂书他们的漂流，才称得上是一首诗。那是一首英雄的诗，悲壮的诗，生与死搏斗的诗，人与天争锋的诗。在那首诗里，男人嘶哑的喉咙，呼喊的诗征服自然的雄心；他们的一腔热血，染红了太过平淡的历史。

文眼追踪：

每一个时代都需要英雄，不仅仅是因为他们对历史形成的影响，更因为那种与人斗、与天斗，绝不服输、征服一切的精神。这些精神并不因为时间的流逝而涣散，反而在每一个慵懒而百无聊赖的时代给人以震撼和鼓舞。

纪念碑不会为轻歌曼舞红男绿女而立，纪念碑只属于那些把生死置之度外的战士。

长江水呼啸东去，纪念馆默默肃立。没有四波的轻，掂不出大山的重。在这里，打漂流的牺牲者口眼不闭。因而，只要站在江边侧耳谛听，你就会听到有一首无字的歌，震响天际，缭绕不息……

不识

张晓风

家人至亲，我们自以为极亲极爱了解的，其实我们所知道的也只是肤浅的事件而不是刻骨的感觉。父亲的追思会上，我问弟弟：“追诉平生，就由你来吧，你是儿子。”弟弟沉吟了一下，说：“我可以，不过我觉得你知道的事情更多些，有些事情，我们小的没赶上。”然而，我真的知道父亲吗？我们曾认识过父亲吗？我愕然不知怎么回答。

读完徐州城里的第七师范的附小，父亲打算读第七师范，家人带他去见一位堂叔，目的是借钱。堂叔站起身来，从一把旧铜壶里掏出二十一块银圆。堂叔的那二十一块银圆改变了父亲的一生。我很想追上前去看一看那堂叔看着他的怜爱的眼神。他必是族人中最聪明的孩子，堂叔才慨然答应借钱的吧！听说小学时代，他每天上学都不从市内走路，嫌人车杂沓。他宁可绕着古城周围的城墙走，他一面走，一面大声背书。那意气飞扬的男孩，天下好像没有可以难倒他的事。然而，我真认识那孩子吗？那个捧着二十一块银圆来向这个世界打天下的孩子。我平生读书不过只求缘尽兴而已，我大概不能懂得那一心苦读求上进的人，那孩子，我不能算是深识他。

“台湾出的东西，就是没老家的好！”父亲总爱这么感叹。我有点儿反感，他为什么一定要坚持老家的东西比这里的好呢？他离开老家都已经这么多年了。“老家没有的就不说了，咱说有的，譬如这香椿。”他指着院子里的香椿树，台湾的，“长这么细细小小一株。在我们老家，那可是和榕树一样的大树咧！而

且台湾是热带，一年到头都能长新芽，那芽也就不嫩了。在我们老家，只有春天才冒得出新芽来，忽然一下，所有的嫩芽全冒出来了，又厚又多汁，大人小孩全来采呀，采下来用盐一揉，放在格架上晾，那架子上腌出来的卤汁就呼噜——呼噜地一直流，下面就用盆接着，用那卤汁下起面来，那个香呀——”

高格引句：

父亲回忆家乡腌香椿的场景，热闹非凡、飘香四溢。尤其是对香椿腌制出来的卤汁进行描写时，使用“呼噜”“呼噜”的拟声词，虽说明显是夸张，但那种流香四溢的状态逼真地展现了出来。另外，也是父亲对家乡热烈情感的一种表现。

我吃过韩国进口的盐腌香椿芽，从它的形貌看来，揣想它未腌之前一定也极肥厚，故乡的香椿芽想来也是如此。但父亲形容香椿在腌制的过程中竟会“呼噜——呼噜——”流汁，我被他言语中的象声词所惊动。那香椿树竟在我心里成为一座地标，我每次都循着那株香椿树去寻找父亲的故乡。但我真的明白那棵树吗？

父亲晚年，我推轮椅带他上南京中山陵，只因他曾跟我说过：“总理下葬的时候，我是军校学生，上面在我们中间选了些人去抬棺材，我被选上了……”他对总理一心崇敬——这一点，恐怕我也无法十分了然。我当然也同意孙中山是可敬佩的，但恐怕未必那么百分之百地心悦诚服。“我们，那个时候……读了总理的书……觉得他讲的才是真有道理……”能有一人令你死心塌地，生死追随，父亲应该是幸福的——而这种幸福，我并不能体会。

年轻时的父亲，有一次去打猎。一枪射出，一只小鸟应声而落，他捡起一看，小鸟已肚破肠流，他手里提着那温暖的肉体，看着那腹腔之内俱全的五脏，忽然决定终其一生不再射猎。父亲在同事间并不是一个好相处的人，听母亲说有人给他起个外号叫“杠子手”，意思是耿直不圆转，他听了也不气，只笑笑说“山难改，性难移”，从来不屑于改正。然而在那个清晨，在树林里，对一只小鸟，他却生慈柔之心，誓言从此不射猎。父亲的性格如铁如砧，却也如风如水——我何尝真正了解过他？

《红楼梦》第一百二十回，贾政眼看着光头赤脚身披红斗篷的宝玉向他拜了四拜，转身而去，消失在茫茫雪原里，说：“竟哄了老太太十九年，如今叫我才明白——”贾府上下数百人，谁又曾明白宝玉呢？家人之间，亦未必真能互相解读吧？

我于我父亲，想来也是如此无知无识。他的悲喜、他的起落、他的得意与哀伤、他的憾恨与自足，我哪能都一一探知、一一感同身受呢？蒲公英的散蓬能叙述花托吗？不，它只知道自己在一阵风后身不由己地和花托相失相散了，它只记得叶嫩花初之际，被轻轻托住的安全的感觉。它只知道，后来，就一切都散了，胜利的也许是生命本身，草原上的某处，会有新的蒲公英冒出来。我终于明白，我还是不能明白父亲。至亲如父女，也只能如此。

我觉得痛，却亦转觉释然，为我本来就无能认识的生命，为我本来就无能认识的死亡，以及不曾真正认识的父亲。原来没有谁可以彻骨认识谁，原来，我也只是如此无知无识。

文眼追踪：

刻骨地认识一个人，恐怕是件相当难的事情。作者在父亲的种种事情中发现，对自己的至亲竟不能真正地认识，但这些对父亲将心比心的体谅与反思已实属不易。对别人是如此，对自己也需要这样，不执念于自己无能为力的事物也是对自己的体谅。

动物安详

贾平凹

● **标题赏味：**

动物多半是生龙活虎，至少也是虎虎有生气的，作者为什么用“安详”这个词呢？原来是一群木头、石头制作的假动物。但是，正是这些假动物竟在作者的梦中活了过来。需要用佛香、神像甚至“咒符”使之“安详”下来。是不是有实际的作用不得而知，但作者这点儿认真劲儿还真让人佩服。

我喜欢收藏，尤其那些奇石、怪木、陶罐和画框之类，一旦发现，想方设法都要弄来。几年间，房子里已经塞满，卧室和书房里尽是陶罐、画框、乐器、刀具等易撞易碎之物，而客厅里就都成了大块的石头和大块的木头，巧的是这些大石大木全然动物造型，再加上从新疆弄来的各种兽头角骨，结果成了动物世界。

这些动物，来自全国各地，有的曾经是有过生命，有的从来就是石头和木头，它们能集中到一起陪我，我觉得实在是一种缘分，每日奔波忙碌之后，回到家中，看看这个，瞧瞧那个，龙虎狮豹，牛羊猪狗，鱼虫鹰狐，就给了我力量，给了我欢愉，劳累和烦恼随之消失。

文眼追踪：

这篇小品文专为这些石头、木头动物而记。这些动物承载的是一点闲暇、两点生趣，剩下满满的都是作者的热情。情感的投入和使人寄托可以给人带来轻松、惬意的心绪，最终表达的是对生活的真挚热爱。

但因这些动物木石不同，大小各异，且有的眉目慈善，有的嘴脸狰狞，如何安置它们的位置，却颇费了我一番心思。

兽头角骨中，盘羊头是最大的，我先挂在面积最大的西墙上，但牦牛头在北墙挂了后，虽略小，其势扩张，威风竟大于盘羊头，两者就调了过。龙是不能卧地的，就悬于内门顶上。龟有两只，一只蹲在墙角，一只伏在沙发扶手上。

柏木根的巨虎最占地方，侧立于西北角。海百合化石靠在门后，一米长的角虫石直立茶机前。木羊石狗在沙发后，两只石狮守在门口。这么安排了，又觉得不妥，似乎虎应在东墙下，石鱼又应在北边沙发靠背顶上，龙不该盘于门内顶而该在厅中最显眼部位，羊与狗又得分开，那只木狐则要卧于沙发前，卧马如果在厨房门口，仰起的头正好与对面墙上的真马头相呼应。这么过几天调整一次，还是看着不舒服，而且来客，又各是各的说法，倒弄得我不知如何是好。

一夜做梦，在门口的两只狮子竟吵起来，一只说先来后到我该站在前边，一只说凭你的出身还有资格说这话？两只就咬起来，四只红眼，两嘴茸毛。梦醒我就去客厅，两只狮子依然在门口处卧着，冰冰冷冷的两块石头。

> 高格引句：
>
> 所谓“日有所思，夜有所梦”，作者梦到狮子多半是因为日间太过用心的缘故。像人一样，两只石狮子竟也讲起了先来后到。终归是动物，武力解决才是王道。生动幽默的梦境描述，使文章增色不少。

心想，这就怪了，莫非石头凿成狮子真就有狮子的灵魂？

前边的那只是我前年在南山一个村庄买来的，当时它就在猪圈里，被我发现了，那家农民说，一块石头，你要喜欢就搬去吧。待我从猪圈里好不容易搬上了汽车，那农民见我的兴奋劲，就反悔了，一定要付款，结果几经讨价还价，付了他二十五元。这狮子不大威风，但模样极俊，立脚高望，仰面朝天，是个高傲的角色，像个君子。

另一只是一个朋友送的，当时他有一个拴马桩和这只狮子，让我选一个，我就带回了这狮子，我喜欢的是它的蛮劲，模样并不好看，如李逵、程咬金一样，是被打破了头仍扑着去进攻的那种。

我拍了拍它们，说：“吵什么呀，都是看门的，有什么吵的！”但我还是把它们分开了，差别大的是互不计较的，争斗的只是两相差不多的同伙，于是一个守了大门，一个守了卧室门。第二日，我重新调整了这些动物的位置，龙、虎、牛。

马当然还是各占四面墙上墙下，这些位置似乎就是它们的，而西墙下放了羊、鹿、石鱼和角虫石，东墙下是水晶猫、水晶狗、龟和狐，南墙下安放了石麒麟，北墙的沙发靠背顶上一溜儿是海百合化石，三叶虫化石、象牙化石、鸵鸟、马头石、猴头石。安置毕了，

将一尊巨大的木雕佛祖奉在厅中的一张石桌上，给佛上了一炷香，想佛法无边，它可以管住人性也可以管住兽性的。又想，人为灵，兽为半灵，既有灵气，必有鬼气，遂画了一个钟馗挂在门后。还觉得不够，书写了古书中的一段话贴在沙发后的空墙上，这段话是：碗大一片赤县神州，众生塞满，原是假合，若复件件认真，争竟何已。

至今，再未做过它们争吵之梦，平日没事在家，看看这个瞧瞧那个，都觉顺眼，也甚和谐，这恐怕是佛的作用，也恐怕是钟馗和那段古句的作用吧。

柳信

宗璞

今年的春，来得特别踌躇、迟疑，乍暖还寒，翻来覆去，仿佛总下不定决心。但是路边的杨柳，不知不觉间已绿了起来，绿得这样浅，这样轻，远望去迷迷蒙蒙，像一片轻盈的、明亮的雾。我窗前的一株垂柳，也不知不觉在枝条上缀满新芽，泛出轻浅的绿，随着冷风，自如地拂动。这园中原有许多花木。这些年也和人一样，经历了各种斧钺虫豸之灾，只剩下一园黄土、几株俗称瓜子碴的树。还有这棵杨柳，年复一年，只管自己绿着。

少年时，每到春来，见杨柳枝头一夜间染上了新绿，总是兴高采烈，觉得欢喜极了，轻快极了，好像那生命的颜色也染透了心头。曾在中学作文里写过这样几句：

嫩绿的春天又来了

看那陌头的杨柳色

世界上的生命都聚集在那儿了

不是吗？

那年轻的眼睛般的鲜亮呵……

老师在这最后一句旁边打了密密的圈。我便想，应该圈点的，不是这段文字，而是那碧玉妆成绿丝绦般的杨柳。

抗战期间在南方，一个残冬，我家的小花猫死了。那是我第一次看到什么是死。它躺着，闭着眼。我和弟弟用猪肝拌了饭，放在它嘴边，它仍一动也不动。“它死了。”母亲说，“埋了吧。”我们呆呆地看着那显得格外瘦小的小猫，弟弟呜呜地哭了。我心里像堵上

标题赏味：

“柳信”从全文来看就是用柳枝捎信给母亲，寄予了作者的情思。“柳”这一意象在古代原本就有“离别”“送别”之意。意象的使用使整篇文章别致、典雅，富于古典美。女性作家的细腻也展现得淋漓尽致。

高格引句：

看似是普通的拟人用法，将柳当作人来写。实际上基于的是对天气变化的细致观察和身为人的纠结矛盾、踌躇不前的真切体会。一般写不出生动的句子除了笔力不足，缺乏对生活和人心隐秘处的体察是更为重要的原因。

了什么，看了半天，还不离开。

“埋了吧，以后再买一只。”母亲安慰地说。

我作了一篇祭文，记得有“呜呼小花”一类的话，放在小猫身上。我们抬着盒子，来到山坡。我一眼便看中那柳伞下的地方，虽然当时只有枯枝。我们掘了浅浅的坑，埋葬了小猫。冷风在树木间吹动，我们那时都穿得十分单薄，不足以御寒。我拉着弟弟的手，呆呆地站着，好像再也提不起玩的兴致了。

忽然间，那晃动的枯枝上透出的一点儿青绿色，照亮了我们的眼睛，那枝头竟然有一点儿嫩芽了，多鲜多亮呵！我猛然觉得心头轻松好多。杨柳绿了，杨柳绿了，我轻轻地反复在心里念诵着。那时我的词汇里还没有“生命”这些字眼，但只觉得自己又有了精神，一切都又有了希望似的。

时光流去了近四十年，我已经历了好多次死别，到 1977 年，连我的母亲也撒手别去了。我们家里，最不能想象的就是没有我们的母亲了。母亲病重时，父亲说过一句话：“没有你娘，这房子太空。”这房子里怎能没有母亲料理家务来去的身影，怎能没有母亲照顾每一个人、关怀每一个人的呵斥和提醒！然而母亲毕竟去了，抛下了年迈的父亲和她的儿女。

两个多月过去，时届深秋，园中衰草凄迷，落叶堆积。我从外面回来，走过藏在衰草落叶中的小径——这小径，我曾在深夜里走过多少次啊。请医生，灌氧气，到医院送汤送药，但终于抵挡不住人生大限的到来。我茫然地打量着这园子，这时，侄儿迎上来说，家里的大猫——“狮子”死了，是让人用鸟枪打死的，已经埋了。

这是母亲喜欢的猫，是一只雪白的狮子猫，眼睛是蓝的，在灯下闪着红光。这两个月，它天天坐在母亲房门外等，也没有等得见母亲出来。我没有问埋在

哪里，无非是在这一派清冷荒凉之中罢了。我却格外清楚地知道，再没有母亲来安慰我了，再没有母亲许诺我要的一切了。深秋的冷风将落叶吹得团团转，枯草像久未梳理的乱发，竖起来又倒下去。我的心直在往下沉，往下沉……忽然，我看见几缕绿色在冷风中瑟瑟地抖颤，原来是那株柳树。在冬日的萧索中，柳色有些暗淡，但在一片枯黄之间，它是在绿着。“这容易生长的、到处都有的普通的柳树，并不怕冷。”我想着，觉得很安慰，仿佛得到了支持似的。

清明时节，我们将柳枝插在母亲骨灰盒旁的花瓶里，柳枝并不想跻身松柏等岁寒之友中，它只是努力尽自己的本分，尽量绿得长一些，就像一个普通正常的母亲，平凡清白的人一样。

柳枝在绿着，这些丝丝垂柳，是会织出大好春光的。

文眼追踪：

卒章显志，作者在文末表明了写柳的心迹。既是为了寄予与母亲阴阳不见的别离愁绪，也在塑造柳的形象的同时表达了对像柳一样平凡清白、朴素本分的天下母亲的敬仰与赞颂。“柳”这一意象贯穿全文，文末总结使其精神品格大为提升。

● **标题赏味：**

老屋是作者要描写的对象，又是总领全文的重要意象。老屋不仅是房子，更是作者怀念亲人和对天真儿时追忆的凭依。老屋将这些朴素情感蕴含其中，以具体的形象出现贯穿全文，恰当巧妙，十分合适。所有回忆似乎都围绕老屋展开，成为作者永远的牵挂。

老屋

周克武

这辈子，不管自己身居何处，在我的潜意识里，只有走进乡下的那栋老屋才叫回家。

我家的老屋，只是傍山而建的一栋普通农舍，土墙青瓦，杉木门窗。靠西头的几间，至今还盖着稻草，山风吹过，弥漫着一股亲切的草屑味，淡淡的。可是岁月的磨蚀无情，如今老屋的鱼鳞瓦沟里已经长满青苔，黄泥墙壁粉尘脱落，两扇略显笨重的大门也是油漆斑驳，绽开一条条深深浅浅的裂缝，好似老人额头上遍布的皱纹。

老屋真的“老”了。落日衔山时分，我站在村口远远望去，它像在酣睡，许是太累，睡得那样安详、静谧。

我默默走近老屋。夕阳下，风如佛手，柔柔地摩挲路边的草木，没有声响；鸟儿慵倦地栖落在树上，伸出尖尖小嘴梳理自己的羽毛，没有鸣梦里有我的童年。也是在这样的傍晚，太阳渐渐沉落，屋檐下飘荡起母亲长一声短一声催我回家的呼唤。我，还有鸡们、鸭们、牛羊们，朝同一个方向——炊烟轻笼的老屋，踏碎了一路残阳。我难以自控地抬眼望望，屋顶的炊烟仿佛还在，柴火饭的香味仿佛还在，飘飘拂拂，又落到了我的鼻尖上。此刻，我真想再像孩提时那样，一路飞跑进屋，猴急火急拈起一块香喷喷的白米锅巴塞进嘴里，再听母亲骂我一声“馋嘴猫”……

文眼追踪：

文章的文眼所在，既对应了标题，又与文末遥相呼应。对亲人的浓浓思念，对儿时纯真烂漫生活的追忆，都蕴含在这老屋之中。正如老屋的质朴无华，作者的这份感情也是朴素的，朴素中带着厚实与沉重。是一份历久弥新的温暖。

老屋是心的归宿。我终于抬脚跨进门槛，一刹那，一种久违的感觉涌动于全身：真的到家了。

老屋是父亲耗尽心血的杰作。我小时候，常听父亲说起，他和一家人是在赤日炎炎的酷暑挥锄破土，头顶满天繁星赶运木材、砖块、沙石，直至北风呼啸的严冬才圆垛上梁。像春燕衔泥般，几经周折，终于盖起了这个属于自己的窝。那时候，每当亲友上门，父亲总会喜形于色地拍拍门窗，或者指指屋上的椽皮、横梁，夸他这房子坚固耐用。一个秋日，村里来了个摄影师，平日不爱照相的父亲，突然换上了他仅有的一件中山装，拉着一家人在老屋前照了张相。还一再叮嘱我记住，金窝银窝不如自己的狗窝。

几十年岁月蹉跎，转眼间物是人非。奶奶和父亲去了另外一个世界，母亲也随我住进了城里。夜深了，我一个人默默地坐在堂屋里，孤灯只影，满屋冷清。

窗外的上弦月，瘦瘦的。也许是我与它相隔太久，彼此之间已经陌生，它刚刚露出半张脸，一转身，又躲进了薄薄的云层。我突然想起，儿时老屋的月亮似乎不是这样。那时，我走到哪里它就跟到哪里。夏夜，奶奶把在外纳凉的我抱上床，月亮也悄悄地从窗口跟进来轻抚我的脸。我至今记得奶奶一直坐在床沿，边给我打扇边哼童谣：“月光光，夜光光，伴随我家乖乖郎……”我迷迷糊糊入睡了，奶奶的歌声还在继续，像温婉的明月，落在我的枕上，我的梦里。今晚，我可用记忆的碎片还原全部细节，却再无法听到奶奶的歌声。只有墙角那张静卧的雕花床仿佛与我达成心灵上的某种默契，无可辩驳地见证这里曾经氤氲的天伦之乐。

高格引句：

有起兴之意，又渲染了环境。月亮原本就是古时人们用来寄予思念的重要意象。景物的描写也渲染出一种凄清、寒冷的氛围，与作者的心境相同。同时，拟人的手法将月亮当作人来写，形象有趣。此句也有自然引出下文“我”童年月亮的作用。

这一夜，我久久无法入睡。

第二天一早，太阳刚刚露头，温煦的阳光投射在老屋的房顶，染成一片熟悉的金黄。我在老屋的里里外外转来转去，每走一步，仿佛都可弯腰拾起儿时的一段记忆。门槛上，父亲抚膝而坐，眉飞色舞讲三国；杂屋里，母亲筛糠剁菜喂猪崽；后山竹林中，与儿时伙伴追追闹闹捉迷藏；屋前小道上，高举火把，跟紧大人去看电影……在我的眼里，老屋是一本贮满情与爱的大书，翻开任何一页，都会找到生命之源的温暖。

高格引句：

三言两语就使童年简单快活的生活呈现在读者面前。同时，各种活动都紧紧围绕着老屋展开，似乎老屋成了作者记忆的源泉一般，魂牵梦绕、挥之不去。

吃过早饭，我站在老屋门口与亲友们闲聊。邻家小侄劝我拆除老屋，盖幢时尚气派的“小二层”。

我摇摇头：“不拆！”他哪里知道，没了老屋，我的灵魂只能浪迹天涯。

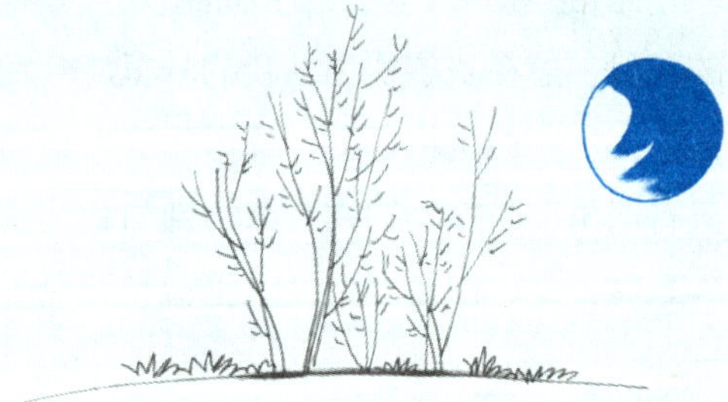

宁　静

[美] 西格德·F. 奥尔森

标题赏味：

文章多写得热闹非凡才吸引人的眼球，作者却在这里反弹琵琶以“宁静”为题。大概也是闹中取静，独具慧眼。“宁静”是全文主要的议论对象，作者以此为题，干净利落、恰当得体。

时值拂晓之前，那是众鸟还没有开始啼鸣的一段沉静。湖泊轻轻地喘息着，像还在睡梦之中，一起一落；依我看，它就像一块巨大的海绵将大地上所有的声音都吸了进去。那是宁静的时光——没有吹动树叶的风，没有泛起波浪的水，没有兽叫和鸟鸣。然而，我还是一如既往地倾听，绷紧了所有的神经去听——我也不知道听什么——只是试图捕捉当黑暗离去时那一瞬间的意义。

孤身站在那里，我感到充满活力，比以前任何时候都更为机警敏悟。一声喊叫或一个举动都会打破这短暂的静谧。这是一段宁静的时光，是与古老的节奏和时光的永恒、与湖泊的呼吸、与万物缓慢的生长保持同步的时刻。在这里能够感受到宇宙，领悟到人与自然一体的真实含义。

文眼追踪：

作者从黎明前的宁静起笔，对宁静进行了细腻而深入的描写和品味。与草木大地一同站立，一动不动，仿佛我们与它们一样生于天地间，领受天地之精华。再无万物之灵长的优越感，却感到与万物从未有过的亲切和熟悉。这大概就是天人合一的感受吧。

我曾经攀登过鲁滨孙山的一座高峰，在那里观看日落，俯瞰山下奎蒂科—苏必利尔荒原的湖泊河流、起伏的山丘和溪谷。当我到达光秃的山顶时，太阳正悬在地平线上，像一个燃烧的火球，准备落入山下的黄昏。山下更遥远的地方，在伸向湖面的一片松林里，是我那个倒写的“V”字形白帐篷。当夜色来临之际，它显得十分渺小。

当我观望和倾听时，渐渐地意识到昆虫缓慢沉稳的低鸣，透过虫鸣可以听到白喉带鹀的啼叫和隐身鸫悦耳的歌声。但是站在高山之巅，这一切都显得遥远而模糊，渐渐地它们相互交会，形成了一种巨大的、温柔的声音环绕于四周，那声音是如此轻柔，仿佛还不及我的呼吸声。

眼下，太阳在山脊边颤动。它充满了活力，几近流动，当我望着它落下时，我想我能感到地球在转离它，我真切地感到了地球的旋转。总而言之，那是一种荒野的宁静，是一种人与自然一体的感觉，只有当没有任何视觉和声音的干扰时，只有当我们用内心之耳去听、用内心之眼去看时，当我们用全身心而不仅仅是用感官去感受和领悟时，才能够有这种感觉。我认识到，没有宁静，就不可能领悟；不从外界影响中解脱出来，人就不可能理解精神的意义。

一个寒冬的夜晚，我站在星空下倾听。天气很冷，大约零下二十摄氏度，而我是在荒野中的一个湖泊的岸边。那天夜里，繁星低垂，明亮得像要燃烧起来似的。银河耀眼夺目，飞溅于苍穹之上。湖畔幽暗的林中传来一只猫头鹰阴森忧郁的叫声，那叫声突显出湖面的幽静。宁静再度降临于此地，令我想到体验宁静的机遇是多么少见，要想达到真正的宁静和随之而来的内心平和又是多么难得，“宁静无价”的说法是多么真实贴切。

高格引句：

以动写静的手法古已有之，在对比中突出环境的幽静。通常直接描写一个场景、一件事情比较困难时，不妨另觅蹊径，侧面包剿，间接描写往往会取得不错的效果。

我们日益意识到宁静之于我们的欢乐有多么重要。在我们的城市里，不停地萦绕于我们原始感官的那些奇异的声浪将我们驱向精神崩溃的边缘，将我们从曾经体验过宁静的人变成了焦虑不安、喜怒无常的人，陷入摧毁了健全心智和心理平衡的刺耳杂音之中。

宁静属于原始的景物。没有它，不变的风景无非是一些岩石、树木和山脉。但有了它，风景便充满含义，意味深长。试想，当一架轰鸣的直升机在大峡谷上空盘旋时，它的那片蓝天，它的幽深和永恒的感觉会是什么样子？

约翰·缪尔曾说：“红杉属于千年的沉静。”那些古老的树，其中有些早在公元前就存在，在新大陆被发现很久以前就已经成熟，具有历经沧海的宁静。从这层含义上而言，它们不仅仅是树：它们的存在使得作为世间匆匆过客的人类清醒镇静。

当奎蒂科—苏必利尔湖区的荒原被飞机的轰鸣声和大功率运输工具的声浪所淹没时会是什么情景？划独木舟旅行的魅力就在于它的那份宁静，当你沿着湖畔漂荡时，便与岩石、树木和所有生物融为一体。倘若所有自然之声被发动机和变速器激烈狂暴的喧闹声所取代，情况将会发生怎样急速的变化？在平静的水域中，人们通常都不会高声说话，而是低声细语，因为那时任何噪声都是一种亵渎。

当一个人徒步走过一片原野时，他心中是多么惬意！然而，为了享受宁静，一个人其实也不必独处。人们常说，能与他人分享宁静是相互理解、亲善友爱的标志。只有当陌生人聚在一起时，人们才感到必须去寻欢作乐。只要兴趣相投，品位一致，就没有障碍去阻止人们共享宁静。当我孤身在宁静的地方时，常常希望有人与我共享那份宁静，从而使这种经历更为丰富完美。

高格引句：

“你是我的朋友，因为我们共享一片宁静”，再想不出比这更动人的友情了。宁静中的那份心有灵犀多半可遇而不可求。同一片宁静中，人的心思好像已经混为一体。纯净安详，令人欣羡不已。

我们是多么频繁地谈起荒野广漠的宁静，保持荒野宁静的重要性及在宁静中所能找到的奇妙与安宁。当我想到宁静时，我便看到了北方的河流湖泊、泥炭沼泽地和延伸的冻原以及无路的荒凉之地。我看到了西部的山脉和阿巴拉契亚山脉那高耸起伏的山岭。我想象着西南部的沙漠及其色彩斑斓的全景，还有南部难以穿过的沼泽地。它们总是在那里，它们的美丽不会改变。然而，一旦它们的宁静被打破，就再也不会恢复。

俺村、中国和欧洲

刘震云

标题赏味：

文章的标题很有意思，"俺村"这个词带有一种质朴感，"欧洲"出现在标题中又显得很洋气，这种"混搭"就会勾起读者的好奇心。俺村、中国、欧洲形成一种从村落到国家再到大洲的递进感，可以让人一眼观之就能够领会文章主旨。

一

我从小生长在中国河南一个偏僻的村庄里。接触欧洲，是从身边的生活用品开始的。

直到现在，中国人划分世界还用两个概念：西方和东方。西方是指欧洲和北美，东方是指中国和中国附近的国家。由于水的关系，太平洋的关系，中国人还用另外两个概念划分世界，称欧洲和北美为"西洋"，日本为"东洋"。从19世纪中叶，"西洋"和"东洋"轮番入侵中国，中国人便称欧美人为"西洋鬼子"，日本人为"东洋鬼子"。随着"西洋鬼子"和"东洋鬼子"的入侵，他们的商品也源源不断来到了每一个中国人身边。我小的时候，村里人仍称煤油为"洋油"，点燃煤油的灯为"洋灯"，村里织布机织出的布叫"土布"，从西方漂洋过海运过来的机器织出的布叫"洋布"，洗脸的肥皂叫"洋皂"，自行车叫"洋车"。俺村的吃、穿、行，都和欧洲发生了千丝万缕的联系。

高格引向：

在描写一些抽象的对象时，可以从举身边的例子入手。由具体到抽象，由简到难，易于理解，符合人们认识事物的过程。另外，从农村人的视角进行描述，生动有趣、具有乡土气息。

二

东西方文化的差异，不但反映在宗教等精神层面，更多的，潜藏在日常生活的各个角落。当两条河流交汇到一起时，误会便会油然而生。当然，误会会产生许多冲突，但误会也会推动双方的进步。更重要的是，误会会产生许多乐趣。1993年，有两个德国朋友，随我到了河南，到了我们村，与我外祖母有一番对话。

文眼追踪：

其实整篇文章想要表达的，就是中西方文化之间的差异与冲突。两种文化，就这样在不断的冲突与误解中相互影响，共同进步。可以说，全文要表达的主题在这句话中已经表达清楚了。同时，将两种文化比喻成两条河流，这个比喻也十分巧妙，恰当。

那年我外祖母 93 岁。两个德国朋友一个叫阿克曼，一个叫威兹珀。外祖母问阿克曼：“你住在德国什么地方？”阿克曼：“德国北方。”外祖母又问威兹珀：“你呢？”威兹珀：“南方。”外祖母用我们村庄间的距离丈量后，感到奇怪：“那你们是怎么认识的？”阿克曼非常幽默：“赶集。”外祖母明白了。接着又提出一个政治问题：“德国搞没搞‘文化大革命’？”两个德国朋友摇了摇头。外祖母：“毛主席让搞，你们为什么不搞？”阿克曼又幽默地答：“德国人比较笨，毛主席说的湖南话，他们没听懂。”外祖母想，没听懂就算了。又问：“德国每个人划多少地呀？”阿克曼虽然精通中文，但弄不清“亩”和“分”的区别，答：“姥姥，八分。”外祖母大惊，从椅子上站起来，拄着拐棍，着急地说：“孩子，你这么高的个头儿（阿克曼身高两米），怕是吃不饱。”阿克曼想了想，自己每天也能吃饱，接着意识到自己答错了，忙纠正：“姥姥，不是八分，是八亩。”外祖母松了一口气，接着又发愁：“一人八亩地，活儿有些重呀，你媳妇儿肯定受累了。”分别的时候，两个德国朋友拉着我外祖母的手，有些不舍。

三

东西方文化的差异，看似潜藏在生活的方方面面，但从根本论，还是因为世界观和方法论的不同，东西方哲学的不同。2009 年夏天，我在欧洲住过两个月。九月份的时候，我来到杜塞尔多夫。杜塞尔多夫临着莱茵河。这天傍晚，我和杜塞尔多夫的朋友麦润在莱茵河畔散步，我顺口问了一句：“莱茵河的河水有多深？”麦润马上显得非常紧张，皱着眉头想了半天说：“你这个问题很难回答。”我有些不解：“为什么？”

高格引句：

本文其实无意探讨中西方文化产生差异的原因，不过，这句话倒是一语道出了产生差异的根本原因，也就是东西方哲学的差异导致生活方方面面的差异。这也印证了一句流传多年的名言，“世界上一切问题到最后都是哲学问题”。

她说："因为，莱茵河水的深度，春天跟夏天不一样，秋天跟冬天也不一样。"我听后哭笑不得。这不是对一条河的判断，而是东西方文化的不同，哲学的不同。如果是在我们中国河南省延津县王楼乡老庄村，你随便问一个村人，村边河水的深度，他都会马上给你答出来。他不会考虑春夏秋冬，他关心和想到的，就是当下河水的深度。如果他不知道精确的深度，也会说："大概两米吧。"或者："有两三米吧。"知道这种差别，我就不再难为麦润，不再追究莱茵河水的深度。第二天傍晚，我和麦润又见面了，麦润问我："今天过得怎么样？"我用麦润的逻辑，回答了麦润："你这个问题很难回答，因为我今天过得早晨跟中午不一样，中午跟晚上又不一样。"麦润弯着腰笑了。

被时间决定的讲述

张锐锋

标题赏味：

“被时间决定的讲述”就像遥远时代的舜帝和现代的豪华汽车、高架公路，对于这个古老村落中的人来说都是神话。因为两者在时间上对他们来说同样遥不可及。现代的文明社会对他们来说只是电视上的一个幻影，与他们的生活毫无交集。

我来到一个古老的村庄，帝舜耕作过的地方。从早上开始，我目睹了村民们一天的生活。

鸡叫声是一天生活的起点。不到早上六点钟，鸡鸣响起，几千年来，这样的永不毁坏的大自然的钟表，精确无比。它总是将人的生活正点代入一个不朽的方程式，只是得出的答案日日常新。林一家人开始起床，林的老父亲年过古稀，照常起来做第一件事情：劈柴。锋利的斧头，在暗淡的天光里发出黑蓝的光，一个还未来得及被完全照亮的人的轮廓，用有点儿笨拙的姿势，预备一天的炊火之薪。

林的妻子早晨的第一件事就是打开鸡栅，一群鸡涌到院子里。她撒一把米，鸡群怀着感激之情扑动翅膀，争夺地上的米粒。然后她开始拿起扫帚打扫庭院，就像每天洗脸一样，对生活的敬畏含于其中。村庄的独特声息渐渐大了起来，那种类似于琴瑟的音乐之声，优雅，古老，节奏鲜明。这与城市庞大、庞杂的噪声能量不同，它代表着清淡、恬淡、恬静的基本秩序。林和大儿子一起，到院外的柿树上采摘柿子。邻居们做各自的事情，狭窄街道旁边的一块空地上，古老的笨重石磨转动起来，金黄的玉米被缓缓磨成面粉。一切劳动几乎没有语言的参与，似乎没有什么事情值得交谈。然而，这一点儿也没有损害劳作中的默契，仿佛一出戏剧的出演，已经经过了预先的排练。

高格引句：

看似自然平淡的生活，拥有太多的和谐和智慧。日复一日沉默的劳作，在稀松平常间滋养了人性。这一切对于现代人来说都是无法企及的。

秋天就要过去，天气仍很暖和。地里的活儿已经做完，再有一场雨，就可以把冬小麦种好，那时的庄稼人就可以享受一年中最安逸的季节了。林这些天的习惯性动作，就是仰望天空，蓝，蓝，白云停留一会儿，就又很快散尽，剩下的，仍然是蓝。趁着这样的间隙，邻居开始盖房，林和妻儿前去帮工。他的老父亲则挑着柿子到河边的石头上晾晒，顺手用小刀将柿子皮削掉，以利于它的水分很快蒸发，以便在冬天贮存。

天很快就黑了下来。一天的光阴就像几千年的光阴，简单而迅忽。林的一家人陆续回到家中，林对着墙壁上挂着的日历，沉思了好久，好像想起了什么，又好像忘掉了什么，总之，他犹豫了一会儿，然后用布满老茧的坚硬的大手，粗暴地撕下了一页。用大大的黑体字标着阿拉伯数字的日历，和造币厂刚刚印制的崭新纸币一样，挺括，坚韧，在黑夜到来前的最后时刻闪着光，它用每一个唯一的日子作为自己的防伪标志，一个日子根本不会与另一个日子混淆，只是在撕下它的一瞬，发出哧的一声，尖锐，迅疾，刺激，不容置疑。一天的终结，多少年的终结，哧的一声撕裂。晚饭后才开了灯，一盏15瓦的灯泡，将并不明亮的光射向每一个角落，人们的脸庞现出明暗的分界，夸张的塑像都坐在小板凳上，一台14英寸的黑白电视机屏幕，在一片雪花斑点里堆出了清晰度很差的人影，繁忙喧嚣的城市场景，豪华汽车和别墅，高架公路和人行天桥……奢华的生活只露出冰山一角，已经足够让人震惊。对于林一家人来说，电视剧中讲述的不过是一个传说，一个神话，和远去的舜的故事几无区别，甚至他们更相信后者。

这个古老村落里的人们，几千年来恪守自己的寂静生活，按部就班，连步履也是那样从容、谨慎、不慌不忙，完全符合自然的悠悠节奏。但是其中仍然藏着神奇，平凡比非平凡可能更有价值，或者说，平凡乃非平凡的极限。

高格引句：

“挺括”“坚韧”的不仅仅是日历，大概还有生活于这些事件中的人们。每个人的每一天都独一无二，闪现着灵光，都为各自的生命推进做出贡献。这样的生命样式与现代人均一化、模式化的生存状态形成了鲜明的对比。

文眼追踪：

平凡的神奇在哪里？或许对人来说，从从容容、悠然自得地过好每一个独一无二、看得见摸得着的平凡日子就已经是非凡。世间万物的辩证本就如此。而别人的生活或好或坏都只能是遥不可及的“神话”。

心有墨色

胸藏文墨怀若谷，腹有诗书气自华。文字与文学能够充实我们的心灵，武装我们的大脑。以一颗文学之心去感悟生活，生活将回馈给我们真挚与美好。心有墨色，静品生活。

你的背后是否有大师

陈柏清

● **标题赏味：**

“你的背后是否有大师”是看准了大多数人危难、潦倒之际，希望有贵人相助的心思。以“你”相称，倍感亲切。傅抱石背后的大师是徐悲鸿，徐悲鸿后面的大师是康有为。又引出了贾雨村——主动寻找、发现大师帮助的角色。产生了结构完整、叙述紧凑的效果。

都说英雄不问出处，可英雄都有来路。

1931 年之前，傅抱石还穷困潦倒，住在庐山一隅漏雨的小屋，间或给人代课，为三餐烦恼，几要弃画从商。听闻徐悲鸿到此写生，为寻生途，毛遂自荐，徐悲鸿观其画后，大赞其才，断言日后此人在艺坛必有作为，决心资助其留洋深造，彼时徐本人也经济困顿，但为筹措这笔经费，一改不与权贵结交的惯例，主动联系江西省主席熊式辉，以自己的画为傅抱石换得留日经费。傅抱石日后果然声名响震欧中。徐悲鸿对其命运的影响不言而喻，徐可称为其背后的大师。那么谁又是徐背后的大师呢？

徐悲鸿的父亲是个乡村画匠，家境潦倒，唯徐悲鸿天资聪颖，在上海举办的一次绘画大赛中获奖，徐踌躇满志，谁知领奖之后再无出路，竟途穷路末滞留上海，几近自杀，偶然机缘一幅画被康有为所识，延请家中，收为入室弟子，在辛家花园的日子，康有为拿出自己的珍藏：古今善本，绘画雕刻，供徐观赏，并一一讲解，在老师的指点下，徐悲鸿造诣日深。当年，康有为常在花荫下喝茶，手捻白须，观看爱徒屋内用功。此后，他又动用京师人脉，辗转促成徐悲鸿公费留学法国。康有为可以称得上是徐悲鸿背后的大师。

英雄不问出处，英雄都有来路。流落市井的穷家小子，却得天赋，如果背后没有大师做推手，恐也难经俗世风霜，趋炎附势固然不好，可命不成全，全靠机缘，也难成事。不是所有人都有命遇见大师，成就佳话和美谈。

前几日读一文章，说《红楼梦》里的贾雨村是最会攀附富贵之人，所以才平步青云，这也可以理解，想贾雨村也满腹经纶，潦倒之时曾对月吟出“玉在椟中求善价，钗于匣内待时飞”。若无甄士隐大义相助，恐怕还要混沌在葫芦寺中无有出路，虽然日后他的行为有些龌龊，只因信仰问题，不过作者评他善于趋炎附势，却也是一种主动出击，前有甄士隐做了他背后的金钱大师，后又有贾政做了他背后的仕途大师，也不过是主动与被动之分。贾雨村只是更主动地寻找大师，为自己的前途命运打算而已。

横竖看看，左右瞧瞧，鸿雁留声，史上留名的豪杰，除了有出处，那是衔着金汤匙来的，自然近水楼台先得月，存在便是光环，哪是咱投胎落户百姓家穷小子敢想的，没有出处的，便都有来路，而且背后不是一位大师，因此一个人出人头地，是因为有人背后托，有人背后扛，过去说“酒香不怕巷子深”，那是因为有人把巷子的路修宽了，把路上的花栽满了，所以主人得以摇着蒲扇稳坐钓鱼台说“酒香不怕巷子深”。如果没有大师，傅抱石也许第二天就去摆地摊了，徐悲鸿也许葬身黄浦江了，哪来后来的那些传世之作呢？因此这些背后的大师是这些天才的伯乐，对这些天才很重要，对这个世界也很重要。有一句歌词叫“神龙神龙你擦亮眼……”是的，那些潜在人间的神龙，要擦亮眼，不要错过你生命里的大师，他对你很重要。

你背后有大师，你就真的成龙；没大师，你可能就是一条虫。

高格引句：

炮珠一样射出来的短句，给人一种“唇枪舌剑”阅读的快感。排比句式的使用，产生了不容置疑的气势。颇具“痞气”的语言让人产生一种狡黠幽默、荒诞不稽的感受。读来趣味横生，又使人暗暗赞同。

文眼追踪：

自助之人，天助之。当然有“偶遇”大师的情况，但更重要的是寻找、发现你的“大师”。在这个意义上，你才是大师们的“伯乐”。“神龙神龙你擦亮眼……”的歌词生动诙谐，又一语中的。

标题赏味：

人们常说“叫不醒装睡的人”。这里作者以“真睡”“装睡”为题，一方面表明了自己的议论对象，另一方面，也以睡为喻，实则醉翁之意不在酒。比喻手法形象生动，引起读者的阅读兴趣。

那些真睡和装睡的人

刘俏到

装睡这件事，起源于孩子。就像歌中唱的：“你啊继续着装睡的姿态，盼着最后的惊喜，像幼儿园里午睡的小孩。”这一点儿不假。我家孩子上幼儿园时就长期装睡，回家时经常吹他装午睡时看到听到的八卦，比如某老师中午吃了汉堡、某老师的老公最近出差了之类。但真要睡觉的时候，他又开始折腾。特别是去游乐场玩累了，回家路上兴奋劲儿还没过就开始打瞌睡，他妈妈抱着他哄他睡觉，但他打呼前还要迷迷糊糊嘟嘟囔囔反抗几句：“睡什么睡，我不要睡，谁说我要睡？”他妈妈说：“你是不想睡，但有本事你眼皮儿睁开啊。”

装睡其实不容易，这里头有很高的技术含量，其核心秘籍在于装睡的人叫不醒。《三国演义》中有蒋干盗书的情节，毛宗岗的评点最直白：“周瑜诈睡，是骗蒋干；蒋干诈睡，又骗周瑜。周瑜假呼蒋干，是明知其诈睡；蒋干不应周瑜，是不知其咋呼。”装睡装呼之际，必须有人装作叫不醒，才能让这幕好戏圆满收场。而与周蒋装睡相配套的计中计谍中谍的系列故事，更令人想起那首诗：你在家中打麻将，打麻将的人在楼上等你；上手喂肥了你的清一色，你喂肥了别人的满贯。《三国演义》中装睡的故事不少，包括但不限于曹操装睡杀了近身侍卫以立权威，孔明装睡以试探刘备三顾草庐的诚意，文聘装睡以扰乱孙权的攻城决心。难怪俗话说“老不看三国”，那一代人的日子难道都过得这么不实诚吗？

显然，装睡的人不只生活在三国，装睡的目的也

不单是骗人。记得北宋初年，偏安东南的吴越王钱俶被迫追随宋太祖，“尝假寐于寝庐”以示内心不服。宋太祖却不动声色待之以礼，直到那年血战逼降太原的割据势力后，才趁机话里有话地警告钱俶：“卿能自惜一方，以图籍归朝，不血于刃，乃为嘉也。”言外之意是，你装睡的意思我明白，但要不要装下去你得看着办。钱大人当然是聪明人，从此死心塌地全面归顺赵宋王朝。看来，装睡有时是表明一种态度，而装睡的人也未必叫不醒。

说到钱俶装睡，装的无非就是一些事关君臣地位势力范围的小事，其实没有什么趣味。真正有点儿趣味的还是他爷爷，老一辈的吴越王钱镠，这位武夫出身的钱爷爷偏偏还有一副柔肠。他有一位王妃是临安人，每年寒食都要回临安省亲。有年这位王妃省亲迟迟未归，到了春色将老时，思念心切的钱爷爷就写信过去催促，说是“陌上花开，可缓缓归矣”。短短两句，九字而已，白描手法，其心可鉴，历代文青莫不为之激赏，连苏东坡也曾写下三首《陌上花》追述其事。这究竟是高手总在文坛外，还是粗人妙手偶得之？作为当代文艺范儿，谁也不要问我这个问题，否则我也装睡。

文眼追踪：

上文作者一直在谈论“装睡”的问题，从小孩子到历史人物如数家珍般细细道来。直到这里作者才表明了对“装睡”的态度。很多时候，人们装睡只是一种态度、一种策略和一种处世为人的方法。

高格引句：

谈古论今，种种装睡不在话下。由浅显到理论头头是道。文末作者将议论了许久的对象用在了自己身上。诙趣横生又实在引人思考，是一个令人久久玩味的结尾。

识闲

张富国

标题赏味：

我们常说某某人“不识闲儿”，作者提出了“识闲”的说法，并以之为题，倒颇有几分趣味。所谓“识闲”大概就是懂得“慢”的智慧，勇于慢下来。米兰·昆德拉有一本书就叫作《慢》，“慢”是值得人们深思的一个话题。

列车急转弯处行进，总会发出沉重的“咔咔”声。正如这个时代，人们的焦灼可见一斑：一半是“活着就是要改变世界”的热血燃烧，一半是“人生本修行，万般皆身外”的洒脱自如。这种入世与出世的碰撞，紧紧地粘连着现代追逐者，虽苦苦挣扎，但挣脱不得。于是，“不识闲儿”成了现代人的口头禅，浮躁、聒噪、模糊、杂乱应运而生……

民间有个词语叫“穷忙”。在传统观念里，“穷”和“忙”连带着。以前，瞎忙是说忙得没有收获，挣不得钱，日子自然过得苦；现如今，“灶下终年做黑奴”，“一堆钞票一天粮”，做负山的蚊子，做奔走的蜜蜂，忙得没有策略、不得章法，多了钱财，穷了亲情友情，没了生存享受。大忙人——人生长河中的短命鬼，就这样炼成了！

高格引句：

漫天流弹一样喷射的短句，使“穷忙”人的形象跃然纸上！土话俗语，甚至有“爆粗口”之嫌。但就是这样的语言独具一种土腥味的幽默，使人忍俊不禁，趣味盎然！

我们的祖先是识闲的。仓颉造“闲”字：以木柱顶门板，防人私闯，求得自我闲暇。生产、生活虽然极其艰苦，但他们白天奔波的劳累，转入夜晚的家居休闲，打造闲静，拒绝打扰，不能不说是人生惬意的事情！

闲是生命的延伸。这个世界，不可抗拒的就是前进，无论怎样争分夺秒，时间依然静默流淌。疾驰的背影，也仅仅是陀螺的写照，一种原地的无奈飞转。频于快节奏的工作，慢成为奢侈品。于是，借以消愁，许多人用“醉”、“梦”来麻痹自我。当忙成为一种习惯，何不强制自己，放慢足下，放松眼眸，舒展紧缩的眉头，抛却心底的纷扰，慢慢地察觉生命里被忽略的魅

高格引句：

极富哲理的一句话。闲是人与永不停息的生命之流的抗争。人生原本短暂，匆匆百年转瞬即逝，我们那么着急往前奔是要做什么呢？难道是因为嫌时间过得太慢要来点儿正向的加速度，让时间更快一点儿走？时间不会变，变的是人的心性与思维方式。

力？陶渊明做彭泽县令时，向往“云无心以出岫，鸟倦飞而知还”的生活；“八十身犹健，生涯学灌园”，陆游奔波官场与文学之间，一辈子手不释卷，笔耕不断，但“午窗无一事，梨枣弄诸孙”，识闲也促成了人生最大的乐事！“穿破绿钱多稚笋，惊飞红雨有幽禽”，他全身心投入闲适，体悟自然也是立体的，“风从苹末萧萧起，月过花阴故故迟”，“绿叶忽低知鸟立，青苹微动觉鱼行”，这种细腻，即使老眼昏花，陆游也观察得到。是的，只有沉溺于万物变迁的细察，才能觅得生命的温存！

闲是智慧的留余。“心远地自偏”，山，远望，更幽；画，远看，更美。国学大师王国维这样解释“无我之境”：心闲，境自闲；心静，境自静。是的，“因过竹院逢僧话，偷得浮生半日闲”，唐代诗人李涉以“偷得”来表达追求闲适的艰辛：心中烦闷，到优雅的竹林中，麻木的心灵顿生欢愉。“竹影拂阶尘不动，月轮穿海水无痕”，心无旁骛，才是人生的最高境界。怪不得苏轼对此念念不忘，也在竹院逢僧处建起“苏公竹院”，或许，是为了随时重温当年李涉与僧闲聊的情趣吧！还不够，哲理的搜寻才是最重要的！“难道人生无再少？门前流水尚能西”，凡事必努力才知道结果，不能轻言放弃。四川青城山道观梁楣上，“境由心造，退一步自然宽；事在人为，休言万般皆是命”，却另有见地：对待任何事情，行为上，一定要坚韧不拔，不达目的不罢休；心态上，却要宠辱不惊，得失从容。人生一世，草木一秋，每个人都有自己的理想王国，但也有自己乐于安享的心灵世界。本心的如若不动，名利之喧又怎样挤得进来？

闲是思维的张力。偶读一文，说《物种起源》的作者达尔文，竟是一个“游手好闲”之辈。他就读爱丁堡大学没多久，转到剑桥大学，而后迷恋生物学，休学开始环球旅行，遍访世界各地专家。这个达尔文从不争名逐利，即便发表《物种起源》，也不愿抢在同时研究这个课题专家的前面，生怕抢了别人的名利。如此这般，演绎了一个游手好闲的典型反证！“静随芳草去，闲逐野云归”，从字里看，门里面的树木，自由自在地生长，决不旁逸斜出；旁逸斜出的，却是思想大门内游弋的思维。白居易的“自静其心延寿命，无求于物长精神”，所谓“心中无私天地宽”是也！异曲同工，范仲淹登临岳阳楼，看似赋闲，实则养神：“不以物喜，不以己悲”，保持一种恒定淡然的心态，是为了涵养心灵，“先天下之忧而忧，后天下之乐而乐”，思维的张力，把这种理念，悄然注入中国人的精神基因，一代又一代地传递、永续！

“道通天地有形外，思入风云变态中”，事物虽复杂，只要静观深悟，就会格物致知，得事物之理，得和谐心态。看来，心闲绝非慵懒，而是让人在浮躁中剔除杂念，把自己该做的事情做好。如今，悠闲无事或多事的人也不少。无所事事的人竟活得人五人六，确实让人气愤。让不劳而获永远躺在灵柩里，让自食其力活得体体面面，应该是识闲的神韵吧！

文眼追踪：

作者在前文讲述了很多关于"慢"的思考，其实落实到最后就这么几个字"把自己该做的事情做好"。现代社会看多了人们急急火火管这管那，最后忙活了一通仍然觉得不快乐。或许，"慢"需要人们拥有落后于人的勇气，需要有对生活的信心以及看透世事的智慧。人生短暂，我们慢点儿走！

在阳光下看人

韩志金

● **标题赏味：**

“在阳光下”是一种很美好的场景，那么“在阳光下看人”又指的是什么呢？看到文章的标题，读者可能会有这样那样的疑问。从文章中我们可以知道，着眼人的长处，任人唯贤。不仅仅被观看的人会感到阳光洒下的温暖，看人的人又何尝不是被阳光照耀呢？

任何人都有优点和缺点。如何看待一个人的优缺点，固然有其客观标准，但也与观察者看人的角度有一定关系。

用灰暗心理看人，从人的短处着眼，所看到的缺点自然多于优点，短处多于长处；在阳光下看人，从人的长处着眼，所看到的优点一定多于缺点，长处多于短处，而用人的正确态度应该是：用人之所长，避人之所短。

高格引句：

揭示了文章标题“在阳光下看人”的道理：用人需要用包容的心态用人之所长，避人之所短。同时，点明主旨，与文末的主题句遥相呼应。使文章主题明确，结构完整。

唐代柳宗元在《梓人传》中记述了这样一件事：一个名叫杨潜的“二把刀”木匠，连自己的床都修不好，却声称能造屋，且所要工钱是一般工人的三倍。柳宗元听了大笑，觉得这是个贪图钱财、喜欢吹牛的家伙。后来，在一个很大的造屋工地上，柳宗元又看到那位老兄，只见他发号施令，指挥若定，众多工匠在他的指挥下奋力做事，有条不紊。柳宗元大为惊叹。对这个人应当怎么看？如果把他看成一个“棒槌”弃之不用，无疑埋没了一位出色的工程组织者。这个故事告诉我们这样一个道理：人各有所长，亦各有所短，只要扬长避短，天下便没有不可用之人。

扬长避短是用人的基本方略，其重点应该在扬长。因为人的长处决定一个人的价值，扬长不仅可以避短、抑短、补短，而且能够强化人的才干和能力，使人的才干和能力不断地成长和发展。舍长以求短，智者难为谋。

这里需要区分两种情况：一种是“优势”与“劣势”分明的人。受主观和客观因素的影响，人在知识和技能方面的特长具有明显的领域性，一旦离开所适应的领

域，这些特长可能变得没有意义。正所谓：骏马能历险，犁田不如牛；坚车能载重，渡河不如舟。一名职业作家能写出灵动激越的文字，但对图书销售可能一窍不通。同样，一位营销高手能在图书市场上叱咤风云，但点灯熬夜写出的文字可能不值几何。用人就要根据人的特长区别任用，使其长处得到发展，短处得到弥补或规避。

另一种是“优点”与“缺点”并存的人。古人说，有高世之才，必有遗俗之累。一个有着明显长处和强项的人，也常有明显的短处和弱点。有才干的人往往恃才自傲；有魄力的人容易不守常规；意志坚定的人容易固执己见；为人谦和的人又多胆小怕事，人的优点越突出，缺点往往越明显。用人就要破除“任人唯全”的束缚，用其所长，避其所短。给“虎”一座山，给“鲨”一片洋，让其长处和优势得到充分发挥。而不能把无伤大雅的毛病看重，无关痛痒的问题看大，无足轻重的缺点看死，更不能削足适履。

高格引句：

运用比喻的修辞手法，使抽象晦涩的道理讲得清楚明白，生动贴切。用人就要用其所长，把他放在自己所擅长的领域使用，才能事半功倍。管理者唯有如此才能更好地领导团队，提高效率。

日本松下电器创始人松下幸之助说，能看出部属长处的人是非常幸福的。光自己一个人能干，能做的事情毕竟是有限的。即使是卓越超群的人，也无法胜任所有的事情。唯有知人善任的管理者，才能完成超出一己之力的事情。在用人所长的同时，还要容其所短，特别是人的某些失误或过错。接受任务者在完成任务的过程中，由于种种意想不到的原因，任务完成得不够好，或偶尔出现失误在所难免。对于一些方法上的过失，要用宽容心来包容，帮助其总结经验教训，避免再犯同类错误。一出现失误就任意指责，简单处罚，接受任务者就会变得谨小慎微。畏葸不前，甚至会激化矛盾，影响工作。

尺有所短，寸有所长。在阳光下看人，从人的长处着眼，才能用好更多的人。谁要是指望找到没有缺点的人才任用，那恐怕就得永远孤军奋战了。

文眼追踪：

作者在举出大量的例子以后，卒章显志，总束全文。主旨和结构两方面都起到了很好的收束作用。与前文相呼应，使文章整体看来结构完整、开合有度。从俗语入手，再到抽象的总结。符合人们的认识习惯，同时具有起兴的意味。

福字是最深切的春节符号

冯骥才

标题赏味：

“福字是最深切的春节符号”，直接点明作者在文中的议论对象。全文也是围绕这个话题展开、深化的。文章论证丰富，结构完整，感情饱满，小事小物中表达的是作者对传统文化的热爱和美好生活的希冀。

每年最冷的日子里，当那种用墨笔写在菱形的红纸上的大大小小的福字愈来愈多地映入眼帘，不用问，自然是春节来了。福字带来的是人们心中熟稔的年的信息和气息，唤起我们特有的年的情感，也一年一度彰显出年的深意。

它包含很多很多，几乎囊括了一切好事。既是丰衣足食，富贵兴旺！又是健康平安，和谐美满，更是国泰民安，天下太平。可是生活永远不会十全十美，也不会事事如愿，此中有机遇也有意外，乃至旦夕祸福，这便加重了人们对福字的心理依赖。福是好事情，也是好运气。再没有一个字能像福字这样纠结着中国人对幸福生活强烈的渴望与心怀的梦想。它是民间最理想化的一个汉字。人们把这些美好的期望揣在心里，待到新的一年——新的一轮空白的日子来临的时候，禁不住把心中这些期待一股脑儿掏出来，化为一个福字，端端正正、浓笔重墨写在大红纸上，贴在门板、照壁和屋里屋外最显眼的地方。这叫我们知道，人们过年时最重要的不是吃喝穿戴，而是对生活的盛情与企盼。

文眼追踪：

从一个小小的具体的“福”字出发，挖掘出的是每个中国普通百姓，在一个“福”字上寄予的对生活的热切期盼，对于美好生活的向往。从手边的却又极具代表性的小物着手，更具有说服力和代入感。

关于贴福字的起源传说很多，但我相信的还是民俗学的原理，它是数千年来代代相传、约定俗成、集体认同的结果，它作为一种心灵方式，深切和无形地潜藏在所有中国人的血液里，谁也不可能改变它，谁也不会拒绝它。于是，福字包括贴福字的民俗就成了我们一种根性的文化。

中国春节的福字早已是人们喜闻乐见、深具节日

内涵的象征性的符号。只要人们需要它，它就不会消失，还会不断被创造。记得多年前一位记者采访我，他想了解此地老百姓怎么过年。我顺手拿一个小福字给他看，这福字比大拇指指甲大一点儿，贴在电脑上。平日电脑屏幕是黑的，过年时将这小福字往上一贴，年意顿时来了。这种微型的福字先前是没有的，但人们对它的再创造还是缘自节日的情感，顺由着传统。

再有，民俗都是可参与的，就像写在红纸上的这个福字；真草隶篆怎么好看怎么写，任由人们表达着各自的心愿。因为福字是自己写给自己的；是一种自我的慰藉，自我的支持与勉励，也为了把自己这种生活的兴致传递给别人。

中国人对生活是敬畏的，对福字更是郑重不阿。我曾写过一篇文章《大门上的福字不宜倒贴》，是讲中国人对生活的态度。还有一个小故事，我小时候见一位长者写福字，他写好了看了看，摇摇头不大满意，但他并不像写一般字——写坏了就把纸扯掉，而是好好地压在一摞纸下边。他说福字是不能撕掉的。这种对生活的敬重与虔诚、对文化的虔诚，一直记在我心里。这是多美的生活情感，多美的民俗，多美的文化方式与心灵方式。中华民族不就凭着这种执着不灭的生活精神与追求，在东方大地上生生不息了五千年吗？

别小看这小小的红纸上简简单单一个墨写的福字，它竟然包含着我们民族生活情感与追求的全部和极致。它称得上我们一种深切的春节符号。因而，每每春节到来，不论陕北的山村还是江南水乡，不论声光化电的都会还是地远人稀的边城，大大小小耀眼的福字随处可见：一年一度，它总是伴随着纷飞的雪花，光鲜地来到人间，来到我们的生活和生活的希望里。

高格引句：

不论身处何地、身份如何，人们对于美好事物的向往，对于美好生活的希冀是不会有区别的，这一点已经深深植入中华民族的文化密码之中。天气的寒冷，无法冻结人们心中的美好愿景和热切向往。

先生

贺 疆

先生，这个称呼由来已久。因时因对象不同而所指不同。然而指称有学问的长者，则始于孟子。先生多指男性，衍伸之处也指有较高修为德高望重的社会女性，比如宋庆龄先生。

第一次接触“先生”一词，则是小时候，父亲牵着我的小手，走进学堂，指着一位戴眼镜的老人让我鞠躬，说：“快叫先生。”只一声“先生”，只一个鞠躬，就让这两个字在我心中庄严神圣起来。中学时，读鲁迅的《藤野先生》，白描的手法，无端端勾起对已故的儿时恩师的回忆，心生暖意。

随着时间推移，世间种种称谓被拿来反复烘烤，变了味道。独独“先生”一词，不曾被大肆玷污。尽管这是一个人人皆可为大师的时代，然，先生二字并不是人人都可以冠之，可以担当得起的。不为别的，只为这两个字的平和大气背后的深邃和凝重。更多时候，先生二字在我心中已经抽离成一种风骨、一种精神、一种思想、一种象征，已然不是一个具象的人。

先生，关于这个题材，其实并不陌生，早年，有深圳广电局的邓康延执导过纪录片《先生》，讲述了十位民国教育界的先驱人士。也曾掀起一股热潮对民国教育与文化的探索和今日教育之反思，但影响没有预期的大。陈丹青也曾说过：“这些人在民国的影响，几乎改变了整个中国当时的文化。”只不过，他创作的民国人物，依旧沿袭他的写实风格，并没有做到与之言论的比肩。

与《民国先生》展偶遇，百余幅素描小品，巴掌

标题赏味：

标题“先生”是全文讨论的对象，以此作为标题简明扼要地指出了文章的主要内容，准确而不拖泥带水。同时“先生”也是文章的主旨所在，从一类人的称呼变成一种精神气度的代表，作者更看重的是后者。

文眼追踪：

“先生”在文章中从具体的人走向一种精神品格、风骨与气度。作者在这篇文章中对“先生”所代表的风骨、精神、思想高山仰止般的崇敬之情，溢于言表。也为我们展示了一种令人敬仰的精神品格和人生样式。

大小的尺幅，0.3毫米的自动铅笔，不借助任何拷贝、转印等技术，完全凭借艺术家自己的理解来呈现一个人的情感世界和精神气质，背后需要钩沉与神遇。画里的每一个人都值得树碑立传大书特书，他们的性情、命运、修为，既卓尔不群又以身济世，影响深远。

流年已逝，语境不再。然而，当一个个特立独行的先生，以集体的形式亮相时，竟有时空错位的穿越感。顿觉，历史不是无生气的记录，而是一批人营造了一个时代。一度尘封落寞的名字，在流年的觥筹交错中，渐渐湮没。在当下，读一个个名字，跌宕起伏的人生和九曲回肠的国运交相辉应，为一个时代泼洒浓墨重彩。他们以为国传承之担当，弱身御乱世，示范风骨与风度，为民族之文化与风范做最清明最尊严的书写，只需点墨铁线浅勾便鲜活顾盼狼烟而起。就这样一批人磅礴呼啸而来，排山倒海。一双双悲悯的眼睛，凝望到你的内心，然后在你心里长出一棵树，枝枝叶叶都是对生命的敬畏和家国的和煦。

高格引句：

我国古代以“修身、齐家、治国、平天下”为己任。先生们或许身处乱世，或许人微言轻但从不为自己应有的责任开脱，这份担当、风骨与尊严令人钦佩。作者仅用几笔就将画作的神韵传达给了读者，可见其笔力。

世间事，往往是，看上去远离的人和沉寂的事，总能找到相通之处。一场艺术画影，将历史和现实嫁接起来，把历史记忆深处的陈年往事激活。那些远去的风云在某个节点，突然至情至性、有声有色、有棱有角起来。让我们遂想起，在并不遥远的历史曾经有那样一个时代，曾经有那样一批人物。他们那样想着，那样活着。他们守护、张扬、践行的精神、传统、风骨，在今天是陌生的、疏离的。《民国先生》简洁的素像，没有赘笔烦琐的絮叨，却将民国那些人物的风骨和气节勾画得栩栩如生，宛若一剂醒脑汤，一饮而尽，心中泛起怀旧追古和家国的文化情怀。尺寸的篇幅，情感的深度和广度具有流泻千里之势，犹能令人徘徊不已。追寻历史与臧否人物，若拥有一种悲天悯人的情怀则为难得。其意义远远超越打捞一段不可复制的记忆，还原一段段精彩的人生。

细算来，逝水匆匆，已是百年。何为先生？先生何为？其实很难以一个定义来框定，但是这一个个人眼神内含的坚守就是对“先生”一词最好的诠释，也给每一个读者以方向的指引。

总想起，在台湾，胡适墓碑上题写着蒋介石的字“智德兼隆”，以及穿越古今的挽联：“新文化中旧道德的楷模，旧伦理中新思想的师表”。二人政见思想颇多不合，私下互相也颇多指摘，但在学问与修为上又是惺惺相惜。“风骨”二字，兹事体大！

宋代张咏诗云：“莫讶临歧再回首，江山重叠故人稀。”唏嘘信然。

数日前，古城某新闻摘录我的文章，在我名字后加上了先生二字。固然知道，其对我性别误读多于尊重。汗颜之余，却也闪过一丝旖念：身后百年，也愿有人喊一声先生。那么，你呢？

一切皆有可能

顾成娟

● **标题赏味：**

作者巧妙地借用了一句广为流传的广告语“一切皆有可能”，充满了正能量的宣言与文章的整体风格和谐一致。一切皆有可能吗？当人们对标题产生疑问的时候，就会情不自禁地读下去，试图了解作者是在什么样的情境下提出这样的观点的。

水能流向天空吗？答曰：绝对不可能！可是，天上的彩云正是地面流向天空的水，当水变成气体，就能袅袅地“流”向天空。人生不也这样吗？不要以为自己没有升腾之日，一切皆有可能。

一个小学即辍学、靠帮人推磨换书看的放牛娃，能成为诺贝尔文学奖得主吗？在一般人看来，这是绝对不可能的事情，但是，2012 年诺贝尔文学奖得主莫言正是 50 年前的那个放牛娃。

一个高考数理化三科总成绩不足 100 分、复读都没有学校肯要的落榜生，会成为著名的记者和节目主持人吗？一般人看来也不大可能，但是，如今大红大紫的孟非正是当年的那个落榜生。

辩证法告诉我们，任何事物都不是孤立地存在，总是同诸多其他事物发生着联系，因而其发展就具有多种可能性。丘吉尔说：“一个人活得愈长，他就愈能认识到一切取决于机会，任何人哪怕只回顾一下十年前的经历，他就会看到，某些看似毫不重要的细节实际上都左右了他的全部命运和前程。”世界充满偶然性，也充满奇迹，奇迹正是偶然性的表现。

一粒沙子偶然进入蚌中，想不到成为温润赛玉的珍珠；一粒种子偶然遗落在石缝间，想不到长成黄山上气势如虹的迎客松；一滴水偶然被阳光蒸发，想不到成为自由飘动的云。一切皆有可能，世间充满偶然。“踏破铁鞋无觅处，得来全不费工夫”，是偶然；“众里寻他千百度，蓦然回首，那人却在灯火阑珊处”，是偶然；“同是天涯沦落人，相逢何必曾相识”，同

样是偶然。偶然充满魅力，偶然创造神奇！

既然一切都有可能，那我们就等天上掉馅饼吧！

不！一切都有可能，一切也都可能是泡影。偶然进入蚌中的沙，若拒绝磨砺，不会成为温润赛玉的珍珠；偶然遗于石缝中的种子，若无韧如磐石之志，不会长成黄山上气势如虹的迎客松；偶然被蒸发的水，若惧怕颠簸，也不会成为自由飘荡的云。没有“踏破铁鞋”的痛苦，哪能体验到“全不费工夫”的快乐？没有“众里寻他千百度”的艰辛，又岂能有“蓦然回首”的惊喜？

高格引句：

该句在文采上并没有突出之处，但在结构上承上启下，具有转折和递进的作用。几个排比句式的运用增强了文章的说服力。

也许现在的你是一株小草，但一切皆有可能的自信会助你长成参天大树；也许现在的你是一朵无名的花儿，但一切皆有可能的付出会助你将来艳压群芳。朋友，一切皆有可能，我辈当努力。

文眼追踪：

文章在前半部分提出奇迹常常是由偶然创造的，但在中间部分笔锋一转，“一切皆有可能”，不等于天上会掉下馅饼。“一切皆有可能”的前提是我们的努力，起承转合具有动态感。在大量的举例论述之后，卒章显志，文末进行总结使文章的主题得到了升华。

你以为的坚固，常常是“自以为是”

四叶草

● **标题赏味：**

“你以为的坚固，常常是‘自以为是’”，指摘一般犀利的句子，足够引起读者的注意。同时也是“蛇打七寸”，正中要害！标题的内容贯穿于整篇文章，既是线索又是文章的主题，使整篇文章线索明晰又结构紧凑。

问大家一个问题：为什么萤火虫喜欢待在温暖潮湿、草木繁盛的地方？

因为这种地方有很多蜗牛。

并不是所有人都知道，萤火虫其实是食肉小甲虫，而它的食物就是蜗牛。

这一切有点儿让人难以置信！

萤火虫看起来那么小巧、柔弱和笨拙，怎么对付得了个性敏感，拥有坚硬外壳的蜗牛呢？别说是萤火虫，就算体形大过蜗牛数倍的天敌都拿它无可奈何。

高格引句：

在对比中突出可能性极小的事件，欲扬先抑。提出问题引发思考。同时，反问的内容也激发读者的好奇心，从而做出进一步的了解。

可事实确实如此。

这得从萤火虫的必杀技说起。

原来，萤火虫的头顶有一对颚，弯起来就像两把“小锤子”。

萤火虫征服蜗牛的利器，正是这两把不起眼的“小锤子”。

萤火虫遇到蜗牛时，先用颚在蜗牛的肉体上轻轻地敲。

蜗牛根本不会把弱小的萤火虫放在眼里，甚至觉得敲敲打打如同按摩。

它并不知道，萤火虫的这种敲打是在向它注射一种麻醉剂。

蜗牛在放松的状态下，逐渐失去知觉。

当蜗牛被麻醉后，萤火虫开始了真正的入侵。

它钻进蜗牛坚硬的壳中，向蜗牛注射另外一种液体。这种液体可以使蜗牛肉变成流质，最终成为萤火虫的美味大餐。

想想看，蜗牛自以为坚固的“堡垒”，其实，是那样不堪一击。

这样的事情在人类世界同样屡见不鲜。

第二次世界大战期间，日本野心勃勃，肆无忌惮地侵占邻国。它过度迷信自己的先进兵器和坚固防御，甚至将触角伸到了美国。为了还以颜色，美军开始疯狂反击。但是，令美军没想到的是，日军的防御工事隐蔽坚固，狂轰滥炸收效甚微。战争打了大半年，日军也只伤及皮毛。

美军决定实施“萤火虫计划”。

1945 年 2 月的一天，硫磺岛登陆战打响了。

当美军向岛内推进时，遭遇了日军地堡群的阻击。这些构筑在熔岩之下的地堡，明暗结合，设置巧妙，让美军前进不了一步。

几天后，美军调来大批工程技术人员开始实施计划。只见美军把大批水泥运送上来，让坦克改装的推土机推着成堆的水泥向地堡驶去。日军还没有反应过来，那些固若金汤的地堡的通道已被封闭。

用这个办法，美军轻易地使 180 个地堡变成了坟墓，上万吨炸弹都炸不了的地堡群，被几百吨水泥征服了。

固若金汤，有时只是幻想。

爱你的人会这样告诉你：坚硬的蜗牛壳和 180 个地堡，一言以蔽之，就是自以为是！

文眼追踪：

简练的表达，在前文充分的举例与论述之后水到渠成。综观全文，作者想要表达的是一个朴素的道理：我们曾经坚信的很多事（“一定是”或者“绝不可能”），往往是我们的自以为是。而事实的真相，往往出乎我们的意料。

高格引句：

与文章的主题和具体举例相呼应，彰显了文章的题旨，也使得文章结构完整、有条不紊。为什么是“爱你的人会这样告诉你”呢？因为只有亲近的人才会告诉你这个秘密。读来趣味盎然。

● **标题赏味：**

“创新每天都在改变着人类”，面对这样一个标题，大概作为人类的一员，每个读者都忍不住要关心自己的处境吧？自己是如何被改变的？到达每天都被改变的程度了吗？什么样的创新改变了我们呢？一系列的问题使得读者的好奇心被勾引出来。

创新每天都在改变着人类

舒　云

20世纪科技的飞速发展，得力于20世纪前25年间物理学的三大成就。爱因斯坦打破牛顿力学，创立了划时代的相对论。以玻尔为首的哥本哈根学派创立了量子力学及原子核物理。从前苏联第一颗卫星上天，到美国人从月球取回“一片月光”；从1901年意大利工程师马克尼在大西洋两岸实现无线电传送，到一张光盘装下一座图书馆，一根头发丝般的光纤在不到一秒钟内传送《华尔街日报》创办以来的所有内容。近30年，人类的科技成果比过去2000年的总和还要多，创新在综合化、产业化的同时，出现高速化，知识更新的周期越来越短，尤其是计算机，甚至每分每秒都在变化。而且现代科学不再是“单枪匹马”，而是成了集体的“活儿”。信息和生物技术最终可能发展为神经技术，目前德国科学家已成功地使神经在集成电路板上生长。小型的传感器或检测器预测早期疾病，可以下载自己的基因图谱。现在吃药不用水，注射不用针，而是用生物贴片，或口腔崩解片，入嘴就化。南京鼓楼医院从国外引进无线胶囊内镜，病人吞服后，能连续拍下胃肠道不同部位的五万余张图像，医生由此看到了你的胃肠道，可以直接确诊那些长期原因不明的消化道出血、腹痛、腹泻等。

高格引句：

各种发明竭尽新奇之能事，拟人化的表述形象、生动。发明的抽象特征通过日常生活之物进行描述，通俗具体，犹如历历在目。突出了发明技术的精湛与丰富。

美国《时代》杂志评出2002年问世的40多项“最酷”的发明，像篮球一样可以“跳来跳去”的全能麦克风，塞在耳朵里的利用蓝牙技术的无线手机，“寿命延长”的肥皂泡，美国通用汽车公司研制的没有发动机，没有操纵杆，没有刹车闸，也不需要汽油的疾驰如飞的汽车，“烧”剩下的“废物”仅仅是水蒸气。美国宇航局早在20世纪30年代就研制出一种像烟一样轻的凝胶，但成分与玻璃相似，被吉尼斯世界纪录确认为世界最轻的物质。如果用在航天器上，无疑是一场“航天革命”。美国医学家研制出可以让盲人重见光明的眼镜，将数码摄像机和电脑联结，由安装在镜片上的摄像头负责“看”，数字图像信号植入盲人的大脑中，这样，盲人就可以“读”出景象，并能分辨最基本的颜色。日本冲电气公司研制出由弹簧和微型发动机组成的会弹跳的机器人腿。

美国陆军士兵装备研究中心在波士顿西边的半岛有一个“疯狂”实验室，50多年发明不断。为美国宇航局提供铝牙膏管的苹果酱，以及冻干沙拉、三明治和冰淇淋。并发明了民用食品罐头、巧克力豆、速溶咖啡等食品的包装。坏不了的三明治，咸而浓的烤鸡配方，能保证在高温下三年不变质。戴在手腕上的语言指挥发射器，监测士兵生理指标的遥感装置，以电池为能源的冷热衫。像“智能皮肤”的新型纤维军装，能储存个人信息和医疗数据，还有能飞檐走壁的军鞋，以及安装在牙齿上的“手机”，代替护照的眼球识别技术等，并试图在人的眼睛中安装精微的夜视装置。以及像鸟一样振翅的人力飞机，太阳能轻型飞机，太阳能动力汽车，氢动力汽车……

靠着无穷无尽的幻想，一位名叫皮布尔斯的美国人结合直升机和固定翼飞机的诸多特点，搞出了实用的旋翼飞机，创造出全新的飞行技术。大型客机将安装神经网络软件，它能“边看边学”，自动下达命令，保证飞机安全降落。1998年美国加州大学伯克利分校的科学家利用仿生原理研制出微型“苍蝇”，100毫克的重量，不到3厘米的身高，却安装着很多传感器和微型摄像机，堪称未来世界的“超级间谍”。最近

被收入吉尼斯世界纪录的最小生物计算机由脱氧核糖核酸和酶构成，要用显微镜才能看到……

面对这些“天方夜谭”，也许我们连想都没想过，而人家做出来了。很多事情其实就是一层“窗户纸”，一捅就透，有时候我们真需要一点点好奇心。

文眼追踪：

事先罗列了大量的创新，但是这些创新是怎样实现的呢？作者在这里点明了观点，不过是多一点儿好奇心，多一点儿敢于“先吃螃蟹”的勇气。而这些正是我们中国人缺少专利的真正原因。

有人说种庄稼要像打机关枪一样就好了，于是有人发明了种子枪。

瑞士的机械手表世界闻名，但电子表出现时被瑞士手表制造商拒绝。电池驱动，没有轴承或主发条，又几乎没有齿轮，这哪能叫手表啊。而日本精工株式会社在1968年世界博览会看到这个发明，立即认定这是人类历史上的经典创造，由此发明了准确实用、价格低廉的电子表，赢得了世界手表市场。

通用自动计算机公司发明了计算机，但他们拒绝与商人谈判，认为没有商业用途，整个世界也就几位科学家需要。大好的商机就这样被IBM、苹果电脑公司抢去了。

1861年德国人菲利普发明了传送音乐的机器，距电话的发明很近了。但因为电报联络已经很好，所有的德国通信专家都说没有市场。15年后，亚历山大·格雷姆·贝尔发明了电话，成为亿万富翁，而德国是他的第一个客户。

20世纪的发明数以万计，像不锈钢、空调、阿司匹林、汽车、飞机、电灯泡、袖珍计算器、硅片、电影、心电图、传真、光导纤维、照相机、复印机、彩色照片、微波炉、基因工程、杀虫剂、试管婴儿、胰岛素、网络、激光、洗衣机、隐形眼镜、心动记录仪、地铁、冰箱、电子计算机、青霉素、塑料、雷达、无线电、射电望远镜、放射疗法、核能、手表、人工肾、机器人、人造卫星、磺酰胺、超导体、信用卡、电视、电唱机、输血、录像机……这些重大发明改变了我们的生活，可是有哪一个是中国人的专利呢？

高格引句：

作者列举了形形色色、数量众多的发明创造，他想干什么呢？最后突转中，我们了解了作者的意图：琳琅满目的各种发明中，就是没有中国人的。突然地转折具有警醒的作用，同时引起人们的反思。

读数时代

南　帆

标题赏味：

网络媒体中的"读图时代"，被南帆先生化用作了"读数时代"。在文章中以"读数"这一简单量化的方式，揭示的是现代人与我们的先人的差异：先人是生活在如诗的年代，而现代人的生活则越来越简单粗暴，缺少确实生活过的质感。

我们的祖先很少斤斤计较地把数字放在眼里。《老子》说："道生一。一生二。二生三。三生万物。"三以下可以慷慨地存而不论了。这就是气魄。"举一反三"的典故出自孔子的《论语》："举一隅不以三隅反，则不复也。"《左传》之中的这句话也很有名："一鼓作气，再而衰，三而竭。"他们都只想说到"三"为止。士别三日，三寸之舌，三缄其口，三脚猫——古人数到三之后似乎就没什么耐心了。如若要将他们的眼睛晃得花起来，把"朝三暮四"改为"朝四暮三"也就够了。

古代的诗人对于数字更是潇洒。"白发三千丈，缘愁似个长"；"潮平两岸阔，风正一帆悬"；"七八个星天外，两三点雨山前"；"南朝四百八十寺，多少楼台烟雨中"；"沉舟侧畔千帆过，病树前头万木春"——这些数字无非是涉笔成趣，不必认真。杜甫的《古柏行》极言树之高大："霜皮溜雨四十围，黛色参天二千尺。"后世一个呆头呆脑的读者数字主义脾气发作。他算过了"四十围"与"二千尺"形成的比例之后不禁惊呼起来：这棵树不是太细了吗？这当然只能在文学史上留下一阵哄笑。

我们的祖先活在诗意之中。邀明月，悲落叶，仰看青峰依旧，长叹似水流年。这时，78 或者 106 这些单调的数字产生不了什么意趣。睡于所当睡，醒于不可不醒，日出而作，日落而息，不知今夕何夕，这种日子之中有什么可数的？我们的祖先大约很少数到一千之外——他们的生活之中没有多少东西超得过

高格引句：

正如荷尔德林在《柔美的湛蓝》中所言："劬功劳烈，然而人诗意地栖居在大地上。"如今这种诗意的生活，只能存在于对过去的遥远回望中。该句文字优美，句式长短错落，透露出一种惜春悲秋的古典美。

一千。不可胜数的时候，他们就用“千军万马”“多如牛毛”或者“过江之鲫”来打发——他们才不想为数字费神。

什么是现代社会？现代社会是携带一大批数字、图表、公式到来的。现代社会的风格就是用数字说明问题。猜测、想象、面壁构思、电光石火般的灵感不再重要。重要的是一一拿出数据来。数字开始对社会的每一个局部精耕细作。选举票数。考试分数。工资级别。退休年龄。雨量多少毫米。时速多少公里。导弹锁定了4号目标。地球上每天消失20个物种。发出问卷调查表2万张，回收13672张。82%的人倾向于使用甲图案作为会标。6%的人倾向于乙图标。4%的人倾向于丙图标。2%的人提出自己的方案。数字、数字、数字，Time is money（时间就是金钱）。时间已经精确到秒。每个人的手腕上都挂着亮晶晶的手表。秒针每一次嘀嗒嘀嗒的颤动都指向了一个新的数字。

高格引句：

精确的数字，却也是实几干瘪的。相应地，模糊和非量化倒是丰腴和可待感受的。生活的质地正是在这些数字中变得干枯、粗糙。大量的数字列举，使人应接不暇，却无从记忆，正像现代人的生活。

谁都明白，数字仅仅是一些符号。可是有多少人意识到，这些符号的组合会形成一个巨大的迷魂阵？数学家是一批竭力攻打这种迷魂阵的勇士。如痴如醉的演算，殚精竭虑的苦思，呕心沥血的证明，一个哥德巴赫猜想就会无声无息地掠走人们全部的心血。曙光将现，豁然开朗，漫天飞翔的想象收敛了翅膀停歇在最后一页稿纸上——这时人们才发现，疯狂地追逐了多少年的竟然就是这几个没有实际意义的数字。

文眼追踪：

作者犀利地揭示了现代人的生存现状：盲目、功利地追求一个没有实际意义的目标，却完全忽视了每一个平凡而充实的日子。最终看到的只能是人生的无意义，让人感到无限的凄凉和无奈。

我想提到的第一个例子是电话。只要伸出手指在一台小机器上按几个数字，这台小机器之中就会响起另一个人的声音——即使这个人远隔千山万水。这像不像古代术士手中的魔术？

我们口袋里的纸币也是一大怪物。古人用的是金元宝、纹银或者铜钱，托在手心沉甸甸的。现在好了，一张薄薄的纸片上标明几个数字，就可以扛回面包、牛肉或者电冰箱。银行无非是一个巨型数学家。一大批银行职员在各种纷杂的数字之间算来算去，居然就算出了火车、轮船和高速公路。对于那些只懂得“种瓜得瓜，种豆得豆”的老实人来说，这的确匪夷所思。

当然，股票市场是一个更为奇怪的数字空间。出手买下 100 元股票之后，半个小时之内可能飙升为 180 元，也可能只剩下 10 元。这是什么道理？运气好的时候，某些数字会发酵吗？运气差的时候，会有一只怪兽跳出来吞掉一些数字吗？

如果一大批数字和公式组织起一场暴动，那么，可怕的时刻就来临了。经过相当长时间的数据跟踪和调查，以索罗斯为首的一批国际炒家终于动手了。伏击泰国，挥戈马来西亚、菲律宾、印尼，觊觎新加坡、缅甸、中国香港，一场猝不及防的金融风暴迅猛地摧毁了东南亚地区的经济秩序和生活信心。全球为之震撼惊悚。然而，没有军队，没有硝烟，没有枪声，没有导弹和航空母舰，只有一系列数字在电子屏幕上疯狂地跳动：汇率、股市、债务、贷款、外汇储备、收支赤字……数字突然成为一种新的魔咒，法力无边。它们哪里还是一些平静地趴在纸张上的符号？这时的数字就是国家、政府、家庭和生命。

谁偷走了夜的“黑”

王开岭

> ● **标题赏味：**
> “夜的黑”真的能被偷走吗？夜不本来就是“黑”的吗？“夜”和“黑”不正是一体两面不可分割的吗？纷至沓来的问题引导作者读下去。最终读者发现所谓“夜的黑”喻指的是现代社会人们的隐私和精神空间，巧妙、贴切。

你见过真正的黑夜吗？深沉的，浓烈的，黑魆魆的夜。

儿时是有的，在小学作文里，我还用“漆黑”形容过它，还说它“伸手不见五指”。

从何时起，昼夜的边界模糊了，夜变得浅薄，没了厚度和深意，犹如墨被稀释……渐渐地，口语中也剥掉了“黑”字，只剩下“夜”。

夜和黑夜，是两样事物。

夜是个时段，乃光阴的运行区间；黑夜不然，是一种境，一种栖息和生态美学。一个是场次，一个是场。

在大自然的原始配置中，夜天经地义是黑的，黑了亿万年。即使人类有了火把，夜还是黑的，底蕴和本质还是黑的。

“夜如何其？夜未央。庭燎之光。”

这是《诗经·庭燎》开头的话，给我的印象就是，夜真深啊。

> 高格引句：
> 《诗经》的引用，将夜与黑的历史追溯到了古时，自然而然毫不做作。一句“夜真黑啊”，诙谐幽默。

那会儿的夜，很纯。

一位苗寨兄弟进京参加“原生态民歌大赛”，翻来覆去睡不着。为什么？城里的夜太亮了。没法子，只好以厚毛巾蒙面，诈一回眼睛。在他看来，黑的浓度不够，即算不上夜，俨然掺水的酒，不配叫酒。

习惯了夜的黑，犹如习惯了酒之烈，不烈就难以下咽。

宋时，人们管睡眠叫“黑甜”，入梦即“赴黑甜”。意思是说，又黑又甜才算好觉。睡之酣，须仰赖夜之黑：夜色浅淡，则世气不宁；浮光乱渡，则心神难束。所以古人养生，力主“亥时”（晚 9 点至 11 点）前就寝，唯此，睡眠才能占有夜的深沉部分。

现代人的“黑甜”，只好求助于厚厚的窗帘了。人工围出一角来，伪造黑夜，虚拟黑夜……难怪窗帘生意如此火爆。

夜的美德还在于，其遮蔽性给人营造了一种社会文化：个体感和隐私性。

如果说，白昼之人，不得不在光天化日、众目睽睽下演绎集体生活模式，那么，黑则让人生从“广场状态”移入“角落状态”，夜成了除住宅空间外更辽阔的私生活舞台。所以，“夜生活”即同义于“私生活”。

我向来觉得，生活的本质即私生活，私生活才是真正的生活。白天，人属于群体，不属于自我，正是夜，将世界还原成一个个私人领地和精神单元；正是“黑”的降临，预示着生活帷幕的拉开。

夜里，微光最迷人，最让人心神荡漾。

我厌倦“白夜城市”“不夜工程”，它们恶意篡改了大自然的逻辑和黑白之比，将悦目变成了刺眼。

对“黑”的偏见和驱逐，让这个时代显得有点儿蠢。

我觉得，人类应干好两件事：一是点亮黑夜，一是修复黑夜。

同属文明，一样伟大。

文眼追踪：

接近文末，作者揭示了文章的主旨：尊重每个人独有的生活空间和精神空间。现代社会对于个体的独立之生活、独立之精神不断地进犯，使人的自由空间日益狭小，发展到极端想来是一件恐怖的事情。作者用一种有趣和通俗的方式为我们讲述的却是一个严肃的生命伦理问题，值得我们每个人去思考。

高格引句：

众所周知，光明代替黑夜，启蒙、去除蒙昧是人类的伟大之处。作者将“修复黑夜”，也即尊重个体，给予个体精神自由的空间也纳入了人类的文明之中。细细想来，确有道理。

历史像条棉被

商志强

● **标题赏味：**

好奇怪的标题，足够吸引人的眼球！历史与棉被有什么关系呢？在文章的第一句揭示出了二者的联系，都需要时不时地翻出来晒一晒。“翻”字用得极好，因为这篇文章议论的就是翻案的历史事件。

历史像条夏天的棉被，时不时就得翻出来晒晒。

国人爱翻案。先是张艺谋在《英雄》中塑造了心怀天下和平的秦始皇，接着又有某些专家在教科书中把岳飞、文天祥“清除”出了英雄的队伍。现在，轮到李鸿章了，在央视热播的《走向共和》中，李中堂从卖国贼一跃而成为忧国忧民的能臣干将。

历史毕竟不是被子，可以翻过来调过去。对有些事，越是翻案，人们就越糊涂。就算是大学历史系教授，也未必说得清。前不久，偶然看了几集《孝庄秘史》，才发现当年的大清摄政王多尔衮也成了有情有义的好汉。在我的记忆中，多尔衮的名字似乎总与什么“扬州十日”“嘉定屠城”之类的惨剧联系在一起。连韦小宝都知道啊！这样的人也能翻案？

我并不是要把所有的翻案文章一概否定。为秦始皇翻案，不能算错，对李鸿章大人也应该手下留情。“中学为体，西学为用”，是李中堂提的吧，在“祖宗之法不可变”的晚清，这就是进步。开办实业，学习西方先进技术，创办新式军队，以李鸿章为首的洋务派开创了中国近代许多第一。这不是一顶卖国贼的帽子就能压住的。至少，李鸿章绝不是历史课本中描述的那种跳梁小丑。

打一个不太恰当的比方，飞行员操作失误导致班机坠毁，自然罪责难逃；但如果是飞机引擎本来就有毛病呢？风雨飘零的晚清，就像一架缺零件少机油的战机，坠落是必然的，责任并不能完全推到“飞行员”李鸿章的身上。当然，并不是说李鸿章就能从一个卖

高格引句：

将风雨飘摇的晚清，比喻成缺东少西、即将坠毁的飞机再合适不过了。同时，将李鸿章比喻成飞行员，其对飞机坠落的惋惜心情和被国人唾骂的无奈感受也跃然纸上。

国贼一步跨到民族英雄的行列，李中堂自有李中堂的局限。公平而论，李鸿章倒并非是一个坏得毫无道德和良知的人，李鸿章只是一个“重实利者”。

历史应该得到尊重。有关中国近代的史书，永远藏着一条鞭子，它把历史人物驱赶成两队，一列是神灵，一列是魔鬼。大忠大奸各归其列，只是不见了人的影子。关于李鸿章，比较普及的知识是他是卖国贼。一个人的一生，浓缩为谈判桌前的卑怯；一个细节，遮掩了一个人的一生。不是神灵，必然是魔鬼，人人得而唾之。直到出现《走向共和》，李中堂仍然不是神灵，即使他是魔鬼，却血肉丰满。他媚上，他签约，他宣扬任人唯亲；不过，他不乏政治家的韬略，也有鲜明的政治主张，说明他有自己的政治抱负。

高格引句：

正中要害地指出了历史记载中的问题，缺少对历史中“人”本身的关注与尊重。鞭子的比喻形象生动，意指对历史人物进行简单粗暴的划分，富有动态感受。

“共和”的蓝图，几乎可以用数学方式，测量出它的长宽高，堂堂正正载入史册。每一段历史，它的总体格局，像大江，像长城，在哪里拐弯，在某处奔腾，显而易见，不可篡改。而对“蓝图”的施工者，显然不适合用数学方式去评判，去记载。

多少年来，一直被评判的英雄史观，其实是被很多人当成了研究历史的工具，他们崇尚归类法，要么是好人，要么是坏人，好人必然被描绘成英雄，英雄必然修成正果，必然成为神灵，被供奉，被膜拜。

对一个历史人物的追述态度，表现出对历史的尊重程度，唯有披露人的血肉，才能对历史有真实的考察。对李中堂们，我们需要的是尽可能接近真实，不是给了他血肉就是“翻案”。甚至，不必非要把他们塑造成英雄，他们就是在某个位置上书写了一段历史的人而已。他们的得失，使我们对历史有更多的认知，对未来有更多的借鉴，对做人有更多的警示。

文眼追踪：

对于历史的记录与评说一直是受关注的对象。作者在这里持的是一种宽容的文化态度，但要在历史的讲述中尊重历史，还原一个有血有肉的历史人物，又何尝容易？否则福柯也就不会那样痴迷于考古学了吧。

我们自己，正这样生活着，等待后人评说——最好不是上天堂，也不入地狱。

从埃菲尔铁塔谈起

张 贺

标题赏味：

埃菲尔铁塔作为法国浪漫的标志性建筑物，广为人知。作者从埃菲尔铁塔谈起，谈埃菲尔铁塔的什么呢？从埃菲尔铁塔开始以后又要谈什么呢？另外，从全文来看，确实是从埃菲尔铁塔谈起，最终到更为广泛的文化观、历史观。

埃菲尔铁塔值多少钱？这是一个大众非常感兴趣的话题。近日，意大利一家商会给出的评估是四千三百三十二亿欧元。这一惊人的数字使埃菲尔铁塔成为欧洲最值钱的文化地标，其价值相当于法国国内生产总值的五分之一，是米兰全城年收入的两倍。

历史遗存之所以弥足珍贵，是因为它们经历了时间的洗礼，岁月的风霜雨雪在销蚀其他同代建筑时凸显了留存下来的古迹的稀有性；人类的社会变迁赋予留存者丰富的内涵，使其具有了文化性。游客登临埃菲尔铁塔，所欣赏的绝不仅仅是高超的建筑艺术和绮丽的巴黎风光，更有附着其上的数不清的历史事件、历史人物、传说故事……这些才是埃菲尔铁塔的魅力所在。

新建的仿古建筑不论外观如何酷似古代的原作，都不可能具有原作天然具有的不可替代的价值。新建筑缺乏灵魂。这种灵魂不是说有就能有的，而是历经漫长时光、在历史的变迁中形成的。仅此一点就决定了真古迹和仿造者价值上的天差地别。

高格引句：

历史文物的珍贵之处，正在于时间流逝中的文明。而这种文明，注定只能是在做减法中显得日益珍贵。那些留下来的遗存，也因时间的不可逆转蒙上了一层弥足珍贵的光晕。

埃菲尔铁塔的“天价”也源自法国人民尊重历史、热爱文化的态度和情感。法国人把埃菲尔铁塔视为巴黎的标志、法兰西民族精神的象征，对其珍爱有加。法国人的这种态度和情感也引发外国人对埃菲尔铁塔的兴趣。否则，再珍贵的文物古迹，如果人们不加重视，随意毁弃，其价值也必然贬损。

这本是常识，但在今天的中国仍有不断强调的必要性。作为拥有五千年文明史的大国，我们拥有世界最多、最古老的历史遗存，但可惜的是，很多文物古迹没能完整地保存下来。即便是长城、故宫这样举世闻名的伟大建筑，相当一部分也已不是当年的模样了。更为严重的是，许多古建没有毁于自然灾难和战火兵戈，却在城市房地产开发和旅游的热潮中被推土机夷为平地。据第三次全国文物普查统计，近三十年来，全国四万多处文物消失了，而其中有一半以上毁于各类建筑活动。

我们一方面拆掉了那么多真实的古迹，另一方面却热衷于搭建仿古建筑。现在只要是座旅游城市，就不难找到新建的仿古一条街。这些仿古建筑的水平如何姑且不论，人们走在其中除了能闻到浓烈的商业气息之外，还有多少文化的味道可供我们凭吊和怀思？

说到底，我们还是缺乏一种对历史、对文化发自内心的热爱和敬畏。在许多人眼里，文物古迹唯一的价值是商业价值，是能吸引多少游客，能创造多少收益。但越是一心赚钱，反倒越不容易赚到钱。今天中国最吸引游客的还是故宫这样的真古迹，2011 年参观故宫的游客超过了一千四百万人次。而那些仿古旅游点大多数还在亏损的陷坑里苦苦挣扎。

对历史和文化具有正确的态度和情感，就必然会把祖先的馈赠视为无价之宝而倍加珍惜，否则，哪怕是稀世珍宝，在不懂珍惜者的眼中，照样弃之如敝屣，一钱不值。

文眼追踪：

文章“从埃菲尔铁塔谈起”，在比较中谈及中国建筑文物的破坏与保护。作者最终想要表达的并不单单是对哪一国家建筑文物的保护，而是珍视历史和文化，这种更普泛化的价值观念和情感态度。

悲悯的力量

小木头

●标题赏味：

“悲悯”似乎一向是弱者的专属，它的“力量”何在？貌似是错位的搭配却再合适不过。文章中揭示出的正是“悲悯”这样看似卑微的态度，在反思中产生的巨大能量。“悲悯”的力量是向内的，是在反思中让自己坚强而不坚硬。

在韩剧流入中国如火如荼的年代，各种款式的帅哥美女搭配出的，是各式各样悲凉痛苦的悲剧故事。

那几年有人总结说，韩剧的法宝之一，即是车祸和绝症，有很多位备受观众喜欢的男女主角黯然离世，留下爱恨情仇兀自飘散，而观众在泪水中完成一次又一次的感情升华。

悲剧，向来比喜剧更有力量。

即便是真正伟大的喜剧，也都是笑中有泪，骨子里透着悲悯情怀。

悲剧有力量，是因为它会引起人们内心的震撼，能够对世人有一种强大的警醒作用——那骤然失去的生命，那阴错阳差的失去，那不能回头的别离，尤其是天人永隔，阴阳两别，会产生一种重大的力量，冲击着每个人的灵魂，甚至引起他们自省。

高格引句：

多个短句的连续使用，使情感纡徐而出，饱满而富于节奏感。在感同身受的落寞情境中，引出下文的相关论述，情感和逻辑上都水到渠成。

古今中外，太多传奇是以悲剧的姿态写就，梁山伯与祝英台，贾宝玉与林黛玉，还有那永不过时的哈姆雷特，一笔笔传奇绝响，千古传诵的根本原因，悲剧往往令人们生发出对爱和生的渴望与珍惜。

在演艺圈里，有人厚积薄发，有人一夜爆红，新人笑，旧人哭，观众早就熟悉了这些套路。

真正令观众胆战心惊的，是骤然发生的悲剧，警醒着我们所有人，无论是路人还是艺人，生命才是最为可贵的，无论是金钱还是光环，与之相较，都渺小得无法想象，犹如微尘。

有粉丝在网上留言说，几日之后，仍然不敢相信姚贝娜真的离世。那么灿烂的笑容，那么年轻的生命，那么动听的声音，那么出众的才华……这个在2013年骤然走红的女孩，曾经用歌声慰藉着许多人的漫漫长夜，如今却又以另外一种方式，提醒着人们珍惜眼前，珍惜当下。

世人总是健忘。姚贝娜之前，曾经有不止一个女艺人，因癌去世。

前有梅艳芳。至今我还无法忘记她穿着婚纱走向舞台深处时的背影，坚强而落寞。

那时她已经生病许久，虽然心中有太多对世界的眷恋，可是也隐约明白时日无多，大约等不到在举行婚礼的时候穿上洁白的婚纱了，于是穿着它，走向了舞台，留下了那么美又那么痛的一幕。

这一幕，总是在梅艳芳的逝世纪念日被一再放出，警醒着你和我，健康比什么都要紧，生命才是一切的源头。

后有阿桑。2006年还曾经亮相湖南卫视《名声大震》的阿桑，2007年身患淋巴癌，第二年恶化，并扩散为乳腺癌晚期……这个唱过《寂寞在歌唱》《一直很安静》等众多流行歌曲的女孩，歌声戛然而止，于2009年离世。

无论是梅艳芳还是姚贝娜，去世后都无法让人不追思绵绵……

对于逝者各种问题的讨论与关注，许多时候可以理解为面对痛苦时的骤然麻木，是因为一时无法接受，因此就开始关注其他问题，慢一点儿去面对真相，再慢一点儿。

姚贝娜的离开，即便是对于不是她歌迷的路人甲乙丙而言，也都是令人无比心痛的。那么年轻、阳光、坚强、灿烂的女孩子，在美好的年华香消玉殒。每个人都会忍不住低下头来内省：我照顾好自己的身体了

高格引句：

议论文中最常使用的排比句，在此的功能不再主要是加强语势和增强说服力，而是引导读者跟随作者的思路进行思考。三个问题就像读者的自我询问，在询问中进行反思。反思生活本身，也反思我们对生活的态度。

吗？我的健康还好吗？我是不是应该慢一点儿，不要那么拼，让自己喘口气？

我们在她的歌声里，感受过爱和美好。而后来，我们在对她的哀悼中，更能感受到对生命的渴望，对生活的珍惜。

文眼追踪：

作者起笔于悲剧，取道对几位年轻女星的飘然离世的论述，想启发读者的是对于生命本身的珍视和对现实生活状态的反思。文章前后两次出现类似的表达，遥相呼应。同时，也使主题在不断出现中被强化。

弛目游心

开心的时候徒步漫游、行山涉水，足迹所到之处鲜花竞相开放，献上动人的微笑，一路走来，一路花开；不开心的时候坐坐火车，看着车窗外的事物飞快地转换、出现，然后消失，远离尘世的喧嚣，寻找一份心的宁静。

带一支录音笔去旅行

佚　名

别人旅行喜欢带相机狂照，回来就存在电脑里成为一个文档，想都想不起来。我不一样，我有一个与众不同的癖好，出外旅行，包包里一定带着录音笔。录下各种我认为特别的声音，时不时回放，这成为一种旅行中流动的记忆，感受自然非同一般。

去天津旅行时，很特别，我录下了当地手工艺人叫卖的声音，天津老街、豆腐脑、冰糖葫芦、泥人张、街头杂耍，形形色色，声音富有特点，很有穿透力，特别动感。这种声音绝对是专利。喝着豆腐脑，听着动人的叫卖“音乐”，心情大好。回家后，每每觉得意志消沉，生活无味时，我就打开录音笔听这样的声音，顿觉活色生香，人生趣味扑面而来，马上冲出门去吃一碗豆腐脑，好了，没事了。人生简单一点儿无妨，人家小手艺人都能活得有滋有味，我有什么不能呢？

去马尔代夫旅行时，我最喜欢做的事就是在夜深人静时，打开录音笔，躺在木屋的地板上，录海浪的声音，一浪接一浪，此起彼伏，变化无穷。马尔代夫除了海还是海，这对于我这个久住钢筋水泥大都市的人不可多得。这样的声音成为我以后无数个都市夜晚的催眠曲，心烦气躁时，打开一听，就平静下来了。

最有回味的一次是在香港，我在维多利亚港边欣赏夜景，旁边有个弹吉他的流浪艺人，正弹一首深情的《致爱丽丝》，很感伤。那一年，我正逢人生低谷期，那样的曲子让我面对香港的夜景，忍不住潸然泪下，我录下了这一瞬间。灯红酒绿下的吉他曲，更让我对香港的繁华和寂寞有了深入的理解。重听时，我已恢

标题赏味：

带“一支笔”去旅行，很有意思的说法。其他人去旅行带朋友、带亲人，甚至带相机，带“一支笔”是怎么回事呢？文章开头点明作者的用意。带一支录音笔，记录旅行中遇到的各种奇妙的声音。既是一种声音的记录，也是一种别致生活的记录，读来趣味盎然。

文眼追踪：

作者在标题带“一支笔”去旅行，设下的悬念在这里解开。所谓旅行的目的，很大一部分是感受一些与自己原来生活的不同。一支录音笔，记录下了旅行的经历，也是一种对生活的感悟和对生命的理解。

高格引句：

形形色色的声音在作者的笔下纷至沓来。简单的语言、短小的句子，铿锵有力。正如作者想描写的那些声音一样。不仅是作者的印象，也活灵活现地打动了读者。

复了生活的常态，与爱人在一起，我聊起自己在香港旅行时的心情，仿佛电影倒带。

最好玩的一次是在重庆，我坐在小店里吃担担面，遇到一对夫妻用川语吵架，四川话很好听，像唱歌，这对夫妻很有意思，吵起来俗词俚语脱口而出。一句脏话没有，却吵得火苗乱窜，星火燎原，功夫啊。我坐在一旁，偷录了这一幕，对不起，我不是有意的，只是觉得这一幕太生动，忍不住就想录下来。这就是生活的原汁原味吧，连吵架都能新鲜活泼。无数次，当生活中出现琐事争吵时，我就打开录音笔听这对夫妻的吵架，常常扑哧一笑，真的，很快火气也消了，夫妻拌嘴旁听特别好玩。

去越南的那次很有点儿冒险，越南街头很多摩托车呼啸而过，我坐在街角喝咖啡，录下了摩托车穿梭的声音。无数次再听时，越南的风声就停留在我的耳边，让我想起第一次坐陌生人的摩托车去美奈集市时的情景，耳边是海风，越南黝黑的摩托车司机用熟练的英语回头同我讲话，我心里有戒备，不停地说slow（慢）。摩托车的风声伴着异国风情扑面而来。

还有一次，是在新疆吐鲁番搞篝火晚会时，气氛特别活跃，干木柴烧得“毕毕剥剥”，火苗乱窜。大家围着火堆载歌载舞，我也特别放松，第一次喝醉了，居然唱起了新疆民歌，我录下这些声音，听到“干柴烈火”的声响，还有我自由的歌声，心里像开了花。

去年，偶然看到一部经典片《春逝》，里面的主人公用话筒录风吹麦田的声音，我好像找到了知音，居然真的有人跟我有同好啊。生活常常是由各种声音组成的，我的录音笔随着我的旅行记录着各种生动的声音。今年我做了一件特别的事，把各种声音刻成一张碟，汇集编辑合成后把它作为礼物送给我亲爱的朋友们，我相信，这是比照片更持久和深入的记录。我的朋友们现在也学我，出门旅行，包包里多了一支录音笔。

●标题赏味：

“轰轰烈烈的旅行之后”，在我们的习惯性思维看来，是要有更为“轰轰烈烈”的炒作来赋予其意义的。但是标题告诉我们“就没有之后了”，不禁引起读者的好奇心。同时，标题也表明了作者的主旨，人生的轰轰烈烈并不是给别人看的，也不是用来汲取意义的。有那么点儿稀松平常的“有意思”就足够了！

轰轰烈烈的旅行之后，就没有之后了

／倪一

2008年，杭州出了则不大不小的新闻，交警拦下了一个开着拖拉机的青年，原因听来荒谬，拖拉机上，站着一峰骆驼。警方问讯后得知，这骆驼是他在新疆买的，他一路开着轰隆隆的拖拉机，运着不服水土的骆驼，从南疆走到了南方。警方做主，把那峰骆驼卖给了附近的动物园，又给了他一笔交通费，让他回了福建老家。这年轻人太配合，第二天就坐火车走了，没给记者们发挥的余地，也没给新闻发酵的时间。

告诉我这则过气消息的，是朋友老K。那时我们一桌人入深巷，过小院，寻到了一家私房菜馆。桌上花煎蛋异香满口，芝麻菜烧豆腐能鲜掉眉毛，沸腾大砂锅里炖肉皮和蘑菇，浓汤从喉口热到指尖。老K的笑话奇谈最下饭，我们对着一锅明晃晃的，映得人满脸生光的白饭，催问他后来。

老K得知这则新闻后，立刻奔往杭州找人，当然，他也扑了个空。但他通过朋友知道了年轻人的户口所在，是闽南的一个小村落。月底，他驱车前往，房子是空的，问了左邻右舍，说他若干年前进城务工，没回来过，再问下落，就摇头了。老K在空房子前坐了会儿，掸了掸屁股上的尘土，起身想走。一个邻人追了出来，自称是本地中学的教师，他递给老K一张纸条，请他留下联系方式：“等肖飞回来了，我跟他说，外面有人来找过他。让他给您回电话。”

对了，那年轻人叫肖飞。

他们互换了号码，老K之后换了几份工作，几次住址，号码倒是从不变动。他定期给那个邻居打电话，问有没有肖飞的消息。

那是 2013 年，老 K 说，他大概是世界上唯一一个，无亲无故的，惦记着肖飞的人了。在他都快质疑这件事情的合理性时，肖飞打来了电话。他语气沉稳，说："谢谢您的关心，我目前在泉州摆夜宵摊，您要是有兴趣，可以过来长谈。"

老 K 搁下电话就去了泉州。他按照信息，找到了那个螺蛳摊，挑了角落位置坐下，不远不近地观察店家。夫妻俩配合默契，闽地嗜甜，丈夫爆炒鱿鱼时都大把撒糖，妻子就穿梭在几桌客人间，添酒加筷，偶尔扭头，尖声督促儿子写字别磨蹭。等客人散得差不多了，街上转冷清，老 K 终于起身，对着陌生的四四方方脸的汉子发问："你就是肖飞？"

那次长谈，老 K 大失所望。肖飞对五年前的壮举很不上心。煤气要换了，下周儿子所在的班级要开家长会，夫妻俩得派个代表去，这批食材不怎么新鲜……他记得每一桩柴米油盐的琐事，但是不记得那场轰轰烈烈的远行。

老 K 试探着问他："怎么想到买一峰骆驼呢？"

他用圆溜溜的眼睛瞪着老 K："我喜欢骆驼呀，想买一峰带回家。"

他穿过甘肃、陕西、湖北，然后陡然一转，兜向西南，再经两广、江西，直到在杭州被拦下。他走了整整一年，开着辆风尘仆仆的拖拉机，上面站了峰骆驼，走的都是偏僻乡镇，治安不严，媒体不勤，只有居民注意到他。前半段行程靠积蓄，一旦钱花光了，就把骆驼借给人拍照，照一次五块钱，骑上去十块。

问他想不想念骆驼，他先点头，继而笑起来："它去动物园挺好的，我们小区没法养大型宠物。"

老 K 讲述这次平淡无奇的相逢时，我们站在院子里。刚下过雨，泥土软塌塌的，我穿着尖头靴子，鞋跟不断地往下陷，我心猿意马地听后续，其实眼睛全在寻找坚硬干燥的土壤，中途听见有人问老 K："那他这一路很辛苦吧？"

"穷人家的孩子，怎么样都是苦的。"

"不替他策划个节目？讲讲一路见闻，也能红一把。"

"想啊。可他压根不觉得这事牛。对他来说，这就是牵着骆驼回了趟家。"

我总算站到了一块小小的花岗岩上，蹭着岩石边缘，一点点刮掉鞋底的泥："那他继续摆小摊？这事对他来说，就没什么深远意义？"

"他没想那么多，做了就做了。他就是图好玩，有意思，不指望靠这个赚钱出名。话说回来，你的人生又不是阅读理解，哪来那么多富含深意的片段？"

我边捋头发边"哦哦"，意兴阑珊了大半——想想看啊，眼神桀骜的少年，开着一辆随时会散架的拖拉机，和一峰寂寞的骆驼做伴，这简直就是《后会无期》和《少年派》的合订版啊。字幕组都快提炼出金句了，怎么啪嗒一下，就转成了葱香煎猪肝的深夜大排档？好端端一个震撼中产，呼应背包客，召唤小清新的题材啊，就这么被浪费了。

高格引句：

夸张、对比的大量使用，形象生动、幽默风趣。反转中表达了作者作为一个节目策划者对老K"轰轰烈烈的旅行"之后没有下文的惋惜，也突出了作者对老K选择的钦佩之情。

他不想出名我能理解，安心蛰伏在夜市……也能理解，我想不通的是，他怎么就能任由那次大胆的远行过去呢？怎么就能呼吸平稳地让这段拉风的往事干脆利落地消失呢？换句话说，他怎么就能放任那次旅行，从"有意义"变成"有意思"呢？

后来读沈复的《浮生六记》，有点儿惊诧于一个男人居然能如此心安理得地沦陷于"有意思"、"无意义"的人生，他撺掇妻子女扮男装随他外出，把漫天乱嗡的蚊子当作群鹤，他有点儿无能，有点儿轻浮，在文人中也不算养尊处优一生完好，但我始终羡慕他，不为别的，单为他身上那股与生俱来的，对命运的驾驭感。

在风险多多的世间，能够安心地享用纯粹的乐趣，不再试图归纳人生的段落大意，实在是一件很困难的事。我周围有许多人——包括我，都乐意把自己经营成一片生意，我们竭力从阅历、阅读、阅人中提炼出实际功用、世俗智慧，甚至有趣谈资也好。刚学打扮的小姑娘，总是要把每种眼影都上一遍色的，她手头统共只有这么些工具，舍不得不物尽其用。刚动笔的新人，也总是沾染着一种要把话说绝的狠劲儿，觉得这样才酷。导致我很羡慕罗素或是泰勒斯之类带有哲学意味的行文方式，它们多半轻描淡写，好比我绝不会为我的信仰而献身，因为我可能是错的。像没落的绅士摘下宽檐帽，欢快地行了个礼，又飞扬着走远了。

高格引句：

从老K身上看到的是一种直率的游戏精神。而社会中的更多人汲汲于生活的有用性，但这又何尝不是一种盘剥与榨取？我们的生活就被我们自己斤斤计较、盘算得干涩无物。

捉摸不定的爱情、吊儿郎当的旅行、为爆米花而生的电影，它们都属于"有意思没意义"的族群，都是取用时标明了“量力而行”的存在——缺乏安全感的人，请勿近身。

像胡适，他总把女朋友们放在最后，甚至放在所有萍水相逢的男性——以及爵士乐团之后。一个在旧中国的乡村里长大，成长期为经济问题困扰的人，是舍不得坦然地享受爱情的，爵士乐团都有可能成为跟特定人群的谈资，建立某种社会关系的垫脚石，爱情却是一个纯然的把玩的物件，他不好意思对自己那么好。

毛姆出名后感叹说，以后去度假，总算可以没心没肺地躺在沙滩上，不必费心策划景色描写了。大众的旅行、恋爱、叛逆，都近乎“主题先行”的行为艺术，只有对命运持有充沛安全感的人，才能让骆驼站在拖拉机上，走过两个时区。但话又说回来，只有活给自己看的人生，才能够剥离掉虚荣心表演欲自我感动的外壳，露出一点儿赤胆忠心。

就像我此刻说，不必给每一段经历添加有意义的注脚，这话是真心的，但放在洋洋洒洒的文末，怎么看都像是假的。

但那也没办法，有人能活成走在拖拉机上的骆驼，不疾不徐地，踱步在小小的车板上，慵懒地回应路人惊诧的目光，有人就只能踩着尖头靴子，不断寻找坚硬干燥的地面，好让自己不陷下去。

我也只能让自己不陷下去。

文眼追踪：

之所以需要“主体先行”的行为艺术，是因为我们总是担心人生匆匆百年，没有意义地随时间流过，成为一个没有内容的躯壳。但是饱满的生命从不会因此感到不安和焦灼，更不需要用表演来充盈自己。他们相信自己，相信生活，相信造物。

● **标题赏味：**

“跑起来，酷成蜘蛛侠”，一方面类似于藏头诗，把文章的议论对象“跑酷”蕴含其中；另一方面，也表达了“跑酷”的感受，像蜘蛛侠一样，在楼宇之间自在、畅快地攀爬。题目读来趣味横生。

跑起来，酷成蜘蛛侠

/明前茶

“这座生活了23年的城市有何趣味？自从练了跑酷，我看它的眼光都不一样了。”

以前，凌志看到的只是建筑、广场、各种修剪得整整齐齐的花圃和树荫。现在，新城区高低起伏的阶梯、节奏分明的坡地和栏杆，老城区的高墙和窄弄，一下跃入了眼帘。他终于留意到高墙上可供蹬踏的青砖剥蚀，留意到窄弄上碧蓝的一线天，也留意到整个市民广场上接连起伏的栏杆造就了怎样的高低韵律。总之，他看到了他可以驰骋的舞台，整座城市一下有了新鲜的动感节拍，只属于90后的动感节拍。

凌志的装备非常简单，只是一件T恤衫，一条运动裤和一双有减震功效的跑步鞋。凌志初学跑酷时就不习惯包上运动护膝，只习惯戴一双露指手套。“运动护膝绑得紧紧的，会使你的拧转动作和侧翻动作都受限，有时反而容易受伤。只要记得在任何时候都是前脚掌着地，而且不管你从多高的地方落下来，都要像猫一样轻敏，尽量无声无息，就不会对膝关节造成多大的冲击。”

至于露指手套，练习频繁的时候每半个月就会磨破一副，因为猴子跳或者金刚跳是跑酷过程中，手一撑跳过障碍的重要技巧，若是障碍物的表面粗糙，伴随着急促的推送力，掌心会磨得生疼。

一开始，谁都经历过小扭伤和小挫伤，哪怕每个动作都经历了上百次的分解练习。优美而富有控制力的动作需要克服胆怯和不自信，在控制动作收放的同时，还能在半空中悠然展现自我，那才是人生的一种

自由境界。

凌志的跑酷师父是一位25岁的海归硕士，他将自己的体会与徒弟分享："跑酷不只是看到障碍，关键是要看到每种障碍变成坦途的可能性；它促使你思考人与环境的关系，领会看似对立的关系如何变成和谐与默契。"师父还说，"流畅和利落的动作就是'阴'，冲击性的动作是'阳'，高手的最终目标，是找到适合自己的阴阳平衡点。"

高格引句：

将跑酷的道理和人生的哲理合二为一，在讲述跑酷的要领时，也表明了生活的要义。使得文章不仅仅是一篇简单的谈论跑酷的文字，更赋予其"阴""阳"的道家哲学，增加了文化和哲学的含量，使文章丰富、不单薄。

除了路上的练习，俯卧撑、器械力量练习和弹跳练习也在一直继续，最终凌志的体重减了5公斤，整个人的肌肉变得紧凑灵活，动作十分轻巧细腻。等隔着手套，手心也磨出了老茧，他终于体会到那种"身体变成飞行器和驾驶舱"的自由快意，猫爬、侧手反抓栏杆、单手跨栏；蹬壁跳远、蹬壁上墙、侧手反抓墙，突然发现能控制自己瞬间腾空的身体，甚至能像电影里末路穷途的英雄一样，在墙上蹬踏几步，飞身越过，将是怎样的欣喜。那股属于90后男生的兴奋像小鼓槌一样敲击着心脏，昨天还频频卡着的动作，今日却如行云流水一样一气呵成，在那一刻，再谦逊的你，都会感觉自己无所不能。

凌志以一连串过栏杆和翻越台阶的动作，颠覆了我心中"财会男生"的刻板形象。他自己也说，平时在单位，自己差不多成了点钞机和做报表的机器人，也一度非常排斥这样沉闷的工作，一心想辞职，去行走世界。但，父母远在国外，照顾爷爷奶奶的任务让他不得不留下来。现在，他恋上跑酷，平时的压力和积郁在汗水中涤荡干净。他终于认识到，平凡人生也自有它的跌宕起伏之美。只要，你善于发现。

文眼追踪：

文末点睛之笔，从"跑酷"的跑跳悦动，到跌宕起伏的人生况味的获得，主题得到升华。使文章从简单的记事、议论，得到了更多的哲思。另外，在文末出现，也容易引起读者思考，回味无穷。

● 标题赏味：

通常我们感慨人生短暂的时候，总会满腹牢骚地说什么都来不及了，作者却接着话茬说“人生这么短，哪有空嫌晚”！有警醒读者的作用。同时，押韵的标题，读来朗朗上口，容易给人留下深刻的印象。

人生这么短，哪有空嫌晚

婉 艺

偶遇一位从前一起玩游戏的朋友。他突然感慨万千地对我说，最近总觉得自己的时间不够用，好焦虑。

我很奇怪，因为以前暑假的时候每天和他打双排玩得很嗨皮，一直觉得他是 24 小时在线的超级大闲人一个，从来就没有“忙”过。包括他后来出国读预科了，放假回国还常常找我借号跟人组队玩。

于是我好奇地问他为什么会说自己时间不够用。

他回答说，随便算了一下，自己今年 21 岁，还在准备上大学（他现在在加拿大读预科，前段时间正在写申请），可是大部分人 23 岁到 24 岁大学已经毕业了，而自己大学毕业时至少已经 25 岁，感觉自己年纪好大啊！所以也不准备读研究生了，因为读完研究生出来就 28 岁了，用他的话说，就是读完书“都快三十”了，太晚了。

然后，自己一直还蛮想报个班学画漫画的，现在忙着申请大学，根本没空，等放假回国时间又很紧，但是又觉得漫画这种东西，还是想在国内报班学，可是想到等自己大学毕业都 25 岁了，到时候再去学漫画会不会太迟了？

另外还有踢球啊，自从出国读预科之后，好久都没和人一起踢球了。“好想念那种挥汗如雨的感觉。”还有学日语。真的好喜欢日漫，好想学日语啊，可是也没空学啊。

“好纠结啊，早知道就去日本读预科了，感觉自己好多喜欢的事情没空做就老了啊！”最后他感叹道。

我问他：“你 LOL（《英雄联盟》，腾讯游戏运营的英雄对战网游）什么段位了？”

“早就钻石了。”他回答的语气里满满的都是自豪。我就无语了。

这孩子有时间玩 LOL，还有空打到钻石级，却抱怨自己喜欢的好多事情都没有时间做。你要不要这么假？不过话说这样的人，其实还挺多的。心里想法一大堆，这也想去做那也想去做，真到了有空的时间，只会往电脑前面坐。

“你打游戏的时间加起来，这些事早就都做完好多遍了。”我说。

“没有啊，打 LOL 我都是回国的时候玩的，出国以后我都好久没玩游戏了。”

“那你回国的时候怎么不报班学漫画，不约人出去踢球？”我不准备给他留面子。

“哎呀姐姐，回国时间短呀，随便玩玩就过去了，哪想得起那么多事啊？”

要是真的想学漫画，网上远程的漫画班到处都是，还有各种免费的教程，不报班都可以自己学。而且作为一名学生，一年有两个假期，你的时间已经非常充裕了。等以后上了班你才知道什么叫“没空”。所有工作以外的事情全都要安排在周末或者下班以后才能做。但是你看，那些工作了的人，一样有时间去拓展自己的兴趣爱好。

为什么？因为时间本来就是“挤”出来的。

现实就是如此，妄想有成段成片的时间留给你做点儿“你真正想做的事”，几乎是不可能的，所以工作的人都在感叹还是学生时代最美好、最自由。其实，观察一下那些兴趣爱好很多的人你就会发现，大部分人兴趣爱好的培养都是利用学习和工作的空余时间完成的。

零碎的时间加起来，也能做成许多事。

当你足够热爱一件事情的时候，不用人提醒，

高格引句：

真率犀利的语言，直击读者心中。不需要更多的解释，也没有那么多理由，你需要做的就是行动！风趣有味以外，也产生了相当的冲击力。这与作者写作文章的意图不谋而合。

有空你自己自然就会想起来去做，如果一件事你念叨了很久还没有开始，只能说你内心的欲望不够强烈。或者，你是个管不住自己的逗逼。要么承认自己是个只会空想的逗逼，要么就去行动。

那些真正忙碌的人从来没空跟人抱怨时间不够用，因为他们的时间都用在忙正事上了。有人大二考过四六级，大三大四考过注册会计师。这可比读个预科，报班学漫画什么的难度系数大多了。

还有很多学霸的例子就不举了，大家都懂的。其实吧，每个人对自己的规划其实都差不多，差别是，每个人的行动力不一样。

跟他聊这个，我就想起了自己，我也曾经有段时间心血来潮地要学日语。买了书和教材每天听在线课程，可是学了不到一个月就不想学了，连五十音都没有背熟。现在想想，并不是自己没时间，追根究底还是学习的动力不够。

朋友说不愿意和我聊天了，越聊越伤心，本来自己在读大学这一关上就已经落后别人很多了，我还在这里打击他。

可是，都已经知道自己落后了，还不改变，光在这儿感叹时间不够用，感叹一切都太晚了，有什么作用呢？只会落后别人越来越远。暂时的落后并不可怕，可怕的是，知道自己落后，还保持现状。这样只会成为一个一事无成的 loser（失败者）啊。其实很多喜欢感叹自己时间不够用的人，都和这个朋友一样。并不是真的时间不够用，只是想法太多，行动太少而已。

你嫌自己开始得太晚，那早些时候干吗去了？越抱怨越晚。

那些真正喜欢做某件事的人，再忙都能挤出时间去做，毕竟，人生这么短，哪儿还有空嫌晚？

文眼追踪：

文末作者再次重申主题，加强印象。上文朋友的那么多解释在作者看来就是这么一句话——缺乏行动力。我们总是在客观条件上寻找这样或者那样的理由，其实最重要的是我们自己，是我们的行动。

我的大海悬挂在墙上

羽　毛

● 标题赏味：

打眼一看，真是一个让人摸不着头脑的题目。但也正是这不让人一眼看穿的小伎俩，吸引读者继续进行探秘式的阅读，试图解开这个谜面。同时，这个标题也与主旨密切联系。在文末理解了作者的主旨以后，感到作者的比喻生动贴切，又引发思考。

在梦中撒下再多的种子，也得不到一丝丰收的喜悦；在田野上哪怕播下一粒种子，也会有收获的希望。这个男人很有趣。36 岁，日本男子，叫岩崎敬一。

8 年前，他 28 岁，在父亲经营的空调商店工作。每一天都困在本州岛前桥市这家小店里，对顾客迎来送往，他觉得人生十分无聊，想出去旅行。

去哪里？带多少钱和几张信用卡？准备什么行李？

先环游日本，再环游全世界。就带 160 日元（约 10 元人民币），行李就是一辆自行车和简单的换洗衣服。这是天方夜谭。知道的人肯定会笑掉大牙，所以他谁也不说，悄悄出发。走之前，或许给父母留了张便条，告知：你们的儿子准备骑自行车环游日本，乃至全世界。这个笑话，最后却成了一个传奇。

他每天能骑 70 公里到 100 公里，骑坏了两辆自行车，用 8 年的时间，到过 37 个国家，包括韩国、中国、西班牙和一长列名单，行程长达 4.5 万公里。

高格引句：

数字的使用，使作者想要突出的内容清楚地表达出来。同时，增强了说服力，产生了让人无可辩驳的力量。也为下文观点的提出做好了准备，使其自然流畅、水到渠成。

区区 160 日元早就花得精光，岩崎敬一在途中依靠表演杂耍和魔术挣取生活费。能用自身本领，逗得看客们哈哈大笑或者尖叫不断，比在空调店里一丝不苟地数钱要来得幸福。

就是这种幸福，让他不停地踩动车轮，屈身向前，在流泻的朝霞里，在漫天星光下，在狂风暴雨里，也在悠然雪花下……从而得到更多的幸福。

岩崎敬一看过无数的美景：秀美山川环抱着青绿湖泊，不可一世的珠穆朗玛峰顶着一整块的蔚蓝。他找到恒河的源头，划着小舟顺流而下，居然漂到了大海。这一长达 1300 公里的旅程，用掉 35 天，却值得一辈子收藏。

他也受过无数的惊吓，曾被无情的强盗打劫，在印度还遭到莫名的逮捕。最糟糕的一次，他差点儿被一只沉默的疯狗咬死。

美景让他柔软，而惊吓使他强大。越是柔软越是强大，他懂得大自然也是如此，凶悍而又温柔，他已化为其中一棵生生不息、日益旺盛的植物。

当然，也有不期而遇的爱情。不过旅途中的爱情，难以找到停靠站。岩崎敬一只能孤单地背上背包，继续一个人倔犟而快乐地进行全球之旅。

据英国媒体报道，目前岩崎敬一已经抵达瑞士，“我计划前往非洲，然后取道南美、北美，最后于 2010 年回到阔别 10 年的日本”。

他的梦想总比常人多，未来的日子里，他还要攀登欧洲最高峰——勃朗峰，独自划船穿越大西洋，花 5 年继续环球旅行，40 岁返回日本后写一本关于环球之行的畅销书……这每一项，旁人都会觉得不可思议吧。至少对我而言，是不可完成的任务。

我是谁呢？就是那种一直嚷嚷要去看海，至今还没有看过海的人。为什么？原因也有很多：暂时没钱，能靠 160 日元完成旅行的人，绝对要超强悍；暂时没空，总有俗事杂务、无数计划要去完成；暂时没有心情，总被日常的柴米油盐所累……

> 文眼追踪：
>
> 作者的这篇文章大概就是写给“我”这样一边羡慕岩崎敬一完成理想，一边又把自己的愿望挂在墙上、缺乏行动又满嘴理由的人看的。我们的梦想是不是只有万事俱备的时候才能去行动，去踏上征程？或许梦想就在脚下，可以即刻启程。

于是，我只能在墙上挂幅大海的照片，望海兴叹。

我很羡慕这个骑自行车环球旅行的哥们儿。

唯一的一张介绍照片上，他就站在蔚蓝的大海边，太阳帽帽檐扣在脑后，蓝 T 恤白裤子，扶着单车，前后都是大包裹，笑眯眯地骄傲地看着我。

他的全球旅行是一个传奇，而有多少人的梦想，始终悬挂在墙上？

成熟的稻谷会弯腰

野　泉

标题赏味：

“成熟的稻谷会弯腰”，是一个我们熟知的道理。将谚语一般为人所熟知的话作为标题，不会冲击人们的视觉眼球，却让人感到亲切熟识。使读者忍不住想要看看，有什么新花样？是不是旧瓶装旧酒？

电视节目主持人李咏在接受媒体记者采访时，谈到自己婚姻幸福的秘诀。他说：“夫妻之间难免会因为争吵失和，我每次吵架后总是首先向妻子认错。”记者问道：“如此一来，您不觉得很没面子吗？”李咏笑呵呵地说：“成熟的稻谷才会弯腰。”

成熟的稻谷才会弯腰，这是一句多么朴素而深刻的哲言。成熟的稻谷之所以会弯腰，是因为它经过默默地孕育已经结出成熟的果实。遗憾的是，现实生活中有不少人忽视了这个道理。难怪孟买佛学院将弯腰作为学生入学的第一课。

孟买佛学院是印度最著名的佛学院之一。在它的正门旁边开了一道小门，门高 1.5 米，宽 40 厘米。一个成年人进去，不仅要侧身，而且得弯腰，否则就是碰了壁也无法入内。所有新来的学生，都会由他的老师带领着来到这道小门前，弯腰进出一次。老师教育大家说：“大门当然进出方便，但是很多时候，我们要进入的地方没有很宽阔的大门，或者，有的大门不是随便可以进入的。这个时候，只有学会了弯腰侧身、暂时放下尊贵和体面的人才能进入，否则你只能被挡在门外。”这是佛家的哲理，其实也是人生的哲学。

高格引句：

在故事中，引出道理：有时放下尊严和体面会为我们开拓出更多的道路，在取得成功的道路上觅得捷径，或者走得更远。用真实的门意指抽象的门，易于理解又自然贴切。

你留意过大雪过后的雪松吗？它的树枝被积雪压弯了腰，低垂下来。第一次看的时候我曾这样想，不是“大雪压青松，青松挺且直”吗？雪压青松也弯腰，岂不愧对先人的赞誉？思绪一闪而过，眼球早被另一雪景吸引。人行道上的梧桐，虽然它们也高低错落，交叉穿梭，却有很多枝条因不能弯腰而被雪压断了。

原来雪松之所以在大雪的重压之下弯下腰来，为的是不让自己折断，为的是往后的日子继续挺拔向上。原来，弯腰并非就是软弱，而是一份弹性，一种韧性，是生命的一种更深刻的睿智！蔺相如“先国家之急而后私仇”，诸葛亮“鞠躬尽瘁，死而后已”，鲁迅“俯首甘为孺子牛”。这些弯腰成就了他们，让他们从凡人走向圣贤。

需要指出的是，弯腰并非毫无原则的妥协，而是一个人走向成熟的标志。对于外界的压力，我们要尽可能地去承受，在承受不住的时候，不妨弯一下腰。是的，有时弯腰就如同蝉蜕。那不是倒下，而是通过自身的改变，来创造一个全新的自我。

高格引句：

前一句揭示“弯腰”的道理之后，用大量为人熟知的名人事件作为解释和必要论述。使原本单薄、抽象的观点更加充分、有说服力，也更容易理解。

文眼追踪：

“弯腰”似乎是卑微和懦弱的行为，实则是以退为进的策略。只有理解生命智慧的人才具有“弯腰”的能力。“弯腰”是在退步中韬光养晦、塑造自己，所谓“留得青山在，不怕没柴烧”说的就是这个道理。

小事亦重要

铁 凝

韩国的日用品都具有结实、耐用的特点。我观察他们的厨房用具、卫生间洁具，包括柜橱上的拉手，都制作得沉实安稳。

一只煎锅或一只抽屉拉手，其实真的能反映出一个国家的经济实力、职业道德以及对“标准”的严谨意识。

我在韩国首尔的街上走路的时候，眼前不时会出现一组救火用的应急水龙头，大多为3个一组，几十厘米高，直径20厘米，顶部呈弯头状，材料是黄铜。我之所以格外注意它们，是因为材料是那么坚实可靠。在人来人往的大街上，它们被擦拭得那么光亮，使你误以为它们是精美的雕塑。

我想，街上的这些水龙头可以叫作一座城市的细节吧，这细节所蕴含的情趣确实令人产生敬意。

吃饭了，我们打开电视，一个频道正在播放如何制作海鲜菜肴。一个妇女正在为顾客表演冷拌生蟹，她先把刚从海里捞上来的活蟹剁成小块，盛在大碗里，浇上海鲜酱油、米酒，再辅以芝麻、辣酱之类的调料，然后直接下手在碗里翻腾着搅拌，最后直接用手抓起一小块，喂进顾客的嘴里。

我问旁边的韩国女孩雪子：“生蟹为什么一定要用手去拌？”雪子说：“韩国的冷拌菜一般都讲究直接用手拌，因为韩国人认为手指本身有味道，有温度，不同的手拌出来的菜会有不同的味道。切生鱼片时多由男性来切，因为生鱼片对温度很敏感，过热就会失去鲜味，而男性的手温是低于女性的。”

标题赏味：

“小事亦重要”，我们通常认为小事是无足轻重的，作者反弹琵琶，以有悖常理的观点做标题，吸引人的目光，使读者产生阅读的兴趣。同时，文中讲述的确实都是细小、微不足道的事情，标题恰当得体。

文眼追踪：

小事之所以被称为小事，正是因为它的微不足道。但正是对这些最容易被人忽略、最不起眼事情的重视，更能体现出人的仔细，规则的严谨，甚至一个民族的道德意识。相比之下，这些小事比那些经国之大业，不朽之盛事更具有说服力。

高格引句：

日常做饭是生活中的小事，切生鱼片可谓小事中的小事。正是对这样微不足道的事情的认真细致，才体现了人生活习惯的严谨以及整个国家的严谨意识。以小见大，小到极致的执着也是一种震撼。

“那么，戴上薄手套不是更好吗？又卫生，又隔温。”我问雪子。她说：“戴上手套的手感觉是麻木的，切时心里没有底，切出的鱼片肯定不均匀。”

这样说来，韩国的冷拌菜其实是融入了皮肤的暖意。

一只手究竟有多么独特的气味可为菜肴增色，暂且放在一边不说，单是这种讲究本身便是一种浪漫的文化。

饭后，雪子不小心把剩菜倒进了可回收的垃圾桶内。这下可麻烦了，她干脆把那只垃圾桶扣个底朝天，再从倒出的垃圾里一点儿一点儿往外拣剩菜。我知道，韩国是世界上为数不多的推广垃圾分类成功的国家之一。

也许正因为都是小事，所以才重要。

体内的小人

冯骥才

标题赏味：

“小人”是中国传统文化氛围中的大多数人都熟知的东西，在乡下在年节更是有“踩小人”的习俗。可是冯骥才老先生竟说“体内”的小人，说法新奇有趣，让人忍不住想一探究竟，看一看“体内的小人”究竟是何方神圣！

小人，是指人格卑下者。但这里要说的可不是那些在生活中时不时会碰到的小人。我说的小人在我自己的身上，或自己的体内。

小人原本在每个人体内，包括伟人，何况我？人本善，还是人本恶？其实善恶兼有；人当然有人性，却也带着兽性，两性并存；善是用来克制恶的，否则便成了恶人；人性是要来克制兽性的，不然就成为兽类。小人呢？

善与恶和人与兽是对立的，小人却不是。它如果在别人身上很好识别，比如某人好嫉妒，某人好调唆，某人趋炎附势或卖友求荣，会看得清清楚楚，但这小人在自己身上便不易察觉。它不声不响隐藏在我的体内，暗地作祟，当它表现出来——由于与自己利害相关，往往并不自知，可是在别人眼里，我就显出那么一种小人的意思来了。人常说，身边的坏人好防，小人难防；可是自己体内的小人就更难防了。

体内这些小人什么模样？弄不清模样怎么防？

夜读《山海经》的插图，都是神头鬼脑奇肢怪体，一下子居然“瞧见”了这小人的模样。尖头如锥，小眼如灯，舌如条锯，身如烟缕，这样怪的东西居然就潜藏在我们的体内，甚至是我们的一部分吗？

高格引句：

作者引用《山海经》中的形象，将之说成“小人”的模样，将“小人”形象化、人像化，似乎真的有这样一个“小人”存在一样。使抽象、晦涩的道理讲得通俗有趣。委婉地指出人自身的缺点，也更容易使人接受。

是的。由于它和我们的私欲、妒忌、虚荣、贪婪等无形地融为一体，不但不被我们发觉，反而成为我们本质的一部分；它也是人的本质和人性的一部分。这样，它就一定会表现出来。但它在表现出来时是不知不觉的，可是一旦它赤裸裸地呈现出来，我们可就

站在高尚的反面和人性的阴影里了。傅雷先生在其所译的《约翰·克利斯朵夫》的序文中不是也说过：真正的光明不会永无黑暗的时刻，真正的英雄也不是永无卑下的情操吗？

当然，体内的小人最初并不这么可怕。我们或许有点儿贪心，心生妒忌，有些私欲与别人的利益相关。每当此时体内的小人就会自然而然地冒出头来。当它满足了我们，使我们得到好处，我们便会放纵它。久而久之，它就来操纵我们，异化我们，一点点使我们成为货真价实的小人。关键是我们能不能抑制它，战胜它。我们不可能消灭小人——因为它是我们的一部分。我们只能抑制小人，对它保持警惕，不能叫它在体内“长大”，使自己走向自己的反面。

所以，我们必须在自己的心里画一条自我的防线，将体内的小人视作自己的敌人，因为战胜这种体内小人的力量，与他人无关，不在别处，全都在自己身上。

我知道，我不可能全部消灭自己身上的小人，但我会对它警惕，以战胜它作为自己为人的快乐。

文眼追踪：

通过阅读可以得知“体内的小人”就是我们每个人品质当中私欲、妒忌、虚荣、贪婪的部分。作为我们人格中的部分，我们没办法将其彻底清除，超越自己。但是，我们可以时时防控，以免它们长大。事实上，这就是作者想要强调的每个人都需要保持时时自省，才不至于让自己沦陷其中。

我痛故我在

蒋方舟

标题赏味：

标题是笛卡儿“我思故我在”的化用。一方面，进入读者的眼帘以后，很容易记住。另一方面，文章的主题在某种程度上也是对笛卡儿的存在哲学在现实生活中的反思。所以既令人印象深刻又切中主旨，是一个不错的标题。

我大概是专业登山人士最讨厌的那类登山票友：不仅缺乏经验，而且缺乏能力；不仅缺乏能力，而且缺乏自知之明；唯一有的，只有满腔热情，以及诱发热情的虚荣心而已。在登厄尔普鲁士之前，我仅有的登山经历是登顶乞力马扎罗山。印象最深刻的，反而是登顶那一刻的仓皇。冲顶过程中的疲惫让人站在顶峰时很难兴奋起来，再加上担心天气突变不能久待，基本上在山顶惶惶然地站一会儿，拍几张照片，就得连滚带爬地下撤，跟我想象中睥睨群山、舍我其谁的风范完全不一样。

这次登厄尔普鲁士的小伙伴是王小山、老狼、作业本、李承鹏。我曾和王小山、老狼一起攀登过乞力马扎罗，那时的小山叔到了路程最后，每走一步都痛苦地大吼一声，我在他前面走得心惊胆战，像误入了某个凶案现场。——我这次攀登的信心很大就来源于此，他登不了顶，我或许可以；他若能登顶，我肯定可以。厄尔布鲁士的大本营叫“汽油桶”，条件远远优于我的想象。我本来以为是像一个集体棺材，阴暗狭小，六七个人并排躺在里面，没有转身的空间；结果竟然是一个异常宽敞明亮的屋子，有床铺和小桌子，枕头和毯子。还有人做饭，厨娘是个金发碧眼的俄罗斯大娘，据说原来是全国滑雪冠军。

登山的前两天是适应训练——攀登到高海拔，再回到大本营。厄峰晴朗温暖，天气好得令人发指。即使是这样，这种拉练对我来说依然不轻松，尤其是沉重的雪鞋和冰爪让每一步都走得好辛苦。我后来发现

最省力的方式是紧紧跟在向导或教练身后，这样步伐比较有节奏。我跟得如此之紧，以至于每次抬头都快撞上他们的屁股。老狼说我是“臀部爱好者”。

害怕好天气猝然结束，教练决定把登顶的日子提前一天。终于到了登顶的凌晨，我却发现自己出了问题：因为借来的雪鞋穿法有问题，导致我的膝盖迎面骨被摩擦得很疼，甚至只要被接触到，就疼得嗷嗷叫。教练的处理方式是喂了我两颗止痛药，在迎面骨上贴了两片卫生巾。我就这样忐忑地上路了。

出发是在凌晨三点，坐雪地拖拉机上到5100米，再开始向上登顶。登山过程比我想象的容易，唯一艰难的是最后300米。最后300米，山骤然变陡，每一步都需要用雪杖把自己的身体撑起。最危险的一段，不仅陡，还有几块让人无法落脚的滑石。路边有让人握住的安全绳，反而徒增心理压力。走过这段，离顶峰不过15分钟，人也变得身轻如燕。登顶之后，看着山顶有些简陋的登顶标志，我反而有片刻的茫然：这就结束了？比完成的幸福感更强烈的，反而是无法继续前进的失落。

下撤时，天降大雾，开始下雪。或许是因为兴奋的多巴胺分泌完了，我的膝盖迎面骨又开始疼，只能小步蹭。大雾让队伍拉不开距离，教练说这样会耽误整组人马，“我背你吧”。我在“男女授受不亲”和“暴尸雪山”之间衡量了一下，跨在了教练的背包上，被他一把背起。我就这样半身不遂地在教练的背上赖了一百多米，雪越来越松软，他每走一步都要陷下很深。当地向导说，不如让向导搀着我，保证我的重心，这样大步走下去速度会更快。我就这样和向导手挽手，像步入红毯的男女一样大步流星地踏着新雪下了山。

高格引句：

原本危险、痛苦的下山之路，被作者写成了红毯上的男女。在强烈的对比中，当时的尴尬情态跃然纸上。同时，也使读者感受到作者乐观的精神状态。

下了山，大家都在“精神会餐”，开始说自己吃过的最好吃的东西，从伊比利亚火腿说到了油焖笋。

我也忍不住想，我真正想要的是什么？我发现自己最怀念的是马桶，最想做的，是洗完澡之后，一边喝着可乐一边跷着脚上网。

人为什么要登山？标准答案是：因为山就在那里。可是无论人登或不登，山都在那里。于是登山无关山，只关乎人。对我来说，登山是因为找到存在感。笛卡儿说：我思故我在。我想这是因为他没用过智能手机，没去过苹果总部，科技的发展将让自主思考可能不再是人类独享的。只有痛苦是无法分享的感受，痛苦，让人无比清晰地感到自己肉身疼痛的方式；痛苦的结束，则让人比平常更能体会细微的幸福感。人如何证明自己的存在？我痛故我在。

文眼追踪：

卒章显志。作者用大篇幅讲述自己的登山经历以后，反思自己为什么要登山。其实，正是在日常“幸福”的麻醉和疲乏之后，用“痛”和“累”反衬自己原有生活的价值。是对自己生活的反思，也是对读者的一种提醒。

标题赏味：

“卧游”全世界，真是一个新鲜的说法，够吸引人的眼球！随着作者的讲解，我们可以在找云见日中发现它的奥妙。“卧游”这样一种足不出户的方式与“游全世界”形成鲜明反差，又与文章主旨相契合。

卧游全世界

李 敖

我的一个好朋友叫马宏祥，他在联合国做事，住在瑞士日内瓦。在日内瓦湖边他有房子，住在那里非常快乐。有一次他从日内瓦回来，跟我谈日内瓦的湖，我也跟他谈这个湖，湖旁边有个叫 Chillion 的房子。我这个好朋友听了以后吓了一跳，他说：“李敖，你去过日内瓦吗？”我说：“没去过。”他问：“你怎么知道日内瓦湖旁有 Chillion 这个房子？”我问：“我当然知道这个房子啊，我卧游。拜伦的诗里面还特别写了这个 Chillion，它是个监狱，地下室里面关着囚犯。”我这个朋友佩服我，佩服得五体投地。他发现我一个土蛋，从来没有离开过中国，瑞士日内瓦湖东边这么一个小小的、古典的小房子我都这么熟悉，真是神了。

高格引句：

文章中作者多处用自嘲的方式，戏谑地讲述故事。在夸张变形中，显得风趣幽默。敢于自我调侃，本来也是一种自信的表现。同时，在对比中表明学习与想象一样可以达到了解世界的效果。

虽然没有去过，可是我能够用我的资料到那里。我给大家讲过，在 9·11 事件那天晚上，我做的电视节目里面，当时我就断定那个飞机不是意外，而是有意撞上美国的双子星大楼的。原因就是说：它如果是意外的话，驾驶员会操纵它掉到纽约河里。那条河叫哈得孙河。我没有去过纽约，可是我知道那条河，所以我认为应该掉到那条河里，不应该平着撞到这个建筑物上面去。这就是完全根据我脑子里卧游得来的这些资料。

你们会笑。你们喜欢游山玩水，会说我没有去过，没有身临其境。所以我认为那种口口声声说我一定要亲自到了那个地方才过瘾的人太笨了。天下名山胜景这么多，你一样一样都要亲身到那个地方才过瘾，才觉得不虚此行，我认为你这样来取得人生的经验，太慢了，太笨了，太累了，不好。所以我的理论，跟着约翰逊发展出来了，就是：不是不值得看，而是不值得跑去看。所以一切以身临其境的标准，来作为你个人的经验的时候，我认为作为人类这样太笨了，为什么呢？人类的本领就是应该取得间接的经验嘛。我要做过汉奸，才知道汉奸什么感觉；我要做过妓女，才知道妓女什么感觉，你这种人太笨了嘛。你的想象力在干什么？为什么不动动你的想象力呢？所以我看到一个名山胜水的时候，看到那个风景的时候，我会用各种资料来汇合成我的想象，我可以天马行空构成我的想象。人若没有这种想象力，就不能做任何的文学活动，也不能做任何的艺术活动。为什么？太笨了。我到今天为止，在台湾连续住了五十五年，台湾的很多风景，阿里山什么的我都没有去过，我也不以为是遗憾。没有去过又怎样？所以我认为，不是没有去过就不了解，你照样可以了解它，并且可以用很奇怪的方法去了解它。

这是我一个很怪的理论，我把它叫作反旅游论。大家听了以后没有不笑的，觉得我怎么这么不晓得人生的趣味。可是我告诉你，人生的趣味在于保留了很多想象的空间，保留了很多永恒的空间。照片在这里，你越看越知道自己浮光掠影、走马观花地能够看到多少呢？所以我认为，今天很多年轻的、成年的或者退休的朋友，像无头苍蝇一样，到处旅游，到处坐飞机，到处住旅馆，去看这些山水风光，我认为他们看的还没有我看的多，至少他们知道的没有我知道得多。我有我这种土法炼钢的方式，配上现代的摄影科技，我觉得开阔我的视野，就是非常好的。所以王宠惠说看看画片就好了，东奔西跑去看什么呢？我觉得是对的，只是他那个时代的人，看的画片不够多、不够好，现在我们可以用更多、更好的照片，配上我们丰富的想象力，把它结合在一起，在家里面就可以卧游世界，不用东奔西跑了。

文眼追踪：

面对日益流行的国内旅行、国际旅行，李敖有话说。与其世界各地到处跑，费钱费力还费心，不如借着高科技和自己的想象神游一番。可与古代文人“精骛八极，心游万仞”的“神思”气魄媲美。

在自拍中消失的人生

薛 涌

● **标题赏味：**

"自拍"在时下甚为流行，那么"在自拍中消失的人生"是怎么回事呢？读过全文可以知道这里"消失的人生"想要表达的就是人们消解、弥散在生活各个角落的存在感。文题贴切，与主题吻合。

最近在《纽约时报》上看到麻省理工学院的教授雪莉·透克的文章，开篇讲的是一件类似的事情，但用的是不同的角度。她有位朋友是喜剧演员阿兹·安萨里，在洛杉矶街头经常成为追星族们的目标，大家纷纷拿着手机要拍照。他对自己的粉丝相当客气，但拒绝和粉丝合影，而是要和粉丝攀谈：你的音乐口味是什么？喜欢我的哪段小品？有什么意见？等等。

粉丝们的狂热劲儿一下子褪去许多，谈不出所以然来，最后带着没有和名人自拍的手机失望地离去。

雪莉·透克以研究新技术对人类生活的影响而知名，其《屏幕上的生活》《第二个自我》，都是聚焦于计算机对工作习惯、生活方式、人际关系、自我形成等方面的影响。

2011 年她出版的《孤独地在一起》，则是探讨移动通信技术对当今一代人的冲击。她用阿兹·安萨里作为例证来说明自己的主题：阿兹·安萨里主动和自己的粉丝们对话，难道这些粉丝蜂拥而至，不是要和自己有一些交流吗？但他马上发现：粉丝们要的不是和他互动的经验，他们要的是记录，即用手机自拍下和他在一起的景象。

高格引句：

又何止是拍照在不断打断我们的生活呢？现代快节奏、碎片化的生活使人们越来越感受不到实在生活的质感和肌理，只能在表面的浮光掠影中粗浅地触摸。甚至有时会怀疑我们是不是真的生活过。

自拍的功能就在这里：用摄像标出我们生活中的一个时刻，不惜为此打断我们生活的经验本身。

久而久之，经验已经不重要，甚至干脆消失，只要能抓住那个镜头存到手机里就行。

为什么大家对用自拍记录自己的生活如此着魔？因为自拍的下一步是分享。套用笛卡儿"我思故我在"

的句式，就是“我分享故我存在”。不自拍记录自己的生活并把这种记录分享，似乎就是没有生活过。

其实，这种通过自拍记录下来的，并不是生活，而是生活的停顿。大家在那一刻都忘掉正在从事的活动，对着手机自我“冷冻”成形，中国人还特喜欢伸手打个 V 字。于是，大家不停地自拍、传送分享。

这些活动，不仅在教室、会议中进行，甚至侵犯到剧场、餐桌、葬礼，甚至夫妻情侣上了床也各发各的短信。奥巴马在曼德拉的葬礼上和丹麦女首相施密特热络自拍，惹得第一夫人米歇尔一脸愠怒的照片，曾在媒体上走红。

可见，自拍如同病毒，不仅侵蚀孩子，也袭击成人。反省一下，我大学毕业后，一向不太注意到处留影。特别是旅游时，即使带着相机，往往也没有心思照，注意力多在当时的经验中。不过，有了网络后，我也仿佛中了毒，特别喜欢拍照，然后上传到微博分享。散步、跑步、骑车、爬山、扫雪、种地……越来越离不开相机。

分享什么？貌似分享的是自己的经验。其实，这是分享自己之没有经验。特别是跑步、骑车等，往往是训练休息日的摆拍，并非真正从事这些运动时的照片。毕竟，几十公里的征程不能奢望有人追着给照相。当然，这还不是自拍。我依然不用手机拍照，只能说染上了近似自拍的毛病。不过，自拍也好，他拍也好，有一点是共同的：它们所记录的，都是我们生活消失的时刻。

再说远一点儿，苏格拉底上街，是和人们论道，由此留下的智慧，两千多年来依然让人类受用不尽。如今人们上街，拿着手机随处自拍，所见证的，则是自我的消失。

文眼追踪：

我们在拍照中，捕捉的是转瞬即逝的场景，以及存在的价值。事实上，自拍也好、他拍也罢，我们都是在这样、那样的时刻确证自己存在的价值。或许，这反映出来的正是我们生活的无意义，或者说我们感受不到自己生活的意义。

高格引句：

在与哲人苏格拉底的对比中，不仅表现出了时下人们的肤浅，更多地表达了作者以一颗悲悯的心来关照当下人们的生存处境。鲜明而深刻，同时引发读者的思考，收到了不错的效果。

永恒的敌人

冯骥才

● **标题赏味：**

标题本身具有多义性。一方面，"永恒"作为对象，它的"敌人"是谁？另一方面，"永恒"也可以是"敌人"的修饰语，也就是永远都是敌人。一语双关，给读者留下思考的余地，同时会激发读者的阅读兴趣。一探究竟，验明真伪。

我面对着雄伟浩瀚、不可思议的金字塔，心里的问号不是这两百三十万块巨石是怎样堆砌上去的，也没有想到天外来客，而是奇怪这人类历史上最伟大的建筑竟是一座坟墓。

高格引句：

并没有开门见山地直接点题，而是从具体事件入手，通过新奇的现象，吸引读者的目光，同时为后文做铺垫。数字的使用可以强化例子的张力，使得问题更加突出。

当代人的生命观变得似乎豁达了。他们在遗嘱中表明，死后要将骨灰扬弃到山川湖海，或者做一次植树葬，将属于自己最后的生命物质，变为一丛鲜亮的绿色奉献给永别的世界。当天文学家的望远镜把一个个被神话包裹的星球看得清清楚楚，古远天国的梦便让位于世人的现实享受。人们愈来愈把生命看作一个短暂的兴灭过程。于是，物质的享乐主义便成了一种新宗教。

但是，不论你是怎样一个坚定的享乐主义者，抑或是一个无神论者和唯物主义者，你还是被他们建造的这座人类史上最大的坟墓所震撼——不仅由于那种精神的庄严，那种信仰的单纯，更重要的是那种神话一般死的概念和对死的无比神圣的态度与方式。

古埃及把死当作由此生度到来世的桥梁，或是一条神秘的通道。他们相信只要保存遗体的完好，死者便依然如同在世那样生活，甚至再生。按照古埃及人的说法，世间的住宅不过是旅店，坟墓才是长久的居室。金字塔的庞大与坚固正是为了把这种奇想变成惊人的现实。

永生，就是生命之永恒。这是整个人类与生俱来最本能，也是最壮丽的向往。

远古人的陵墓都是用石头造的。石头坚固，能够耐久，也象征永存。然而四千五百年过去了，阿布辛比勒宏伟的神像已被风沙倾覆，尼罗河两岸大大小小几乎所有的金字塔，都被窃贼掏空。数不尽的木乃伊成为古董贩子们手里发财的王牌。不用说木乃伊终会腐烂，古埃及人决不会想到，到头来那些建造坟墓的石头也会朽烂。金字塔上的石头一块块往下滚落，斯芬克斯被风化得面目全非。

这叫我想起中国人的一句成语：海枯石烂。站在今天回过头去，古埃及人那永生的信念，早已成为人类童年的一厢情愿的痴想。

永恒的敌人是什么？它并不是摧残、破坏、寇乱、窃盗、消磨、腐烂、散失和死亡。

永恒的敌人是时间。时间不会无止无休地载运任何事物。时间的来去全是空的。在它的车厢里，上上下下都是一时的光彩和瞬息的强大。时间不会把任何事物变得永恒不灭，只能把一切都变得愈来愈短暂有限和微不足道。

文眼追踪：

在浩渺的时间当中，任何事物都变得渺小和微不足道。所谓的永恒需要时间去验证，而时间却总是让一切变得短暂，或许这正是永恒悖谬而又吸引人的地方。“存在与时间”是值得我们用一生来思考的问题。

当我再次面对着吉萨大金字塔，我更强烈地为它所震撼。我明白了，这埋葬法老的人类最伟大的建筑，并非死亡象征，乃生之崇拜，生之渴望，生之欲求。

金字塔是全人类最神圣的生命图腾！

想到这里，我们真是充满了激情。也许现代人过于自信现阶段的科学对生命那种单一的物质化的解释，才导致人们沉溺于浮光掠影般的现实享乐。有时，我们往往不如远古的人，虽然愚顽，却凭直觉，直率又固执地表现生命最本能的欲望。

一切生命的本质，都是顽强追求存在，以及永存。只有穿过死亡，才能永生。那么人类所需要的，不仅是能力和智慧，更是燃烧着的精神与无比瑰丽的想象！

高格引句：

想象的诱人之处正在于超越地域、时间甚至生死，张扬的想象力也是人类突破自身局限性的标志之一。即便只有想象力这一点，也足以证明人与动物的不同，人的优越性何在。人类始终想方设法地超越自身，这也是人之为人最重要的标的。

古埃及人虽然没有跨过死亡，没有使木乃伊再生，但他们的精神已然超越了过去。

永恒没有终极，只有它灿烂和轰鸣着的过程。

正是由于人类一直与自己的局限斗争，它才充满活力和不断进步。

意林》“松果阅读”金秋十月偶像来了

青春文学名家阵容，华美包装展示青春

世界那么大，命中注定遇见你

马叛 作品

一粒沙子里隐藏着一个宇宙，
那是我纯粹守护的田园。

每个人的青春都会接触到形形色色的人，
又会和一些人聚聚散散，如云来云去，
云聚云散。马叛说：这些相遇都是命中注定。
行走的路上，叛逆的青春。

**《陪伴是最长情的告白》作者，一个 APP、
新浪微博，公众微信等常驻作家，
网络红人马叛，
2015 年度最新最真诚的作品。**

这世间所有的纸短情长

张芸欣 作品

这世间所有的纸短情长都是我们曾留恋或正在迷恋的暖香。

人张芸欣在深夜，为你点一炉青莲之香，寻找渐渐远去的年少与青春。
旅途中猝不及防发生的故事，在余味中让我们将青春从此坦然忘记。

《月光漫过珍珠夏》作者张芸欣，强势推出的全新作品。

我不怀念你，我只怀念有你的往昔

冷亦蓝 作品

就像是在燥热的午后突然迎来了一阵海风。

这是我们能够看到的最真实的青春故事，是你我青春最真实的写照，
充满我们都渴望的美好，淡淡的忧伤却不矫情。
每个人都可以在她的故事中找到最原始的自己。

**《左耳》之后，最深入骨髓的疼痛青春。
虐伤青春文学作家冷亦蓝，最诚意的微博书写，疼痛疗伤，爱无止境。**

华美暖伤文集：我记得你说过的每句美好

荆棘女王独木舟亲自作序。

夏七夕、陈麒凌、籽月、七微，超强IP阵容首次集结。

这本书记录你从未曾见的纯净之爱，却感同身受的青春

深入骨髓地剖析，疼痛中的微甜，以此凭吊终将逝去的

微小如尘埃，却是我最盲目的爱情，最真实的青春。

放肆去爱，放肆青春。

诡爱青春文集：化身孤岛的星空

周德东、藤萍、青罗扇子、

庄秦、连谏，

最会吓人的偶像作家经典呈

一本看似浪漫絮语，细思却

回味却感动的怪异之书。

学会独立，感悟人生。

即使化身世上唯一的星空，

你却依然拥有广袤海洋。

孤独絮语，只有自己才能体

羽翼丰满，终将化蝶。

花与巡夜人

再掀涂色狂潮！

献给天下所有的

初心/少女心/文艺心

180度平摊涂色更方便！

中国市场首创图文结合版阅读涂色书！

免费附赠全彩手绘教程及涂色明信片，还有机会获得《意林》《意林绘英语》2016年上半年免费赠阅！全国限赠1000名！

扫二维码

只花27元就可拥有《花与巡夜人》

意林天猫店：

https://yllzts.tmall.com